王　蓬◎著

From Chang'an to Lhasa

唐蕃古道全程探行纪实

从长安到拉萨

【上卷】

西安出版社

名家推荐

胡　悦（中共陕西省委常委、陕西省委宣传部部长）

王蓬不囿于汉中。作家的文学生命是多种因素共同催化的结果，专注，并不意味着地理上抱残守缺。王蓬所涉猎的，包括了历史、人文、科学、美学等诸多方面。这或许是他得以滴水穿石，并不断超越自我的原因。

陈忠实（中国作家协会副主席，著名作家）

王蓬近十几年又潜心于历史文化研究，由蜀道到丝路而唐蕃古道，硕果累累，不下数百万字的作品，奠定了学者化作家的基础，完成了一次升华式的蜕变。

高洪波（中国作协专职副主席，著名诗人、文学评论家）

大作波及戈壁大漠、草原雪域、风土人物、人文地理，是卷大书，需抽出时间静心阅读，我曾有草地之行，故对草原卷先行浏览，文笔优美，十分传神，且旅途辛苦，默记于心，进而成文，殊难得。

雷　涛（陕西省作协党组书记、常务副主席，著名作家）

报告文学这种文体离生活和历史最近，它的高度与深度，其实是人的感悟生活与历史的高度与深度。作者用超越自我的生命价值，重新丈量和审视历史，完成的不仅是表达上的意义，而且是在弘扬深刻的历史与精神的价值。

何宗英（西藏自治区社科院副院长、著名藏学家）

西藏是中国不可分割的领土，藏族是祖国56个民族大家庭中重要的一员，王蓬先生这部《从长安到拉萨》对于维护祖国版图的完整和统一，对于提高我们民族凝聚力有十分重要的历史意义和现实意义，其价值是不可估量的。

贾平凹（陕西省作协主席，著名作家）

要推举汉代之风，汉代的艺术竟能在原石之上，略凿一些流利线条，一个石虎石马之形象就凸现出来，这才是艺术的极致。王蓬近期的一系列作品是朝这个方向在努力并取得显著成效，陕西的作家应该向他学习，更应该使我效法。

邓　贤（四川省作协副主席，著名作家）

王蓬笔下千年历史与万里河山交融纵横，丰富的知识与优美的文笔融为一体。他属于那种终身孜孜不倦地热爱和写作的学者型作家，让人敬重。

查　舜（宁夏回族自治区文联副主席，著名回族作家）

王蓬的这部作品给我们的启示是：对于想成就一番事业的人来说，要有比较宽阔的胸怀，才能对各地各民族的人和事毫无偏见，这部书中仅是那些素材的获得，都不知跑了多少路、翻了多少书，这是那种患得患失的人根本不可能去做的事。

莫　伸（陕西省作协副主席，陕西省社科院文学研究所所长，著名作家）

王蓬这部作品潜在积极的作用，是在学术著作与广大读者之间架起桥梁，用优美的文笔，丰富的知识把枯燥的历史、宗教和民族问题展现出来，清楚明白、雅俗共赏、意义重大、功不可没。

聂鑫森（湖南省作协副主席，著名作家）

这部作品不是一般意义上的文化散文或随笔，而是表现出了王蓬学养上的扎实功力，融实地勘查、史乘考证、文字叙述于一体，浪漫的抒情与严谨的辨析，久远的历史与亲近的现实息息相关，文境、史境互为叠合，摇曳多姿。

赵本夫（江苏省作协副主席，著名作家）

在王蓬的作品中，我感到一种可贵的东西，就是敬畏。对历史、山川、百姓，对一切应当敬畏的事物。一个狂妄自大、不知天高地厚、张牙舞爪的人，其实是浅薄的。而一个有着敬畏之心，平静而憨拙的人，才真正是聪明而有力量的。我深信，王蓬会走得更远。

序

何宗英

青藏高原位于我们伟大祖国的西南，巍然高耸，气势磅礴，是世界上面积最大、海拔最高的高原，素有“世界屋脊”的美誉。在这“屋脊”之上，仅是海拔超过7000米以上的山峰便多达50多座，超过8000米的有11座。著名的有喜马拉雅群峰、昆仑山、唐古拉雪山和各拉丹冬雪山，终年都为冰雪覆盖，正是这些延绵不尽的雪峰，自古难融的冰川，蕴涵着巨大的水量，成为多条江河的源头，尤其是中华民族母亲河长江与黄河的源头，从这点来说，对青藏高原的作用和贡献，怎么估计都不过分。不仅如此，从青藏高原发源的河流，不仅润泽了中华大地，还催生了亚洲许多国家的文明，比如，雅鲁藏布江和澜沧江，流经了印度、越南、缅甸、老挝、泰国和柬埔寨，所以，青藏高原也素有“中华水源”和“亚洲水塔”的美誉。

青藏高原面积辽阔，如果把西藏的120万平方公里、青海的72万平方公里，再加上甘肃、四川、云南等边缘部分，总面积要超过200多万平方公里，几乎占全国总面积的五分之一，它的西南部与缅甸、印度、不丹、锡金、尼泊尔等国接壤。国境线长达4000公里，拱卫着祖国的西南边陲。

青藏高原虽号称“雪域”，但并非完全为冰雪覆盖，而是绵亘着众多巨大的山脉，奔腾着无数的河流，分布着无数蔚蓝晶莹的高原湖泊，尤其是雅鲁藏布江与拉萨河谷气候温润，水量充沛，适宜种植各种作物；辽阔的高原生长着密密的牧草，适于放牧，林芝地区及东南河谷由于海拔低于3000米，植物多样茂密呈垂直分布，有“雪域江南”之称。丰富多样的地形，也蕴藏着丰富多样的自然资源，为古代先民的生存和活动提供了必要的条件。从历史文献和位于昌都西南约

12公里的卡若遗址等多处遗址看，数千乃至数万年前青藏高原就有人类活动，从发掘的旧石器、新石器和陶器、青铜器来看是以农业为主，兼有畜养、狩猎等文化类型。专家们还认为，西藏卡若文化更多是受到甘肃、青海境内马家窑与齐家文化的影响，与中原仰韶文化一脉相承。在青藏高原生活的藏族是一个土生土长的民族，在藏族形成的过程中，从历史上就被称为"藏羌走廊"的三江并流河谷及穿越青藏高原的唐蕃古道，吸收了氐羌、蒙古、回、汉等民族的成分，与中华大地其他众多的民族同根同源。

青藏高原无论从地理、从历史的角度，从民族、从文化的角度来看，都是一个精深的世界，有着研究不完、探究不尽的众多课题。于此，我有深切的体会。上世纪六十年代，我从中央民族学院藏语言专业毕业，当年进藏，至今已快半个世纪，从事西藏历史、宗教、民族文化的翻译与研究工作。学习、探究了近半个世纪，确没有稍事懈怠。至今仍感只揭开藏学冰山一角，略窥其风光，只觉其瑰丽无比，精深无限，需要大批有志于藏学者继续跟进，把藏学向更广更高的领域推进。对此，凡每见有涉足西藏的作品和作家，总会引起我的兴趣，王蓬先生便是其中一位，他是介于文学和史学两界的作家和学者，同时还是一位旅行家。

大约是2009年5月，西藏电视台的同志带他看望我，我们共同探讨了关于西藏的一些问题，他还告诉我，他与曾在西藏工作多年取得不小成绩的秦文玉、范向东、马丽华等是北大作家班的同学。这几位同志我都熟悉，他们对西藏都很有感情，写出过不少关于西藏的作品，比如马丽华的《走过西藏》，在读者中产生很大影响。我赠送了我和罗广武共同编著的《西藏地方史通述》，这部著作上下两卷150万字，概括了西藏从上古到现代的历史，是西藏自治区的重点项目，也是我多年研究的课题。王蓬带回家认真阅读，来信谈了感想并回赠了他的新著《从长安到罗马——汉唐丝绸之路全程探行纪实》，我才了解到王蓬曾用10年时间，探访穿越秦巴大山的七条蜀道；又用十几年时间20次西行，考察从长安到罗马的新丝绸之路。由此可以看出，他是遵循古代先贤的教诲：行万里路，读万卷书，遵守历史，尊重事实，许多作品都是建立在对历史事件发生之处的实地考察和史料的充分研究，吃透消化后才用文学的笔法写作完成的。同时，他还告诉我

作者与藏学专家何宗英

正在写作的作品是《从长安到拉萨——唐蕃古道全程探行纪实》，并希望我能够审阅作序。王蓬先生给我留下的印象深刻，我感到他是一位刻苦学习、勤奋敬业、写作态度严谨的作家。

没有想到事隔两年，王蓬先生竟背着他刚完成的作品《从长安到拉萨——唐蕃古道全程探行纪实》来拉萨找我了，这使我很受感动，没有理由推辞，于是抓紧时间阅读书稿。给我留下印象最深的是这几个方面：首先，我感到王蓬先生写这部作品与他的蜀道系列和丝路系列一样，同样下了很大功夫，作了充分准备。多年来，他曾十几次沿青藏线、川藏线、滇藏线深入藏区，到过前藏和后藏，藏北和藏东南，参观过藏传佛教六大寺院和许多重要的建筑。对许多历史事件都要实地考察，亲身感受。比如，当年文成公主远嫁吐蕃王子松赞干布而开启的和平友谊之路唐蕃古道，王蓬先生几乎全程探访，甚至到达松赞干布迎娶文成公主之地古柏海，即今日黄河源鄂陵湖，海拔将近5000米，没有毅力和吃苦耐劳精神是做不到的。蒙古汗国王子阔端与萨迦派首领贡嘎坚赞商谈西藏归附蒙古汗国之地武威百塔寺，清末赵尔丰在川边推行改土归流的许多县份，他都前往考察和感受。再是临津古渡、嘉陵源头、藏羌走廊、三江河谷、折多雪山、茶马古道、松山战场、松潘古城、羌村藏寨、彝乡回镇……他都曾不止一次深入现场体味。

因此，在阅读他的书稿时就能获得种种真切感受，这与那些在校园蹲资料室，守在书斋中写出的作品是不一样的，王蓬先生的作品中充满了现场感，有各种实物的描写和细节的体现，还能感受到作者饱满的情绪与种种联想，并以此感染读者，我想这就是王蓬先生作品深受读者欢迎和成功的重要原因。

这就又引发我的一点联想，近些年来，到西藏来观光旅游、摄影写作的人不少，也出版了许多关于西藏的行走类作品，浮光掠影，猎奇观光者居多，很少有从根本上把西藏说透的。当然，要说透也不容易，非下功夫不可。王蓬先生这部作品让人感到他涉足藏区、藏学、藏族、藏事是从根本上着眼的，至少是朝这个方向在努力的，这就涉及到许多问题，比如青藏高原如何形成，藏族的起源，达赖、班禅两大活佛灵童转世，金瓶掣签的起始由来，清末改土归流的历史作用，近代西藏经历了哪些风险，川边、滇边过渡地段藏区独特的史地文化风俗、土司制度、母系遗风等，几乎每一个课题，都需一个学者花毕生的精力去研究、去学习。在王蓬先生的这部作品中，对以上问题都有涉猎。王蓬先生深有感触地说："西藏是除了月亮之外最神秘的地方，也由于地域、历史、民族、宗教是当今世界最敏感的地方，这就需要下功夫去了解和认识，更需要足够的真诚和勇气去面对。"他这么说，也认真地这么做了，书中提到的问题在我看来也基本讲清楚了。

这个"清楚"，是建立在作者对藏学著作的大量研读上，不仅是各种史书上对唐太宗、松赞干布、文成公主、禄东赞、宗喀巴、历代达赖与班禅、仓央嘉措、赵尔丰、陈渠珍、吴忠信等历史人物的记载，他对上个世纪初就深入藏区的一批堪称我国藏学先驱的学人，比如任乃强、朱绣、马鹤天、柳陞祺、庄学本、孙明经、牙含章等史学家、教育家、摄影家们的著作都广泛阅读，对藏族学者更敦群培、索甲仁波切的著作也十分熟悉，更重要的是王蓬先生在对待这些藏学著作方面，采用的是我国历史地理学的开创者和奠基人谭其骧院士的"大中国观"，那就是：

"我们是如何处理历史上中国这个问题呢？我们是拿清朝完成统一以后，帝国主义侵入中国以前的清朝版图，具体说，就是从18世纪50年代到19世纪40年代鸦片战争以前这个时期的中国版图作为我们历史时期的中国范围。所谓历史时期的中国，就以此为范围。不管是几百年也好，几千年也好，在这个范围活动的民族，我们都认为是中国历史上的民族；在这个范围之内所建立的政权，我们都认为是中国历史上的政权。”

谭其骧先生的这一观点，因为符合历史事实，简明扼要，早为我国历史地理方面的学者接受，也可以说是研究我国历史地理、民族问题的指南。阅读这部作品，我认为王蓬正是用谭其骧先生的“大中国观”来对待和观察西藏的历史问题和民族问题的，是健康和阳光的，也是正确和符合事实的，这对于广大读者了解西藏的历史、民族、宗教无疑是有裨益和帮助的。这也是他遵循“读万卷书，行万里路”，不懈地努力探索、不懈地努力写作完成的一部力作。

这部书稿的扉页上写着：“以史学的视角看西藏，以文学的笔法写雪域。”这大概是王蓬努力的方向，我觉得他基本做到了。历史的基本功用是提供教训，史学的基本功用是梳理清楚历史事实，把真相告诉人民。如果再能用简洁、准确、生动的语言表达出来，感染读者，那就是文学的作用了。

西藏是中国不可分割的领土，藏族是祖国56个民族大家庭中重要的一员。王蓬先生这部《从长安到拉萨——唐蕃古道全程探行纪实》，对于维护祖国版图的完整和统一，对于提高我们民族凝聚力有十分重要的历史意义和现实意义，其价值是不可估量的，他邀请我写序言，于情于理都义不容辞。写下这些话，表达我对王蓬先生这位学者型作家和这部厚重作品出版的最衷心的祝贺！

2011年9月于拉萨

何宗英，著名藏学家，北京市人，1964年中央民族学院藏语言专业毕业，当年进藏至今。先后拜多位藏族老学者为师，继续深造藏语、藏文、西藏历史、地理、民俗、民谚、宗教等方面的知识。曾在农村当过区干部、小学教师。在拉萨市有线广播站任翻译、编辑。1980年，考入西藏自治区社会科学院，做过图书资料工作，历任《西藏研究》的编辑、副编审、编辑部副主任，宗教研究所副所长、所长，1996年调西藏自治区档案馆，任研究馆员。1998年，调回西藏自治区社会科学院，任副院长。

引 言

地理学委实是门了不得的学问，能告诉我们许多生命的奥秘。它严格准确地区划着经纬、物候、寒暖、河流、植被、动物乃至国家与民族。那些代表着各种地形，长长短短，弯弯曲曲的线条引导我们情不自禁地在偌大的地图上寻找自己生活的那片火柴头大小的地域。刹那间会有众多的莫名其妙的问题涌出：我是谁？人世上为何有我？天地间为何有我？我怎么生活在这里而不是那里？我怎么属于这个国家这个民族而不是别的国家和民族？惶惑之间，你的目光会由熟悉的乡土伸向广袤无垠的原野与丛林，伸向那些名声显赫的国家和都市。你会发现，并非所有的地方都对人产生诱惑，它们或因遥远或因陌生都不重要。吸引你的可能是从小就耳熟能详的地方。比如长城、比如运河、比如神秘的青藏高原。

但是，去任何地方都需要交通工具和道路来实现。在科技发达的今天，我们可以乘坐火车、汽车乃至飞机去任何地方。但历史上在漫长的岁月中，这一切都难如梦境，仅仅一百多年前，林则徐流放新疆，从西安出发，就走了四个多月。关山阻隔，车马不易，古人出门是件很不容易的事情。在中华民族的文明史上，交通曾起着十分重要的作用，汉唐时期，不仅有通向全国各地的驿道，有沟通中西的丝绸之路，有通往四川和西南的蜀道，还有沟通雪域高原的唐蕃古道。上世纪八十年代中期，我从文学写作转入文史研究，由蜀道而丝绸之路，很自然的关注到唐蕃古道，这条古道因延伸至印度与尼泊尔，也被学者们认为是丝绸之路的组成部分，是一条不仅驰驿奔诏、和亲纳贡的官驿大道，更是一条承载汉藏交好，科技传播的“文化运河”，千百年间，在祖国版图完整，民族团结，国家统一中起了举足轻重的作用。

青藏高原鸟瞰

我与青藏高原的第一次邂逅，当追溯至1985年，其时正在北京中央文讲所8期学习，假期应四川《青年作家》邀请参加阿坝藏区笔会，访古老羌寨，游松潘古城，引发对青藏高原的浓厚兴趣。之后，多次去青藏高原，曾环绕青海湖一周，穿越祁连山腹地，到达海拔5400米的雪峰，还去阿坝、红原、玛多、玛曲、碌曲、桑科、若尔盖、日月山、倒淌河、海北州等藏区草原；到过属于藏传佛教的六大寺院哲蚌寺、色拉寺、甘丹寺、扎什伦布寺、塔尔寺、拉卜楞寺以及郎木寺、马蹄寺、木梯寺、禅殿寺、金塔寺、北禅寺、黑错寺、禅金寺等大大小小几十座寺院。我惊叹于这些建筑庄严巍峨，各种佛塑金碧辉煌，栩栩如生；千万盏佛灯一齐点亮的神奇光芒；酥油花灯的精致华彩，美轮美奂；唐卡壁画的艳丽多彩，绚烂夺目。也见到了开名车的僧侣，打手机的喇嘛；还曾沿着那如箭般射向草原深处的青藏线无止境地奔驰，考验适应高原的耐力；在年过六旬时冒着高寒缺氧的风险探访黄河源头，赤足站立于黄河第一曲寒冷清冽的水中，感受母亲河在青春期的体温；参加甘南香巴拉旅游艺术节和肃南裕固族自治县成立50周年庆典，目睹十几万穿着节日盛装的藏族裕固族同胞，霓裳浪涌，长袖舞动，如彩云飘落草原的壮阔情景；多次在青藏腹地行走的成果是拥有超过3000张的藏区图片。拍摄过前藏与后藏的雪峰原野，布达拉宫与大小昭寺的朝晖落霞，八廓街川流不息的转经人潮，高耸入云的雪峰和蔚蓝色的湖水，深切的峡谷和雅丹地貌，藏族同胞放牧、转场、跳锅庄、奶孩子、打酥油茶、转经念佛等日常物质和精神生活。再是珍稀的藏羚羊和飞奔的藏野驴，还有鹿群、藏犬、旱獭、黑颈鹤、斑头雁等高原禽兽构成的动物世界……

每次去后都有新的收获与发现，都有新的感受与震撼，在色拉寺，一位老藏医仅靠把脉，就告诉我血脂偏高，需预防心脑血管疾病，与医院专家诊断一模一样。我由此对藏医藏药有了兴趣，去藏药厂，了解到茫茫草原，牧民若是生病，只需用牛角把尿接下，让家人骑马跑几十上百公里找藏医，藏医则根据尿的色味下药，便会药到病除，藏区高寒，植物不曾污染，又经千年积淀，藏医藏药成为我国医学宝库中的奇葩。也深受世界医学界重视。

不仅是藏医藏药，一叶知秋，藏族在文学、宗教、建筑、音乐、舞蹈、绘画等许多方面都有深厚的积累，有许多卓有成就的大师。藏族人民创作的长诗《格萨尔王》能够说唱数日而不重复，是公认的史诗，这是有着悠久历史和高度文明的民族才会有的艺术成就。在探索青藏高原的过程中，随着视野扩展，疑惑也不断产生，比如青藏高原如何形成？藏族有哪些族源？达赖班禅两大活佛金瓶掣签，灵童转世的由来始末，清代改土归流的历史作用，近代西藏经历的种种风险以及三江并流、藏羌走廊、土司制度、母系遗风等等，无异于闯入一个广阔博大的世界。

“行万里路，读万卷书”是古代先贤教诲我们企图在任何领域取得一星半点建树的唯一途径。多年来伴着行走的便是阅读，每到一地，书店与书摊是必去之地，再是寻找方志与文史资料，了解到一批上世纪初就深入藏区的学者，比如青海的朱绣、周希武、更敦群培，分别著有《西藏六十年大事记》《宁海纪行》《更敦群培文集精要》。曾任班禅返藏行署参赞的马鹤天，在甘、青、康滞留三年，写有《甘青藏边区考察记》。我国现代藏学开拓者与奠基人之一的任乃强，他早年深入康藏，索性娶藏妇为妻，撰写《康藏史地大纲》《西康图经》，书中论点成为西康建省依据。再是柳陞祺，原为国民政府驻拉萨英文秘书，在藏五年，热心社会调查，真切关注民生，著有多种文字，成为我国著名藏学家。摄影家庄学本在上世纪三十年代就徒步穿越西康青藏，拍摄大量藏羌照片，在报纸连载《羌戎考察记》，在成都举办“西康影展”，并参与班禅返藏。还有一位孙明经教授，民国时曾独立拍摄各类纪录影片49部，是我国电影教育的开创者之一。抗战时，他曾深入西康拍摄大量图片，“文革”散佚，后从工宣队退还的资料中，山东画报出版社曾选编出版一册《1939：走进西康》，我亦有幸购得。

以上所举均可谓中国近代走进藏区的先驱。他们无不学有专长，术有专攻，性格光彩，阅历传奇，具备中国知识分子执著认真，历经坎坷、百折不改其志的优秀品质，均为中国的民族史、边疆史、康藏史作出过填补空白式的贡献。可惜，他们均已作古，我对他们怀着一种虔诚的敬意，每每在合适的章节中介绍他们的事迹，传承他们的精神，这么做亦是对先贤的怀念。

2009年赴藏时，我专门拜访西藏社会科学院副院长何宗英先生，他系北京人，1964年中央民族学院毕业来西藏，娶藏族姑娘为妻，在拉萨生活了快半个世纪，成为一位著名藏学家，那次他赠送我由他和罗广武先生编著，多达150万字

青藏高原孕育了中华民族的母亲河——黄河

的《西藏地方史通述》，对于我写这部作品，帮助多多，他还仔细审阅拙作并写出序言，更感激不尽。

不仅中国学者，国外的学者从十八世纪就不断去雪域探险考察，英国的福格森著有《青康藏区的冒险生涯》。法国神父古柏察的经历十分传奇，1844年，他从热河出发，穿越蒙古高原，经过宁夏、甘肃、青海到达拉萨，成为第一个进入西藏腹地的欧洲人。驻藏大臣琦善震惊之余驱逐古柏察出藏，使这位法国神父又有幸充分享受沿途驿站供给，由川藏线至成都，用18个月时间在中国11个省进行了长途旅行，返回后写出《鞑靼西藏旅行记》，成为西方最早介绍西藏的一本著作。美国学者梅·格尔斯坦研究西藏长达40年之久，娶了藏族妻子，熟练地掌握了藏语，写出《喇嘛王国的覆灭》等藏学著作20余种，他甚至出版了一部《现代藏英词典》，成为国际上著名的藏学家。加拿大学者谭·戈作夫著有《现代西藏的诞生》；美国女学者阿吉兹也于上个世纪60年代，在珠穆朗玛峰山下，海拔超五千米的定日县，历时一年，考察藏族的家庭与婚姻，女性及生态，写出《藏边人家》；再是许多中外学者关注西藏民

壮美的高原风云变幻

间艺术系列，西藏宗教经典系列……

不难看出，尽管国籍不同，时代不同，境遇不同，但有一点共同，那就是只要走进西藏，中外学者莫不为这片神奇的土地所吸引，然后执著地倾其毕生的精力去了解这片土地，再尽其所力地写出自己的见解和认识。其实，人类的所有文明，也正是这样一点一滴积累起来的。

接触到这些，深深感到走近西藏是刚开始阅读一本无尽的大书，也启迪自己用历史意识，文化意识来认识藏区雪原，来对待一次次的行走，来拍摄一幅幅图片和写作一篇篇文字，小心翼翼，尽可能无愧于藏族同胞世代在雪域高原的辛勤劳动和伟大创造，无愧于历代先贤对这片土地的了解和发现，更无愧于那些随处可见的牧民灿烂的笑容和儿童纯真的目光。

拙著长篇纪实文学《从长安到拉萨——唐蕃古道全程探行纪实》是我继《山河岁月》《中国蜀道》《从长安到罗马——汉唐丝绸之路全程探行纪实》之后，完成的第三部文史行走系列作品，断断续续，历时10年之久，由七卷60篇作品450余幅图片构成，全面展示的便是这个探寻的过程。以史学的视角看西藏，以文学的笔法写雪域，是我遵循的原则。力图尽可能勾勒出雪域高原的历史事件，人物剪影，风物风情和今昔风貌；尽可能表达出自己亲历、亲见、亲闻的种种感受和心路历程。试图让人们感受到从长安到拉萨这个巨大空间中丰富的历史文化内涵。深信，读者只要打开这本书，便会欣赏到从青藏、川藏、滇藏不同路线进入雪域高原的不同风貌与风景；深入了解西藏社会的历史与现实、宗教及民情、风俗与美景，更会欣赏感受到一幅幅关于青藏高原百科全书式的人文景观，并由此开启您的青藏之旅……

扎西德勒！

目　录

卷一 汉藏交好开通衢

乾坤初定·盛世前夜

巍峨青藏·吐蕃崛起

唐蕃交兵战松潘

贞观时汉藏交好

公主远嫁开通衢

路遥知马力

30

乾坤初定·盛世前夜

天下大势

在中华大地五千年的文明史中，唐代无疑占有重要且光彩的一页。在此之前，“自从盘古开天地，三皇五帝到如今”，华夏民族历经夏、商、周的迁徙整合、相济相融，春秋战国的合纵连横、争相称霸、诸子百家、学术争鸣，把一个伟大民族的文治武功，学识智慧，开发得淋漓尽致，孔子、孟子、庄子、韩非子的学说与西方同时期苏格拉底、孟德斯鸠的哲学思想遥相呼应，共同丰富发展了人类的文明。之后，秦扫六合，在中华大地首次创建大一统的秦王朝，设置郡县，统一文字，筑长城、戍五岭，广修驰道，海内为一，秦虽短暂，却为华夏民族的统一做出了奠基式的贡献。

“汉承秦制”定都长安，吸取秦代修筑豪陵、滥征民力从而引发动乱的教训，汉初朝野上下都接受黄老清静无为的哲学思想，朝廷轻徭薄赋，百姓休养生息，仅用半个世纪，国库充盈，社会安定，这便是垂范后世的“文景之治”。到汉武帝时，又重用董仲舒、桑弘羊、张骞、卫青、霍去病等一批思想家、外交家、军事家，冶铁煮盐，兴修水利，打击匈奴，交好西域，把中国古代社会推向第一个巅峰。其时，汉代疆域东南至海，西北至今哈萨克斯坦的巴尔喀什湖，包括了今属阿富汗的300公里的瓦罕走廊及中亚许多国家和地区，西南至越南中部，东北则至朝鲜半岛，是当时世界上幅员辽阔、实力充盈、四方辐射、万国来朝的第一号强盛大国。而且，两汉持续时间长达400年之久，制定典章，拓展疆域，开通丝路，沟通欧亚，对后世的影响既深且巨，绝无仅有。华夏民族正是经历了汉王朝才结束了齐、楚、燕、韩、赵、魏、秦等类如秦人、楚人等杂称，开始定型使用“汉族”这一称谓。先是“汉人、汉朝人”被周边国家和少数民族所确认，且不同于“胡人、蛮夷”带有贬意。相反，汉人、汉语、汉字、汉风、汉俗、大汉天子、汉家威仪……均被周边国家和少数民族部落仰慕，这也是世界各国对这种文明的认同与肯定。

然而，盛久必衰，东汉末年，群雄割据，三国鼎立，魏晋南北朝、五胡十六国，乱哄哄，你方唱罢他又登场，联群英以伐董卓，挟天子以令诸侯，火烧赤壁，智胜官渡，六出祁山，蜀汉兴亡，同室操戈，箕豆相煎，西晋东晋，淝水之战，主少国疑，骄奢亡国……整整三个世纪，华夏大地陷入金戈铁马、割据动乱之中，直到公元 581 年，北周重臣杨坚趁周宣帝荒唐暴死，夺取天下，建立隋朝，才结束动乱恢复统一。

隋代奠基

提到隋代，人们便会想到暴君隋炀帝荒淫无耻、挥霍无度、大兴土木、滥征民力、开凿运河、扬州看花，引发各种矛盾，导致烽火遍地。从公元 581 年隋朝建都长安到公元 618 年李渊父子创建大唐，仅仅 38 年，便结束了这个短命的王朝。

但细观历史，隋朝虽然短暂，却在中国历史上有着举足轻重的地位，首先是隋代结束了西晋末年以来长达 300 年之久的藩镇割据、诸侯混战、南北割裂的状态，创建了继秦、汉以后第三次大统一的政治格局；再是贯彻中央决策、执行和监察职能的三省六部制在隋朝开创和定型且垂范后世。打破世袭贵族垄断的仕途，采取面对社会广纳贤才的科举制度，也是在隋代开创并延续千年之久。即是暴君隋炀帝也还有个不容抹杀的历史功绩，那便是亲征吐谷浑，使青海首次划归中原王朝，巡幸河西，使西域长时间保持了稳定，也为唐王朝建立打下基础。再是隋炀帝几次征发百万男女开凿沟通渭河、黄河、淮河、长江、钱塘江五大水系，把京城长安与东都洛阳以及幽州、扬州、杭州等商贸重地、省府要郡连接在一起的大运河，真正发挥作用却是在唐代。隋王朝制定《开皇律》整顿户籍赋役，推行较为公平的均田制，使大一统的中央集权获得活力与发展，社会经济一度繁荣，国库积累充盈。

正是在这个基础上，隋王朝没有沿袭前赵、前秦、后秦、西魏、北周仍以汉长安城为国都的旧习，而是在汉长安城东南龙首原下新修了一座国都，这便是举世闻名的大兴城，由至今都被推崇为世界级的建筑大师宇文恺主持修建。大兴城规模宏大、布局合理、结构严谨、宏伟壮丽。我国建筑大师傅嘉年说：“大兴城是人类进入资本主义社会以前所建的最大的城市”。李渊父子创建的唐王朝取代了短暂的隋朝，也完整地接收了几乎是崭新的大兴城，正是在大兴城的基础上，唐王朝又先后修建了大明宫、兴庆宫、大小雁塔、东市西市，使唐长安城总面积达到84平方公里，不仅成为当时世界上第一流的最大都市，也把盛唐气象展示得淋漓尽致。

但这都是后话，隋文帝修筑大兴城是开皇二年（582年），又过了16年，即开皇十八年，李世民方才诞生于时任陇州刺史的李渊故宅，其地在今关中武功西南渭河北岸，为李渊第二个儿子，这个在父母襁褓之中的婴儿时称“二郎”，距日后鼎鼎大名的唐太宗和他载誉青史的“贞观之治”，还有长长的充满荆棘的坎坷之路要走。

陕西省历史博物馆一角

晋阳起兵

公元604年，隋代开国皇帝隋文帝去世，隋炀帝杨广继位，尽管社会有一定积累，但隋炀帝好大喜功，炫耀武力，四处征战，修建东都，开凿运河，到处巡游，每月役丁二百余万，且督役甚急，严刑酷法，役丁死者十之四五，装载死尸的车辆竟延绵百里不绝。《隋书》记载“转输不息，徭役无期，士卒填沟壑，骸骨蔽原野。黄河以北则千里无烟，江淮之间则鞠为茂草”。隋炀帝的横征暴敛，引发了大规模的农民起义此起彼伏，并渐成燎原之势，其中杜伏威领导的江淮起义军，窦建德领导的河北起义军，李密、翟让领导的瓦岗军攻城略地，声势极为浩大，但最终给隋王朝致命一击的却是李渊、李世民父子，他们在晋阳起兵直逼长安，结束了隋王朝的天下。

李氏家族世代为官，是关陇贵族的代表，李渊的祖父李虎为西魏的唐国公，父亲李昞北周时位至柱国大将军，母亲家族也极显贵，与隋文帝皇后是亲姐妹，有如此显赫的家世，李渊15岁便进入官场，且仕途亨通，先后任郡太守、殿内少监、卫尉少卿等要职。隋末动荡时节，李渊受命防御北突厥，

大唐建都长安，此为钟楼

在战略要地太原留守。此时，不仅李渊久历宦海、胸有城府，几个儿子李建成、李世民、李元吉也都长大成人，羽翼丰满。尤其二子李世民年仅 18 岁，却已在雁门勤王的战役中崭露头角。大业十一年，隋炀帝北巡雁门，遭到突厥重兵围困，李世民应募勤王，并献疑兵之计“旌旗十里不绝”，突厥生疑果然退兵。此时李世民随父镇守的太原，也曾受到农民起义军的围攻，在数次交战中，李世民不仅经受到血与火的战场磨炼，更亲身感受到广大民众不满暴政，推翻隋王朝的巨大力量。面对各地农民起义的熊熊烈火，天下大势的急剧变化，李渊父子已清楚地看到隋王朝大厦将倾，面临灭顶之灾，但鹿死谁手，尚未可知。李渊父子一方面紧密关注形势，一方面秣马厉兵，积极做好起兵准备，直到大业十三年（617 年），各路义军已把隋军主力分割包围，尤其是李密的义军与隋军相持于洛阳，无法分身。

一时间，历史进入了一个关键时刻。李渊抓住这个千载良机，从太原起

关中自古帝王都，此为西岳华山

兵，挥师南下，一路攻霍邑，下临汾，势如破竹。李渊原本就是关陇贵族的代表，在关陇一带有极大的号召力，诚如史书记载："三秦士庶，衣冠子弟，郡县长吏，豪强兄弟，老幼相携，来者如市。"待到攻占隋都长安时，李渊父子已拥有20万兵马，成为当时最为强盛的军事力量。初进长安，为号令天下，李渊把年仅13岁的杨侑扶立为帝，遥尊隋炀帝为太上皇。仅隔一年，隋炀帝在江都被杀的消息传来，李渊认为隋王朝气数已尽，立刻废掉杨侑，在太极殿登极称帝，国号大唐，改隋大兴城为长安。由此开启了唐代近300年的历史，中国历史也由此进入一个朝气蓬勃的时期。

玄武门之变

李渊定都长安，创建大唐，天下却并未太平，军阀刘武周占据马邑，隋将王世充盘踞洛阳，义军窦建德控制河北，薛举父子陈兵金城（兰州），威胁长安。全国形势依然复杂严峻。在之后的七八年中，唐王朝一直处于东征西讨，荡平群雄，统一国家的战争状态之中。李世民自从18岁雁门勤王，20岁随父晋阳起兵，攻陷霍邑，挺进关中，占领长安，所有战役都曾参与，而且胆识过人，谋略远大，展示出其杰出的军事和政治才能，在唐王朝建立后，李世民更是独当一面，亲率大军指挥了平定薛举父子的浅水原之战，一举解除了西北方向对长安的威胁。武德四年，李世民又率兵马出征，几乎是同时面对两股势力最为强大的对手，河北的窦建德与洛阳的王世充，战争旷日时久。洛阳城坚，久攻不下，窦建德又大举增援，唐军将士疲惫不堪，一些将领心存畏怯，眼看要陷进无法收场的僵局……

关键时刻，李世民看清对方破绽，破釜沉舟孤注一掷采取围城打援战略，击败窦建德，逼降王世充，为唐王朝的统一奠定了基础，也使李世民功劳声誉如日中天，威震四海，但也为他带来一系列危及生命的灾难。李世民排行第二，并非长子，按封建体制并不能继承大统，事实是李渊定都长安建立大唐后，李建成已被立为太子，李建成并非平庸之辈，作为皇储，法定接班人，他协助李渊安定后方，处理国事，曾带兵平定"司竹群盗"，还于武德五年击败刘黑闼义军，稳定了山东局势，表现出一定的军事和政治才干，同时，李建成还获得了弟弟李元吉的支持，李元吉虽然没有哥哥们的政治军事谋略，却武艺高强，骁勇善战，是唐王朝的猛将之一，只有尉迟敬德等少数悍将可与之匹敌。如今面对声誉日隆的李世民，太子李建成深感一种威胁。一次，李建成兄弟与李渊外出打猎，建成有意让李世民骑一匹烈马。李世民刚跨上马背，就被掀翻在地。还有一天夜里，李建成与李元吉邀李世民去东宫饮酒，却在酒中下毒，李世民回府大口吐血，幸亏解救及时才保住性命。至此，李氏兄弟已形同水火，双方均剑拔弩张，兄弟间的杀戮已不可避免。

终于，在武德九年（626年）六月四日发生了玄武门之变。李世民与多年交结引为心腹的一批文臣武将房玄龄、杜如晦、长孙无忌和尉迟敬德等人精心谋划，买通玄武门守将，趁李建成、李元吉早朝经过玄武门时将之射杀，尽管李建成、李元吉也已准备好东宫的两千卫士于这天动手，且在人数上占有优势，但毕竟晚了一步，气势汹汹赶来的将士如今见主子已命丧黄泉，当即做鸟兽散。面对既成事实，玄武门之变后的第三天，李渊便下诏立李世民为太子，同年八月传帝位于李世民，这便是鼎鼎大名的唐太宗。

大雁塔

盛世前夜

武德九年（626年），八月九日，李世民在东宫显德殿登极称帝，是为唐太宗，并改元贞观。

唐太宗与贞观盛世不仅是中华历史长河中最光彩夺目的一页，即便在千百年后的今天，依然受到中外人士的瞩目，称颂之声不绝于耳，研究著述的学者代不乏人，贞观君臣的施政要领也为许多政治家所青睐借鉴。但贞观盛世并非一蹴而就，还有漫长的坎坷之路要走。当初，李世民接手的几乎是一个千疮百孔的破烂摊子：一方面，经历隋末长期战乱，社会经济受到严重破坏，土地荒芜，人口锐减，市井萧条，粮食匮乏，据《贞观政要》载：洛阳至山东几百里路长满荒草，看不见人烟，来往者必需带足食物结伴而行，河北、山东、河南人口不足七十万户，不到隋代七分之一。苟活的群众缺衣少食，更无力恢复生产，全国范围除巴蜀、江南稍安定平稳之外，情况大致相同。另一方面，玄武门之变，李世民侥幸获胜，但李建

西安大唐不夜城雕塑·贞观君臣

唐代妇女礼佛图

成、李元吉多年形成的党羽心腹却遍布朝野，观时望局，伺机而动，埋有极大的政局隐患。再是李渊虽已退位，但一批元老重臣仍手握权柄，身居高位，如何处理父皇与原太子李建成、齐王李元吉的余党以稳定朝野政局，成为摆在刚刚登上九五之尊的唐太宗面前一道急需解决的、刻不容缓的难题。

毕竟是一代英主，出手就展示出超人的胸襟与气度，兼听则明，年仅 28 岁的唐太宗听取尉迟敬德等大臣建议，兼顾亲情孝道，让李渊仍旧居住皇宫，过着嫔妃群拥的安乐日子，直到三年后李渊执意移居弘义宫，安抚了老一辈元勋。对待太子、齐王余党，更以诏书形式，发布大赦："自余党与，一无所向"，对太子党中有才能者，如魏徵、薛万彻，太宗更是亲自慰勉，委以重任，日后在贞观改革中，均因贡献杰出成为一代名臣。由于在玄武门之变后，采取了宽大为怀的策略，京城长安和全国政局迅速得到稳定。

面对经济凋零，在贞观元年六月，唐太宗即与群臣研讨治国之策，尖锐提出为何周朝治世长久而安定，秦虽统一却很短暂？由于历经隋末动乱，目睹滥征民力，强征豪取的恶果，太宗认为："周得天下，增修仁义，秦得天下，益尚诈力。"并接受魏徵提出的顺应人心思治，人心思定，对老百姓要实行"王道"即教化方针。然而，就在贞观君臣齐心协力，探究开创一个空前盛世的前夜，在大唐帝国的西南，远横于天边的一抹高耸入云的黛苍，却有一个叫吐蕃的民族迅速崛起，成为唐王朝必须面对的一支不容忽视的势力。

巍峨青藏·吐蕃崛起

神奇青藏

茫茫宇宙，亿万星辰，人类有幸生息繁衍的地球，浩瀚海洋、雪峰冰川、戈壁大漠、星光雷电，不知有多少已知或未知的奥秘吸引着我们的神经与目光。平均海拔超过4000米的青藏高原，宛如一抹黛苍突凸隆起于地球表层，素有“世界屋脊”的美誉。在这“屋脊”之上，仅是海拔超过7000米以上的山峰多达50多座。超过8000米的则有11座，终年为亘古不消的积雪冰川覆盖，晶莹剔透，银光闪烁，蓝天映衬，薄雾缭绕，宛如含娇带羞、眸子顾盼、风情万种的妙龄少女，召唤着多少血性男儿挑战的欲望与征服的决心。

大美青藏

这片世界上海拔最高、面积最大的高原是如何形成的呢？各国科学家们有不同的说法。

大陆漂移说，是奥地利地球物理学家魏格纳（1880—1930）在其著作《海陆的起源》中提到的见解，他认为大陆原本连在一起，然后像漂移的冰山一样逐步分离开来，形成高山、湖泊与平原。我国长期从事青藏高原考察的地质学家郑锡澜在其著作《世界屋脊的崛起》中认同这个说法。

海底扩张说，是美国地球物理学家赫斯（1906—1969）提出的论点，主要内容是：大洋中的海岭是新地壳的诞生地，高温岩浆沿着海岭的裂隙向上溢出增高。但又有资料证明海底岩石不过两亿年，而地球最古老的岩石已经45亿年了。

板块构造说，是美国科学家摩根、法国科学家勒比雄与英国的麦肯齐共同提出的论点，他们把地球分为六大板块，板块交界的地方是地壳活跃的地带，常有地震、火山活动。因而造成下沉或隆起。青藏高原便是交界地带隆起的结果。

20世纪五十年代以来，中国科学院在青藏高原先后组织了多次科学考察，考察队队长、中国科学院院士孙鸿烈在他主编的《青藏高原形成演化与发展》一书中写道："青藏地区新生代期间大致经历了三期地面抬长期，它们分别在3000万年以前，2300—1500万年和距今340万年以后。前两期地面抬升造成的青藏高原平均高度可能不超过2000米。距今340万年以来大量山麓扇砾岩堆积和山间断陷盆地的形成记录了青藏高原地面强烈抬升，正是这一期地面抬升形成了我们现在看到的青藏高原。"

不管科学家们各自以怎样的学说和理由来解释这隆起于地球的青藏高原，我们委实得感谢大自然的神奇和造物主的惠顾，把神奇美丽、蕴含丰富的青藏高原赐予了华夏大地和炎黄子孙，它巍峨高大，雄浑延绵，恰到好处地雄踞于中国的西南，如同不可逾越的屏障，拱围起华夏大地的内陆与腹地。

我们可以做这样的假设，如果青藏高原不是在现在的位置，而是整体北移至祁连山与河西走廊的位置，那么它将会因纬度偏北，临近寒带而终年为冰雪覆盖，过度的严寒因无法生长植物而不适合人类生存；再假如青藏高原不是巍然高耸4000公尺，而仅仅是几百公尺，以现在的纬度，它可能炎热如同伊朗、伊拉克等中东地区，举目皆是荒漠和戈壁。现在的青藏高原纬度虽然偏南却巍然高耸，气候因地形而多样，雅鲁藏布江与拉萨河谷气候温润、水量充沛、草木茂盛，适应种植各种谷物和蔬菜，辽阔的山坡高原则适宜于游牧，林芝地区及东南河谷由于海拔低于3000米，植物多样茂密且垂直分布，呈现出让人惊讶的江南景象，由于海拔高，日照充分，每年超过3000个小时，拉萨便有太阳城之称，即便严冬，只要太阳升起，一览无余地照射下来，人们便会感到温暖，人类的生存环境并不像想象中的那般恶劣。

当然，气候恶劣的地区也有，比如藏北羌塘草原，大部分在海拔4500米以上，无霜期仅两个月，冬季严寒漫长，大部分地区常年为冰雪覆盖，甚至有四十多万平方公里的无人区，至于海拔超过6000米的昆仑山、唐古拉雪山、各拉丹冬雪山和喜玛拉雅群峰，更是终年冰雪覆盖，但又恰是这些延绵不尽的雪峰，亘古难融的冰川，蕴涵着巨大水量，淙淙消融，汇纳不尽成为华夏大地的——

江河之源

当今世界，没有哪个国家和民族不重视生态、环境、资源，尤其是水资源。中东许多地区水比油贵并非神话，作为世界上人口最为众多的国家，中国水情并不乐观，人均占水仅是世界人均占水的六分之一，发达国家的十分之一。全国600个以上的城市缺水，尤其中国政治经济、文化中心的京畿之地更是严重缺水，“南水北调”已经刻不容缓。从这个背景和视角来看青藏高原，由于有众多常年被冰雪覆盖的雪域成为多条江河的源头，尤其是中华民族母亲河长江与黄河的源头，对青藏高原的作用和贡献怎么评价都不过分。如果再扩展视野还会发现，从青藏高原发源的河流，不仅惠泽了中华大地，还直接催生了亚洲许多国家文明的诞生，打开地图就可清楚地发现，发源于青藏高原东南的狮泉河是巴基斯坦主脉印度河的上源，雅鲁藏布江流至印度成为布拉马普特拉江，澜沧江进入越南称湄公河，那更是条流淌缅甸、老挝、泰国、柬埔寨南亚多个国家的国际大河，怒江进入了缅甸改称萨尔温江，水量是黄河的1.6倍，使缅甸成为东南亚的米仓。发源于青藏高原的这些江河是亚洲几十亿人民的生命源泉，曾孕育了古代辉煌的文明，也是现代文明得以为继和发展的根本保证。

当然，我们最关注的还是孕育了长江、黄河的那片雪域，由于还邻近着澜沧江源，所以经常见诸媒体报刊的是三江源。这里位于青藏高原的腹地，平均海拔4000米以上，坐落纵横于巴颜喀拉山、可可西里山、阿尼玛卿即山及唐古拉山，这些高大雄浑的山脉海拔均在五六千米以上，覆盖着终年不化的积雪，是中国冰川集中分布的主要地区，目前被划进三江源地区的有 30 多万平方公里，这一带溪流密布，湖泊众多，是世界上海拔最高、面积最大、湿地类型最为齐全的地区，能够为大江大河提供必备的水源。约占长江总水

雄奇的雪域高原

青藏高原素有中华水塔的美誉

量的25%，黄河总水量的49%和澜沧江总水量的15%，是我国乃至亚洲重要的水源地，三条著名大河发源于同一地区，在世界地理上也绝无仅有，所以三江源素有“中华水源”和“亚洲水塔”的美誉。

养育一个国家的大江大河之源是否在本国国土之内至关重要，尤其是国际间的竞争日趋激烈的今天，笔者在考察丝绸之路就曾了解到因水源引起的国际纠纷。比如新疆克拉玛依是我国重要的石油产区，又是极端的缺水干旱城市，能否解决水源是发展乃至生存的首要问题，克拉玛依以北300公里有发源于我国北疆的额尔齐斯河，水量充沛，水质清洌，但却是条流入哈萨克斯坦和俄罗斯又进入北冰洋的国际河流，为了在额尔齐斯河干流上修筑水库，向克拉玛依供水，根据国际公约，我国与俄罗斯的谈判竟达10年之久，才得以引水成功，挽救了这座石油城。

由此观之，假设长江黄河的源头不在我国境内的青藏高原，而是别的什么地方，不仅悠久灿烂的文明失去源头，这种文明能否得到延续和可持续发展是不堪设想的事情，稍稍细想，在抹去额头冷汗的当口，值得庆幸，我们拥有了多么重要且宝贵的三江源区，也拥有了多么重要宝贵的青藏高原。

雅鲁藏布江河谷千年古树

藏族起源

青藏高原虽因高峻和号称“雪域”抹上种种神秘色彩，撩开面纱，深入探究仍不难发现雪域并非亘古蛮荒，仍然密布着辽阔的草原，温润的河谷，茂密的森林和蔚蓝的湖泊，栖息活跃着野牦牛、藏羚羊、林麝、盘羊、旱獭、雪鸡、血雉、苍鹰等各种珍禽异兽。青藏高原的多处新旧石器时代的文化遗迹表明，人类自古便在青藏高原繁衍生息。关于藏族的起源，各种典籍记载，“有印度迁入说”、“卵生说”、“猕猴与罗刹女结合衍生藏人说”等。

这些都是伴着佛教传入或是史前神话的传说，《西藏通史》《藏族史要》等重要史籍及藏族著名学者更敦群培（1903—1951）都曾予以批驳和否定，从位于昌都西南约12公里的卡若遗址发掘的细石器和陶器、磨制石器，代表了西藏高原东部地区以农业为主，兼有畜养、狩猎经济文化类型，专家们认为西藏卡若文化更多是受到甘肃、青海境内马家窑及齐家文化的影响，与中原仰韶文化一脉相承，据碳素断代属公元前3300—前2050年，距今约5000余年，充分说明西藏人的祖先曾经在这里生活。历史文献与藏北那曲、藏西阿里大量的古代出土文物证明，数千乃至数万年前在青藏高原就有人类活动，藏族是土生土长的一个民族，绝非来自其他地方。

卡若遗址出土文物

如果从民族族源来讲，在藏族形成的过程中，从相邻地区比如历史上便被誉为“羌藏走廊”的金沙江、怒江、澜沧江，三江并流的河谷及穿越青藏高原的唐蕃古道吸收了氐羌、蒙古、回、汉等民族的成分。另外，科学证明，从人种来讲，藏族人不属于欧罗巴人种（白种人），也不属于尼格罗人种（黑种人），而是属于蒙古人种的

东亚种族。藏族学者更敦群培在其《更敦群培文集精要》中著专章论证藏族属于蒙古人种，蒙古人种包括蒙古、汉、藏、缅甸等民族。目前史学界绝大部分学者都赞成这样的基本结论。

另外，对“氐羌北来说”，不少藏学家认为羌族是藏族族源组成部分，从历史和现实生活都有较充分的证据。羌是我国最古老的民族之一，在甲骨文中就有了记载，《后汉书》已有《西羌传》专章，记录生活在我国西部的高山与河谷的游牧民族。耐于严寒，崇尚刚强，重视生育，种族繁盛，人口膨胀迅速。秦汉之后，不断东移的羌民融进汉族。其中一支党项羌唐时世居宁夏，宋时壮大，占据宁夏、陕北、河西等广大地区，建立起西夏王朝，创造文字与典章制度，立国近200年，在国际上留下一门几乎与敦煌学齐名的西夏学。西夏国后来在成吉思汗大海波涛般汹涌的蒙古铁蹄下灭亡，近百万百姓不知去向，尤其是西夏王族消失得无影无踪，也成为日后西夏学研究的重要课题，有多位学者认为西夏遗民沿着祁连山多条孔道，进入青藏高原与川西北河谷，融进了当地藏族。目前，陇南、川西九寨沟一带的白马藏族，丹巴、理县一带的嘉绒藏族在服饰、民族、饮食、婚丧习俗中明显带着氐羌人的印痕。

我国藏学先驱任乃强在其《羌族源流探索》中认为，历史上的“西羌”是上古时期对生活于西部及青藏高原一带古老民族的泛称，他们包括藏族的先民，也包括东迁成为汉族及其他民族的先民，并提出青藏高原是人类发祥地之一，是中华文明的一个根，藏族的先民包括古代氐羌。氐与羌原是一个民族，氐是羌的一支，汉代时才分化出来，为什么呢？随着人口增加，生活地域和方式产生分化，羌者牧羊人也，所居地高；氐者低也，进入了较低的河谷从事农耕，即低地之羌，简称氐羌或氐。氐羌融进藏族，也把放牧或农耕方式带进藏区，临近青藏高原，信仰了藏传佛教。现代流行的藏语中有许多西夏文的发音元素，因为西夏文就是羌人的一支党项人创造的。我国著名西夏学专家李范文为破译西夏文，编写《夏汉字典》，曾在川西北一带嘉绒藏寨发掘出6000多个单音字母，也足以证明藏族中有氐羌民族，包括西夏遗民（党项羌）的融入。

笔者阅读多种可靠的史料，多次去西藏博物馆参观，那儿陈列的典籍及多处文化遗址和多种出土文物都无可争辩地表明，藏族与中华民族同根同源，是祖国56个民族中不可分割的重要成员。

吐蕃崛起

公元六世纪，西藏高原上，小邦林立，寨堡遍布，由于奴隶制的发展，相互兼并，最后形成吐蕃、象雄、苏毗三个部落鼎立的局面。由于吐蕃地处西藏山南地区，河谷开阔，雨水较多，气候温暖，有优越的地理条件和稳定的农业基础。部落首领松赞干布进行了一系列改革，显示出咄咄逼人的优势，兼并征讨，统一了西藏。吐蕃的名称按藏族藏学大师更敦群培的说法是：我们这个地区，在自己的语言中被称为蕃域，在地理位置为上方，吐蕃也就是上蕃，日后建立的王朝也就称吐蕃，史称吐蕃王朝。

《西藏通史》中说，松赞干布在位之时，正式确定了“吐蕃”这个名称做为民族的称呼。这个民族团结一致，智慧勇敢，将势力扩展到四方。松赞干布是一个眼界开阔，有政治远见的人物，他从相邻的廓尔喀（今尼泊尔）迎娶赤尊公主，改奉苯教为普渡众生的佛教，他派大臣到印度，创造古代的藏族文字。他对于有着几千年悠久历史的中原文化十分仰慕，采取的是热情欢迎，努力仿效的态度。用他掌握的权力大胆引进外族首先是汉族的先进的经济、文化，来发展吐蕃社会的生产力。

松赞干布出生地

吐蕃王朝崛起与占据马上优势紧密相关

《汉藏史集》记载了松赞干布实行行政区划的情况，他吸纳各种意见，把全吐蕃划分为四个“茹”，再划分若干个千户，并在四方设禁军，在马匹身上彩绘条纹区别军队。把溪水引进池塘，再用水渠灌溉农田，把山上居民迁到河谷，开垦平川为耕地，划分田界。统一核定升、斗、称等量具。把边地小邦和游牧人群全部纳入治下，百姓纷纷来归，平安乐康。吐蕃强盛时期，四“茹”系仿唐王朝典制的军事组织，约 40 万兵力。《新唐书》亦记载吐蕃“胜兵数十万”，日后吐蕃曾在大非川战胜唐代名将薛仁贵率领的十万唐兵，绝非偶然。

我国历史地理学的开创者和奠基人谭其骧院士在《历史的中国和中国历代疆域》阐明了一种大历史观，他认为：19 世纪 1840 年代鸦片战争以前的中国版图作为我们历史时期中国的范围。在这个范围内活动的民族，我们都认为是中国历史上的民族，在这个范围所建立的政权，我们都认为是中国历史上的政权。用这种大历史观来看公元七世纪初，在中华大地上崛起的两个生机勃勃的政权，一个是以中原内陆中心，建都长安的大唐帝国，一个是在气势磅礴的青藏高原，拉萨河谷建立的吐蕃王朝，都处于朝气蓬勃的上升阶段，开疆拓域，四方辐射，这两个王朝的交往是必然的也是不可避免的，事实是在唐王朝近 300 年的历史中，经历了盛唐、中唐、晚唐三个时期，这三个时期与吐蕃王朝的盛期、中期、晚期大体相当。更有意思的是，无论是大唐帝国的君主李世民，还是吐蕃王朝的赞普（王子）松赞干布，都已被历史证明并公认为是雄才大略、建树丰厚的一代英主。而这两位英主尽管在世时间相差较大，李世民（公元 598-649）寿 51 岁。松赞干布（公元 617-650）寿 34 岁。但执政时间却几乎同时，公元 626 年，28 岁的唐太宗登基。在位 23 年，开创了被称颂千载的贞观盛世。仅隔 3 年，公元 629 年，13 岁的松赞干布登上赞普王位，执政 21 年，统一青藏高原，创建强盛的吐蕃王朝。中华大地为两位英雄君主施展抱负、开创业绩提供了广阔的天地，他们之间的交往也成为中国历史上的精彩华章。载入史册的双方使臣来往 191 次，其中唐使吐蕃 66 次，吐蕃使唐 125 次。双方还共同努力，踩踏出一条汉藏交好，民族团结的和平友谊之路——唐蕃古道。不过有趣的是最初的来往不是通商交好，而是兵戈相见。

喜迎公主

公元641年，大唐皇室文成公主远嫁吐蕃王子松赞干布，开辟了一条承载汉藏和平友谊的唐蕃古道，文成公主在雪域高原生活了整整40年，为传播中原文明、汉藏千年交好做出了重大贡献。但这位出生在长安的女子，再也没有返回故乡。也许，文成公主生前也不会想到，她远嫁雪域1365年之后，一直怀念着她的故乡人民举办了一场盛大的活动，把公主又迎回了她魂牵梦绕的故乡——长安。

这件盛事由西安的藏传佛教广仁寺与美籍华人齐茂椿先生联手策划并实施，历时一年，购置名贵紫檀，延请雕刻高手，复制原在长安由文成公主带走，至今仍供奉在拉萨大昭寺的释迦牟尼十二岁等身佛像与文成公主的雕像；再与拉萨大昭寺联系，按照佛家佛理，这两尊新仿制雕像都需运往大昭寺，请高僧大师为其举行开光典礼，然后再沿当年文成公主进藏路线迎回，千年一回，意义重大。

2006年10月15日，拉萨大昭寺广场桑烟腾空，法号呜响，一场专为释迦牟尼十二岁等身像与文成公主雕像举办的开光仪式隆重举行，大德高僧云集，经声震响四方。之后，在西安各界组织的庞大迎亲团簇拥护送下，踏上千年回乡路，穿越藏北羌塘高原、黄河源头、日月山口、秦陇河湟，于10月27日安抵西安。下午3时南门广场人山人海，锣鼓震响，号角长鸣；省市领导、佛家代表、各界群众，用最隆重的中国第一入城仪式欢迎“文成公主”回到娘家。规模宏大，盛况空前，在场群众无不动容，许多老人泪流满面感叹：咱公主回到娘家了。

旅·途·小·憩

唐蕃交兵战松潘

古道开启

公元618年，是中国历史上一个非同寻常的年份，因为这一年，一个非同寻常的王朝创立并在长安建都，这就是我们今天都为之自豪骄傲的唐朝。唐代在近300年的历史中，经济繁荣，文化昌盛，国力强大，声威远播，修有四通八达的驿道，仅是水陆驿站便有1639所，不仅有沟通中西欧亚的丝绸之路，有穿越秦巴大山，由天梯云栈构成的蜀道，还有一条通往雪域高原的官驿大道——这便是举世闻名的唐蕃古道。可以这样推断，在唐蕃古道正式开启之前，长安与青藏高原之间应该有古代先民自然踩踏和自然发现开创的道路，从长安到青海河湟早在汉代就有驿道相通。《汉书》载西汉名将赵充国驻守河湟，距长安900公里，向朝廷奏报军情，往返1800公里，七天就得到指令。说明长安到河湟间的驿道畅通，设施完备，驿力充足。至于河湟与西藏，自古就是游牧民族生活的地方。“逐水草而居”在游牧中自然踩踏出道路是很正常的事情。

从西藏卡若文化遗址出土的石器与陶罐都明显带着甘肃、青海马家窟、齐家文化的特点，说明古道的开启相当久远，可以上溯到6000年前的新石器时代。从吐蕃多次遣使向唐求婚来看，唐初就存在一条比较可靠畅通的交通路线。只不过唐蕃之间由求婚到通婚，由交兵到交好，多次往来，驰驿奔诏，设置驿站，使唐蕃之间的道路更加规范和畅通。

唐蕃古道从汉唐古都长安出发，穿越秦陇河湟，登上中国西部农牧业的

历史上的唐蕃古道

分界线青海日月山，经玛多、玉树境内的江河之源，越唐古拉山口，经藏北那曲、当雄，最终到达雪域圣城拉萨。跨越今陕西、甘肃、青海、西藏四个省区，全程约三千公里。之后，还曾延伸到印度与尼泊尔，商贸往来，十分繁荣，所以也有专家称其为丝绸之路的南线。千百年来，这条被视为汉藏交好、民族团结的和平友谊之路，生发的初衷却并非通商交好，而是兵戎交葛。战场并非长安，却在遥远的边城松潘。

求婚之战

若去甘南草原或是阿坝草原，无论是从兰州或成都出发，都会途经高原古城松潘。这是一座名副其实的古城。老远便能看见暗苍高大的城墙，巍峨高耸的城楼。远处是白雪皑皑的山峰，城边是奔腾湍急的泯江，更把这座高原古城衬托得无比雄奇，无比壮丽。

走近松潘县城，首先让你惊讶的是这座古城竟保存得如此完好。城墙根基用巨大的条石砌就，墙体为黄土筑就青砖砌衬，严丝合缝，随着地形山势蜿蜒连绵，数百年风雨侵蚀，墙体已凹凸不平，杂草小树也从砖缝中漫生，使古城更平添一种厚重与沧桑。

沿着拱圆形的城门洞进去，两扇厚重的大门依然存在，历数百年之久而无腐蚀损坏，足见当年修建之结实。据说松潘县城修筑达60年之久，信不虚传。穿越深达15米的城门洞，给人一种进入院落的感觉，一种安全感油然而生。环顾四周高山激流，回首历史漫长岁月，为保一方百姓平安，民族和睦，你会觉得古城修得恰到好处，十分必要。

事实也确如此，松潘由于地处四川、甘肃、青海三省交界地段，是青藏高原、甘陇、河西进入四川盆地的必经之处，历史上草原游牧民族吐蕃、党项、鲜卑、突厥以及蒙古铁骑都曾由此入侵川西平原。所以汉唐以来，历代中原王朝都很重视松潘防务，设关卡，驻精兵，严加防范，不敢稍事懈怠。从北周天和元年起，即公元566年，就在此设县级治所。

唐初，在李渊、李世民父子起兵反隋，建立大唐王朝的时候，遥远的雪域高原，也有一个部落王朝迅速崛起，史料记载，当时西藏山南地区的部落王子，年仅13岁的松赞干布，在干练的大臣辅佐之下，治理有方，组成一支能征惯战的精锐部队，平定了雪域高原的多起内乱，兼并了许多部落小国，完成了对青藏高原征服统一的历史使命，松赞干布也成为受吐蕃臣民拥戴的国王。公元七世纪初，松赞干布听从贤能长者建议，放弃了崛起的故地山南，带领王室贵族及军队，还有大批的牛羊，浩浩荡荡开进了四山环绕、地势平坦，而且有拉萨河贯穿滋润的拉萨平原，在河流湖畔间开劈新的家园，并在平原突兀而起、自然天成的红山上构筑宫殿。这便是之后举世闻名的布达拉宫。如同唐王朝建都长安，日后开创开元盛世；吐蕃建都拉萨也开启了雪域高原崭新的纪元。据《旧唐书·吐蕃传》载："其国都号为逻些城。屋皆平头，高者至数十尺。贵人处于大毡帐，名为佛庐。"

唐时，仅史书记载双方互派使者近200次，唐使遣蕃60余次，文成公主、金城公主入藏时更是规模宏大，人数众多，到过逻些，即今拉萨的人应该很多，史书记载也应不虚。说明拉萨城在唐时已有相当规模，房屋"高者至数十尺"，就该指楼房，或石头砌起的碉楼状建筑。至于"贵人处于大毡帐"应指习惯。当初松赞干布率山南部众进入拉萨，其中不乏牛羊众多的奴隶主，习惯住帐篷。很可能在此之前，中原王朝与吐蕃之间已有交往，这位风华正茂的吐蕃王子松赞干布对中原文明十分推崇向往。于是派使者于贞观8年前往唐王朝求婚，经过松潘，不想却被守卫松潘的官兵扣押。

高大雄伟的松潘古城

松赞干布一怒之下，亲率20万大军进犯唐境。松潘守将韩威开始轻敌，没有把来自青藏高原的吐蕃军队放在眼里，认为吐蕃不过是食牛羊、穿毛皮的乌合之众，不堪一击。不想，双方交兵，吐蕃士兵敢冲敢打，奋力拼杀，唐军大败，只能坚守待援。吐蕃军队乘机在边境一带大肆劫掠。这才引起唐王朝对吐蕃实力重视，唐太宗亲自点将，选派能征惯战的大将侯君集为弥道行营大总管，右领军大将军执失思力为白兰道行军总管，左武卫将军牛进达为阔水道行军总管，右领军将刘兰为洮河道行军总管，四路大军共率五万步骑，浩浩荡荡迎击吐蕃。这也是唐帝国与吐蕃王朝首次大规模战役，双方投入兵力近30万，方圆数十里，营盘森严，战旗轻拂流云，马蹄叩击大地，双方都摩拳擦掌，志在必胜。

因吐蕃军队先胜一仗，认为唐军不过如此，心存麻痹。唐军大将侯君集巡查吐蕃，见其势众，不宜力战，只可智取，看出破绽，命骁勇善战的牛进达为先锋，率领精锐骑兵夜袭吐蕃大营，其余几路兵马，举火擂鼓，呐喊助威，吐蕃毫无防范，被唐军冲进营帐奋勇砍杀，斩杀吐蕃千余人。这是吐蕃崛起之后遭受的首次惨败，其首领见几路唐军士气高涨，勇不可挡，引兵退回青藏高原。吐蕃王廷深感唐军衣甲鲜明，军纪严整，凌然难犯，唐境田亩相望，俨然大国，举止文明，越发希望联姻，乃派相当于丞相职务的大臣禄东赞使唐谢罪，献金5000两，骏马千匹，再次郑重求婚。不打不相识，雄才大略、富于政治远见的唐太宗虽然获胜，但审时度势，深感吐蕃雄踞青藏高原，民性剽悍，是一支不容忽视的力量，应化干戈为玉帛，和睦交好。

于是应允藏王松赞干布求婚请求，把李唐王朝文成公主嫁予松赞干布，谱写了一曲汉藏和睦的千古佳话。松潘的雪山激流，青松草地都因此而永驻光彩。

边城松潘

俗语：明修长城清修庙。现存松潘城墙为明时所建。明代时封建王朝那种汉唐气象已不复存在。朱明王朝始终处于一种防御状态，北防瓦剌、女真等游牧民族，大修长城，故现存长城多为明长城。南防倭寇，其时因日本浪人在沿海一带骚扰不已。日本人矮小，故称倭寇。民族英雄郑成功便是抗倭名将。在内地要塞重城，明廷也是修城不止，西安现存城墙便是明时所建。

正是在这个大背景下，明政府也把松州与若尔盖草地的潘州合并为松潘筑城设衙。由于松潘地处要害，故明廷专调富于筑城经验的宁州卫长官高显负责。经实地勘察，决定利用松潘险要地形，依山傍水，筑城于两山之间，无论从哪个方向进攻，插翅也难逾越。筑城时就地取材，烧制厚重古砖，每块达 30 公斤。然后采用传统技法，用糯米、石灰、桐油搅拌而成灰浆，修砌成高达 15 米，即 5 层楼房高，长达 6.2 公里的环周城墙，几乎是现存西安明城墙 13.2 公里的一半。加之城内配套署衙、司狱、守备、把总、文庙、佛

岷江绕城而过

殿、书院、城隍庙、接官亭共历 5 年才竣工。在 600 年前人烟稀少的边地，构筑如此宏大之工程，所耗财力，所遇艰辛均不难想见。之后，松潘曾发生民变，占据西山之巅，城中防务尽收眼底。为纠失误，又把城墙修上山巅。而此时距修城已六十个春秋了，故有松潘城修了 60 年的说法。

松潘不仅城墙高大，城内街道也仿内地城池，街道严整，房屋规范，官署民居，各守其地，一派明清格局，显得古色古香。我曾有幸两次到松潘县城，并在城中住宿一夜。第一次为 1985 年，其时正在鲁迅文学院学习，《青年作家》编辑部组织笔会，鲁院一帮同学应邀。游完九寨沟后，再去黄龙，便需在松潘住宿。记得到了松潘，谁也没有想到在这泯江上游，崇山峻岭之间，竟有一座如此完好的古城。大家兴奋地在大街小巷转悠，街上藏民很多，还有骑着高头大马的藏族汉子，马蹄得得，在碎石子路面上一溜小跑。摆地摊的多系藏民，卖藏药的就有几处，当时没提保护野生动物，还真出售虎骨、豹尾、熊掌之类，再是虫草、藏红花等名贵药材，皆松潘一带所产。印象至深是各式藏刀，刀鞘上镶银带珠，十分漂亮，大家纷纷购作纪念。

我们还转悠到几户人家，皆有院落。无论藏族、回族、汉族，都很热情，保持着边城居民的质朴。有一家人做豆腐，家中有古老石磨，但用城外河水带动水车做动力，原始而先进，给人印象很深。当晚，我们住在古城，寂静无比，能听见山林的呼啸和河水的喧哗。松潘海拔 2000 多米，夏季十分凉爽，中午太阳明晃晃的，只热上一阵。我们是 6 月份去的，过雪宝鼎时，正逢下雪，在松潘盖着棉被有位同学还被冻醒。

2001 年 8 月，专程考察《宋史》载“汉中买茶·熙河（临洮）易马”的茶马古道，途经川西北重镇川主寺，一看地图，此地距松潘古城仅 17 公里，于是调转汽车，像看望老朋友一般直奔松潘。8 月下旬，正是泯江河谷收获的季节，沿途成熟的青稞、胡豆、荞麦呈现一片片金黄，田地里不少藏民在收获庄稼，脱下藏袍，露出红

古城藏族老人

绿各色毛衣的妇女挥镰收割。男人则拉着马、毛驴驮运庄稼，孩子们在收获过后的地块中嬉闹，一派高原丰收的喜悦景象。

松潘城墙依旧，泯江松桥依旧，都耸立着重点文物保护单位的石碑。城区街道还保持着明清格局，只是增添了一些时新门面。与临街一位商店老板闲谈，他讲现在都晓得保护文物，整个松潘县城都属保护范围，没人敢乱拆乱建。也幸亏保护，吸引了不少游客，松潘现在的支柱产业是旅游。

果真，几位旅客购物，老板赶紧忙活去了。我们在松潘城中转悠一圈，给汽车加油，又吃了一顿古城特有的羊肉烩面片，才心满意足地离开。

在松潘高原还能见到“风吹草低见牛羊”

松潘高原宜于游牧

贞观时汉藏交好

太宗卓识

唐蕃古道的开启，汉藏联姻并交好，这段流传千古的佳话，并非一帆风顺。而是涵盖着丰富多姿的历史内容，不仅展示了唐太宗李世民过人的胸襟气度和远见卓识，吐蕃首领松赞干布的才情英气和豪爽执著，也为两个王朝创建之初的国情局势所决定，可以说是一种历史的必然选择。

唐太宗李世民

历史选择了一代英主李世民。但贞观初年，李世民面临的却是一个百业凋零，百废待举的局面，历经隋末战乱，田地荒芜，人口锐减，据《贞观政要》卷 2 记载，当时，洛阳到山东“人烟断绝、鸡犬不闻，道路萧条，进退艰阻”。不少农民仍被逼为盗，“亡命山泽”，社会动乱，极待恢复。

另一方面唐太宗即位不到二十天，占据中国北方的突厥颉利可汗竟率铁骑十万进击到距长安城仅四十里的渭水岸边，威胁京都，情势何等危急！李世民当时虽年仅 28 岁，但历经出生入死的大小战役以及宫廷斗争的种种权谋，已十分成熟。他沉着冷静，见到突厥兵马虽多却杂乱不整，断定不是有备而来，不过是想趁唐王朝政局变动，自己立足未稳，前来勒索钱财。他亲自到阵前观看，审时度势，权衡利害，一方面部署军队，一方面仅带数骑，亲自与颉利可汗在渭水边会谈，结果是拿出不少金银绢匹财物赠予突厥，避免了战争，获得休养生息的机会。

唐初，对中原王朝造成威胁的不仅有来自北方草原的突厥，还有西部的吐蕃与吐谷浑。这些游牧民族都占据着马背上的优势，来去迅速，如同秦汉时期的匈奴，屡屡侵犯中原，这便是史书所称的“边患”。唐蕃松潘交战，虽未让吐蕃得逞，但却使太宗看清刚从青藏高原崛起的吐蕃是一支不容忽视的力量，与其兵戎交恶，不如联姻交好，“一女子可顶甲兵十万，何乐不为!”

藏版诸葛

当时，吐蕃的情况是，松赞干布荡平群雄，统一雪域高原，又弃山南而迁逻些（今拉萨），虽占据天地之利，但新朝初立，百废待兴。需交好邻邦，稳定图强，他首先向隔喜马拉雅山相邻的泥婆罗国（今尼泊尔）求婚通好，迎娶赤尊公主入藏。接着，他又向唐王朝求娶公主，尽管不顺利，还发生松潘之战，但不打不相识，他不屈不挠，再次求婚。这次，松赞干布选派的求婚大臣是禄东赞，这在藏区是位家喻户晓的传奇人物，被视为藏族群众智慧的化身，禄东赞是汉译名字，藏语直称他噶尔东赞，是松赞干布得力的四位大臣之一。

他曾建策把吐蕃全境划分为四个“如”和六十四个“千户府”，建立了军政合一的制度。他丈量土地，建立了赋税制度。把土地分为贫民所有、大臣所有和藏王所有等五个等级，初步理顺了行政制度、经济制度，为松赞干布统一西藏和保卫边疆等诸方面的事业做出了很大的贡献。所以禄东赞在西藏很有威望。他虽然不识刚刚创制出来的藏文，但是他聪明机智有谋略，精通政治和军事，是吐蕃时代一位传奇人物。影响力仿佛汉地的诸葛亮，无人不知晓。

松赞干布曾前后数次派遣他办和亲外交。先到尼泊尔，迎娶回尼泊尔公主，再到汉地，迎娶回文成公主。按《红史》第十三章的说法，丙申年

(636) 禄东赞从拉萨出发往唐都长安请婚。那么他这第一次入唐，时在贞观八年 (634) 之后两年。而后在贞观十五年 (641) 正月到长安的迎亲是第二次入唐。

藏族群众心目中的诸葛亮禄东赞

开元二十一年 (733) 所立“定蕃汉两界碑”的碑文中有“往日贞观十年，初通和好，远迎文成公主入蕃。”所指正是这禄东赞第一次入唐求亲。与《红史》第十三章所说丙申年禄东赞从拉萨出发往唐都长安请婚一致。这位求婚大使的才华风度，依正在崛起的吐蕃实力为后盾，终于不辱王命，替藏王迎回唐王室公主，提高了刚统一了青藏高原的吐蕃的地位和影响。

因禄东赞聪明机智，所以唐太宗有意把琅邪公主外孙女嫁给他为妻，《新唐书·吐蕃传上》记载：

摇始入朝，占对合旨，太宗擢拜右卫大将军，以琅邪公主外孙妻之。禄东赞自言：“先臣为聘妇，不敢奉诏。且赞普未谒公主，陪臣敢辞！”帝异其言，然欲怀以恩，不听也。

史书上还记贞观末太宗伐辽东还，松赞干布遣禄东赞带金鹅来贺之事，那是禄东赞第三次入唐，与唐太宗想许配琅邪公主外孙女给他可能是同时发生的事，否则，禄东赞就应四次往返唐蕃古道。

松赞干布死后，噶尔东赞又担任芒松芒赞辅政十五年。并在芒松芒赞在位九年 (658 年)，又一次即第四次或第五次前往唐地。无疑禄东赞是唐蕃古道和蕃尼古道开辟之初，辛苦跋涉最勤的一位。正是他这样不断奔波，促进了藏汉之间、尼泊尔和藏族之间的友好往来。

《新唐书·吐蕃传上》称：“东赞不知书而性明毅，用兵有节制，吐蕃倚之，遂为强国。”并维持了唐蕃的友好关系。晚年的禄东赞担任守护大臣之职，先后在吐谷浑住了六年，在突厥住了一年。唐高宗乾封二年 (667 年)

唐《步辇图》描绘唐太宗接待吐蕃使臣禄东赞情景

他从吐谷浑返回西藏的路途中，得病死于森塔地方。禄东赞去世后，一直受到藏区群众的怀念，各种书籍和壁画中都有他的身影。藏王墓前和文成公主的塑像前都塑有禄东赞像，这也是对他在唐蕃友好上做出贡献的一种褒扬。

六难婚使

这次，以大臣禄东赞为首的求婚使者在长安城中受到盛情接待，唐太宗应允将皇室宗女文成公主嫁予吐蕃王子松赞干布，不仅成就了这桩汉藏交好留传千年的盛举，还演绎出一宗六难婚使留传至今的佳话。

唐太宗为松赞干布选中的宗室公主叫李雪雁，时年 15 岁。唐时早婚，近年考古专家从永泰公主墓的遗存骨骼中查清墓主死于难产。史书记载，永泰公主成婚时年仅 13 岁，盖因盆骨尚未发育成熟之故。所以，15 岁已是婚配年纪，做为皇室亲女，公主从小受到良好教育，知书达理，聪明活泼。关键那时，并无后来的程朱理学束缚思想，压制人性。李唐王室世居北方关陇，史书明确记载有鲜卑血统，有粗犷豪放的血性。虽为皇室，并不十分看重礼教，王室公主相对自由、开通、开放，踏青游猎、骑马打球在唐诗唐画中比比皆是，故六难婚使这样的充满戏剧性的佳话注定有迹可寻，并非空穴来风。

这六难婚使演绎的情节大致是这样：当时不仅吐蕃，还有突厥与吐谷浑都同时向唐王朝求娶公主，唐王朝为考察各国使臣智慧，也增添喜庆色彩，出题六道，答对者方可迎娶公主。六道难题为：一、将彩线穿过九曲明珠；二、辨认百匹母马与马驹的母子关系；三、百名婚使一日内喝完 100 坛酒，吃完 100 只羊，再把羊皮鞣好；四、一样粗细的一百根木头分出根与梢；五、夜晚进入唐宫看完歌舞演出回去时不能迷路；六、从三百名穿戴一样的宫女中认出公主。这六大难题确真难煞了突厥与吐谷浑婚使，但却被吐蕃婚使一一破解：利用蚂蚁携带丝线穿越了九曲明珠；母马与马驹分开一夜，不予喂奶，一旦合群，马驹会自找母亲；喝酒吃肉鞣羊皮是吐蕃人的拿手好戏，根本难不倒；木头根梢则用湖水区分，下沉为根，飘浮为梢；夜晚进宫先做路标自然不会迷路；事先打听出公主特征也就不难辨认。

据说婚试结束，唐王室朝野上下由此看出吐蕃人是沉着、智慧、积极进取的民族，大臣如此，王子也一定干练机敏。太宗龙颜大悦，当场把吐蕃使臣认出的文成公主下旨许配给吐蕃王子松赞干布。唐蕃由交兵对阵的敌对关系一下转换为翁婿亲家，为交好千年的汉藏奠定了坚实的基础。也由此开启了汉藏千年交好的通衢大道——唐蕃古道。

松赞干布娶亲图

松赞干布与文成公主

公主远嫁开通衢

父女衷肠

如果说，六难婚使有戏说之嫌，毕竟，大唐宗室公主，离开繁华京都，远嫁当初尚属蛮荒之地的雪域高原，辞亲别友，路途艰辛，语言不通，风俗迥异，对于任何一位女子都无疑是人生重大决择。当年公主心路历程，所思所想如何，新旧《唐书》无细载，倒是《西藏王统记》中，较真实记载了文成公主离家的心态。公主当选，吐蕃使臣用歌开导：

从今日牧民外出不难想象当年公主远嫁路途艰辛

天人公主，请听我语。吐蕃藏地，五定所成。
松赞干布，大悲观音，神俊英武，见者钦羡。
以教治邦，人民奉法，诸臣仆等，悉歌升平，
土地广博，五谷悉备，金银铜铁，各宝具有，
牛马繁殖，安乐如是，至奇希有，公主垂听。

歌已，公主暗自思量，诚如此歌所言，则与吾之乡土何异。遂即拭泪，随藏臣而行。藏臣噶亦谓公主言："兹当筹措赴藏，请主回宫。"公主回宫后，帝父曰："汝当往为吐蕃王妃。"公主曰："无有佛法，土地贫瘠，道路遥远，难与父母兄弟相见，儿不欲往。"

父王云："汝必当去，勿作是语。赞普有大神通变化，具足法力。凡朕所有问难，其臣未返藏地，即已具答于所寄缄札之内。设知汝不去，立遣兵五万到此，杀我掳汝，并劫掠一切城市，将如之何。兹观察其臣所为，似以去之为宜。"公主乃向王父叩头奏曰：

无论唯一父皇命，抑出母后之懿旨，
抑或吾兄所教言，何其离奇至放此，
竟遣我往吐蕃地，有雪邦土之境域，
气寒酷冷地粗恶，复多天龙鬼怪妖。
雪山如兽张獠牙，峰岩伊似野牛角。
心无欢乐意不适，不生五谷饥馑地。
下劣食肉罗刹种，行为粗鲁无礼教。
边地佛履所未践，无有佛教黑暗洲。
由无梵宇无神像，故无积福所凭依。
若欲儿即往彼处，父皇所供本尊神，
释迦佛像请赐我。有雪邦土饥饿乡，
宝仓御库请赐我。有雪邦土气萧寒，
请赐一世温暖衣。吐蕃贱民人龌龊，
赐我陪伴诸侍女。如是边鄙邦土内，
与诸藏庶共处时，我之行仪应如何。

如此挥泪而作叩禀。帝父亦以爱怜温语慰之曰：

如我眼目汝娇女，所谓吐蕃有雪地，

胜境钟灵有如是。雪山天然宝塔形，
四湖犹若玉曼达，奇异金花开遍处，
清凉美如无量宫。四江横流木葱茏。
出产五谷并众宝，牲畜遍野草如酥。
经史典籍三百六，还有种种金玉饰，
诸种食物烹调法，与及饮料配制方，
玉片鞍翼黄金鞍，八狮子鸟织锦垫，
并绣枝叶宝篆文，赐女能使王惊奇。
汉地告则经三百，能示休咎命运镜，
工巧技艺制造术，如此工艺六十法，
以此赏赐我娇女。四百又四医方药，
四方五诊论医典，六医器械皆赐汝。
一世温暖锦绫罗，具满各色作服饰，
凡二万匹赐与汝。身材妙曼可意儿，
善承人意诸女伴，二十五名作侍女。
吁嗟难忍分离女，殷切教诲切记取，
为欲化度雪邦人，汝之行仪应如是；
识见宜广行谨慎，对内外事须明敏，
言语温和性善良，恭敬赞普爱臣民。

如此谆谆教导之下，文成公主应该有所觉悟，所给公主的名位和优厚的陪送，特别是传为佛祖亲自开光的“觉阿像”——旷世之宝的佛祖十二岁等身像，将随公主一起入藏，也一定能给公主许多宽慰。无论如何，总还是有些无奈吧，皇命难违，父命难违，公主不能不接受命运给她的安排，拜别父皇，义无反顾地走上唐蕃古道，走向她的夫君，走向她命运叵测的未来四十年。

公主远嫁

公元641年，唐王朝派江夏王李道宗为国舅与护亲专使，专程护送文成公主远嫁吐蕃。这是有史以来首次由中原王朝政府派往雪域高原的专使队伍，对汉藏之间的通衢开辟有划时代的意义。这次入藏，不仅有以江夏王李道宗为首

文成公主塑像

的朝廷大员，还带有大批卫队、侍女、工匠、艺人和大量绸缎、典籍、医书、粮食等陪嫁物品。队伍庞大，物品丰厚。

据《吐蕃王朝世袭明鉴》记载，有“释迦佛像、珍宝、金玉书橱、360卷经卷，各种金玉饰物，多种烹饪食物，各种花纹图案的锦缎垫被，卜筮经典300种，识别善恶的明鉴，营造与工技著作60种，100种治病药方，医学论著4种，诊断法5种，医疗器械6种。还携带各种谷物和芜菁种子等”。由这些记载不难看出，唐王朝远嫁的不仅是公主，还把中原先进的文化、医疗、农业、科技远输边陲，从经济和文化上给吐蕃切实的帮助，惠及最广大的民众，使吐蕃朝野上下在潜移默化中感激和追随大唐，以真正达到化干戈为玉帛，保障边境稳定，才能使贞观长治久安收到实效。

文成公主贞观15年（641）进藏，永隆元年（680）去世，在西藏整整生活了40年，她曾设计和协助建造大昭寺和小昭寺。再是同去的大批卫队、侍女、工匠、艺人们也没有返回中原，留在雪域高原，把耕种、碾磨、纺织、制陶、造纸、酿酒等工艺技术传播到藏区；文成公主带去的诗文、农书、佛经、史书、医典、历法对吐蕃文化的建立、促进起到了不可估量的作用。文成公主带去的金质释迦佛像至今供在大昭寺中，深受藏族同胞崇敬，从那时起雪域高原便与中原内地有了不可分割的血脉关系。

惠泽后世

文成公主入藏，对吐蕃朝野文化经济生活都带来巨大影响，并惠泽后世，也使吐蕃对唐王朝先进发达的文化科技十分仰慕，在文成公主去世后，吐蕃王朝于神龙三年（701）再次向唐王朝求婚。唐王朝也从联姻中看到汉藏和睦带来的安定升平气象，唐中宗选定金城公主入藏联姻，金城公主更具李唐王室血统，其父为雍王李守礼，其祖父为章怀太子李贤，即唐高宗与武则天亲生之第六子，亦是当朝皇帝中宗之兄。所以这次远嫁规格更高，也更隆重，不仅有大量丝绸、金银、谷物、典籍陪嫁，大批侍女、工匠、艺人陪伴，还亲自送到始平县（兴平），据《新唐书》载："帐饮，引群臣及虏使者宴，酒所，帝悲啼嘘欷，为赦始平县，罪死皆免，赐民徭赋一年，改县为金城，乡曰凤池，里曰怆别。"再命左卫大将军杨矩持节杖护送金城公主入藏。

唐蕃古道许多地段已是现代公路

玉树至今有关于文成公主的雕刻

金城公主在吐蕃生活了30年，和文成公主一样，把内地的文化、科技、耕种技术、医疗带进了雪域高原，为唐蕃和睦相处做了不懈努力与贡献，这期间，双方使臣来往频繁，仅史书记载便有191次之多，至于民间的通商、通婚、贸易就更加频繁，唐蕃古道也作为唐代以来中原内地通往雪域高原的通衢大道而载入史册。

路遥知马力

一

公元640年，唐太宗应允把皇室女儿文成公主嫁于吐蕃王子松赞干布，尽管吐蕃使臣一再催促，但直到公元641年隆冬方才起程，关键是进入藏区的准备工作十分复杂，不仅选择使臣、卫士、侍女、工匠，还需把大批谷物、书籍、丝绸、器物带入遥远的雪域高原，选择车辆驿马都十分麻烦。倘若今日出行，纵然万里之遥，有公路、铁路相通，只需乘坐汽车、火车乃至飞机，穿越东西半球也只在昼夜之间。但在古代关山阻隔，车马不易，虽有驿道相通，朝行夜宿，也绝非易事。上世纪30年代，十三世达赖去世，历经数年，经各方努力多处寻找，认为生于青海湟中县塔尔寺附近的小男孩拉木登珠极有可能就是十三世达赖的转世灵童。最后一个最重要的环节是蒙藏委员会委员长吴忠信代表

古代远行全资马力

国民政府，进藏主持十四世达赖喇嘛的认定与坐床仪式，时值抗战，交通不便，竟绕道印度，加之需英国签证，前后历时一年才到达拉萨。

上世纪五十年代初，西北军区范明将军，接受中央任务，护送十世班禅进藏，在周总理亲自安排下，用几个月时间准备，采购骡马 5000 余匹，驮牛 6000 多头，骆驼 1600 多峰，雇用甘青一带有经验民工 1200 人，还为班禅组建一支 400 人的民族武装，从西宁起程，前后历时 4 个多月才到达拉萨，途中遭遇种种艰辛，惊心动魄。范明将军回忆进入黄河源第一天，就被沼泽夺去 20 多人生命，驮马损失 400 多头……

那么，当年文成公主进藏，雪域高原，遥远神秘，古道初开，物品繁多，怎样护送公主安全抵达逻些（拉萨）乃是大唐王朝必须认真对待的问题。

考虑到大唐开国初期，国力远非日后那般强盛，占据北方与西北的东西突厥还处于敌对状态，能够远足的骆驼，皆不在唐境，再是唐太宗马上夺得天下，视良马为知己，对伴他征战的六匹战马，曾亲写《六马图赞》，可见对马无比欣赏信赖。所以有理由相信，当年文成公主进藏，无论乘骑，无论载物，大量使用的只能是马，我们也有必要对马，这个和人类相处几千年的伙伴有深入的认识和了解。

汉唐时马政鼓励百姓养马

二

我一直对马有种深深的敬意，觉得马是一种力量、威武和健美的化身。看见马就感到亲切和愉悦。

儿时，我曾在西安西关八家巷住过，那是上个世纪50年代初期，当时西安市郊许多运输还靠骡马。八家巷附近就有一家骡马运输公司。有几十挂大车，近百头骡马，早出晚归，场景十分壮观。早上，太阳出来，朝霞一片红时，披挂停当的大车便要出发。一夜歇息，加之吃饱喝足，这时骡马都分外精神，耳朵竖立，鬃毛直摆，昂头嘶鸣，毛皮闪着光亮，尾巴也甩着，十分威风。

每挂大车常由一匹身材高大的骡子架辕，四匹马拉梢。讲究的车把式还讲求选用毛色相同的马来拉车，一色白马，一色黑马，一色红马。出车时，车把式分外精神，带红缨花的长鞭在空中抽得山响，却永远不会落到骡马身上。吆喝也极响亮，一脸的矜持和自得。记得有个麻脸光头壮汉，每见到我们这伙看热闹的孩子，故意把长长的鞭梢劈头打来，清脆响亮的鞭声在头顶炸响，孩子们便吓得捂起耳朵，四散跑开，直到整个马车大队消失在巷口，腾起的尘土消散才高兴地回家。

唐陵石马彰显马力

这一天心里便满满的。也有这样的时候，早上睡失了觉，眼睛一睁，天已大亮，想着看骡马，一骨碌爬起来，跑到骡马店看时，马车早已出发，偌大的场地空落落，惟见零乱的马蹄车印，一时呆站在那里，心都空了。

稍长，进学校读书后，读《西游记》、《三国演义》，最崇拜的便是战马伴随的英雄。关云长千里走单骑，过五关，斩六将；赵子龙大战长坂坡，六进七出；赤兔宝刀，白龙长枪，乘风而来，呼啸而去，铁蹄叩击大地，嘶声震裂长空，直杀得曹兵心惊胆颤，天昏地暗。这满足了我少年时代多少猎奇和梦幻。

三

之后，对马的兴趣一直没有削减。

有位文友，在西北农学院学过兽医，毕业后分配至河西走廊山丹军马场，一干十多年，人到中年才回到故乡。我们聊天的主要内容是谈马。他堪称一位识马专家，对马的起源、种群、习性、耐力、毛皮、速度，还有马的忠诚，马的智慧，马的勇敢，马的情感，马的坚强，无一不懂，无一不能讲出一大套理论和一长串故事。

我多次怂恿他写出来，像写人一样写马，价值意义肯定非同一般。他却因政务缠身，解嘲说退休后再写吧。

我的所有关于马的知识都是从这位朋友处获得，而且在我多次丝路与草原之行中派上用场，不仅学会辨认河曲马、蒙古马、伊犁马、山丹马和西南川马，还能在旅途中对同伴大谈马的各种习性。

马非常坚强，即使母马也是如此，怀孕后照样干活，没经验的人根本看不出来，临产时也能忍受巨大的痛苦，一声不吭，临产前才卧倒，很快生下马驹，便又站立起来。有些母马干脆站立着“扑嗵”一声生下小马驹。小马驹一生下来就能站立起来。母马见到小马驹的第一眼不是爱抚，而是在马驹背后发出“突”的一声，惊得小马驹本能地做出奔跑的动作，这样就能记忆终生。

马的智慧和忠诚在动物世界中也堪称之最。在人类数千年的征战史上，马始终是出征将士最忠诚最可靠的伙伴。“出师之要，全资马力。”古代马匹在战争中的重要不亚于今日战争中的坦克和装甲车。生活在草原上的游牧民族，所以能先后建立起回纥、金、西夏、瓦剌等割据政权，乃至曾统一全国的元和清政权，在很大程度上也是占据了马上优势。

一代天骄成吉思汗所以能横扫欧亚，大军攻占伏尔加河流域，直逼莫斯科城下，没有马的速度、马的耐力、马的坚强和忠诚，是不可想象的事情。史书常说“蒙古铁骑”，把勇士与战马并列，十分深刻，也十分准确和到位。

四

应该相信，在漫长的岁月中，汉族聚居生活的中原内陆，深受先秦诸子、孔孟儒家文化浸淫熏陶，能够诞生深厚精博的秦陇文化、湘楚文化、巴蜀文化、燕赵文化、吴越文化等有地域特色的文化种群。那么，辽阔的草原也一定会产生同样精深博大的草原文化、游牧文化。可以推测这种文化的支柱注定是骏马，不可能是绵羊和牦牛。草原民族一定会对马的习性、马的驯养、马的使用，积累起丰厚的经验，了解得无比深透，以便在关键时刻把马的作用、马的威力发挥到极致。

每一片草原，每一个部落，都会诞生出色的牧人和勇敢的骑手，都会有识别名马良马千里马的伯乐。每一次战争都会诞生关于马的无比动人的故事。在矢箭如雨、杀声震天的战场，马总是和勇士一起勇往直前，永不后退。倘若主人中箭落马，马决不逃亡，一定把生还的可能留给主人。马会冒着危险，坚守在主人身边，甚至还有特别聪明的战马会躺倒装死，掩护主人，等敌人过去，再救护主人。

马讲义气，喂熟的马绝不会轻易离开故主。马无夜草不壮，马吃夜草。在草原上牧马人总要在黄昏放马，马则自由地去吃夜草，但一定会在日出之前回到主人放它的地方，十分准时守信。马若易主，会伤心流泪，但末了则会听从主人和命运的安排，一定要看见故主把缰绳交给新的主人，才会跟新主人走。否则，又踢又咬，绝不从命。

最让人肃然起敬的是马对伦理道德的信奉和遵守。人类饲养牲畜历史悠久，几乎和农耕同时诞生。牛、马、羊、鸡、狗、猪并称六畜。六畜是概数，其实远不止此，骡、驴、鸭、鹅不下几十种，但惟独马讲究伦理。

草原上，马常是分群喂养，一般20匹左右一群，也有百十匹一群，但其

文成公主经过的温泉驿

日月山因文成公主经过得名

中又有若干单位。一群马中，小母马一旦个头长高，公马就会赶它离开，要不就又踢又咬。对小公马也是这样，母马会主动赶它走。小公马要赖也不行，母马决不再认它。

有经验的牧人都知道，这是马怕乱伦，及早采取的防范措施，从制度上加以保障。凡是公马母马要赶走的儿女，牧人一定要分群，把它们归入别的马群。这在整个动物世界独一无二，绝无仅有。包括也通人性的牛、狗、猫都做不到。

马还非常讲究原则，坚持公理。一群马中，除了未成年的马驹子外，只能有一匹公马承担对整体马群的带路、守护、寻草、觅水等职责。这一切都很规律守时，压根不需牧人操心。别的马离群跑来，公马会又踢又咬，包括单独跑来的母马，也不接受，非要赶它回到原来的马群。

马是义畜，和主人生活久了会有感情。尤其是那些老马，在预感到自己将不久于世时，会对主人流泪，表示依恋。马的死也很悲壮，即使是疾病缠身、卧地不起的病马，也要站立起来，绝不失威，直到生命最后一刻，才轰然倒下，十分悲壮，十分感人。所以马死了很少有人剥皮吃肉，都深深掩埋，以示怀念。

五

正因为马如此义气尊贵，古今中外文学艺术作品写马表现马歌颂马的多不胜数。汉武帝喜爱西域所产汗血良马，不惜遣使万里求索。唐太宗则把伴他征战的六匹骏马刻为石雕，置于陵前，生死相伴。这便是闻名于世的昭陵六骏。古典戏剧中的《火焰驹》、《红鬃烈马》，新时期文学作品中有张承志的《黑骏马》、张贤亮的《牧马人》等，都是以马为主人公。可见马在人心目中的地位是高于其它牲畜的。

法国第一大报《世界报》曾以整版篇幅刊登中国摄影家陈宝生拍的一幅奔马。《欧洲时报》对这幅照片评论说："这是一匹中国马，风驰电掣，摄影追风，仿佛要冲破画面，奔向天涯……"

我一直对马深怀敬意，因河西走廊至今还有全国最大的军马基地，所以，在考察丝路中，也把去马场列入计划。可惜几次都阴差阳错，失之交臂，不是向导突然有事，就是又被突如其来的事打断。甚至有次没有向导，我们也独自前往，已经到了山丹马场总部，却被告知马群都到高山夏牧场去了，海拔四五千米，并不通车路，看着近在眼前的祁连山，实在不甘心，硬着头皮沿着简易公路又前进十几公里，不想突然下雨，海拔已超过 3 千米，气温骤然下降，无奈只好返回，但总算看见零散放牧在山坡的三五成群的马。山丹马体形高大，腰细腿长，通体匀称，剽悍骏美，兼有驮、挽、乘骑多种功能，几匹枣红、赭黄的骏马，在一望无垠碧绿滴翠的大草原上一边安详啃草一边甩动长尾，真正是天地之间的精灵，看着很让人过瘾。考察丝路，每到武威，必去雷台参观铜奔马，并花费千元购置两尊原大“马踏飞燕”置于案头，时时观赏，对这对艺术品百看不厌。

我曾先后去过青藏、内蒙、宁夏、新疆、四川和甘南草原，除了考察草原丝路，领略草原的辽阔和神奇，还极想就近逼真地观赏草原精灵——骏马的威风和精神。尽管，在这些草原上都曾见过我国所产的主要马种蒙古马、伊犁马、山丹马、河曲马和西南川马，但只在青海草原和甘南玛曲草原见到较大的马群，悠闲地吃草。

在草原上领略过一次骏马的风采是在青海。恰是在唐蕃古道必经的日月山下的倒淌河，我们驻足在一处帐篷宾馆歇息，四周便是漫天碧绿的草场，散布着白色的羊群。我正遗憾没有骏马，突然见远处天边奔驰过来一个黑点，我估计是马，连忙取出相机，镜头盖尚未打开，那马已冲到跟前。一位黑壮的藏族小伙骑着匹栗黄色的高头大马，马的肌肉隆起打着响鼻，冒着热气，真有股龙马精神。藏族骑手与接待我们的朋友相识，特地赶来问有事没有，朋友说没有，那骑手翻身上马，一抖缰绳，转瞬功夫，人与马便消失在草原尽头。正是因为有这些阅历，有对马的认识和了解，见识过骏马驰骋草原时无与伦比的风采，我才深信，路遥知马力，以大唐的声望与国力，当年完全能够组建一支由勇士和美女、骏马与华车构成的彩旗飘扬、乐声不绝的出嫁队伍，不仅留下唐蕃交好的千年佳话，也踏出一条传播和平和友谊的唐蕃古道。

临洮马市

北斗七星高，哥舒夜带刀。
今日窥牧马，不敢过临洮。

这首唐时民谣，说的是占据青藏高原的吐蕃、吐谷浑凭借马上优势，屡屡南下劫掠，临洮便为对峙前线。

但历史长河中，不仅有胡骑烟尘，金戈铁马，也还有载入史书的“汉中买茶，熙河易马”，熙河即临洮。游牧民族腥肉之食，非茶莫消，汉中为距临洮最近的茶区，年收茶达700万斤，年易马达3万匹，在临洮形成巨大的茶马市场。

千年过去，遗风犹存。只是如今多为牛羊了，交易很有趣，买卖双方并不直接说价，而是由“牙子”即经纪人从中商讨协调，采取在袖筒掐手指这种不知流传了多少代的方式，好处是外人不知，不失体面。凡由“牙子”出面成交一只羊，双方各取1元，一头牛若价高，则可能双方各抽10元，没有成交，分文不取。其实，正是这种民间恪守的职业道德，才把临洮这牛马生意演绎了千年之久。

旅·途·小·憩

卷二 穿越秦陇河湟

周秦故土多遗迹

周秦故土多遗迹

古语：无水不成道，唐蕃古道亦然。贞观 15 年（641）隆冬，一支彩旗飘拂、衣甲鲜明、庞大的送亲队伍出长安城一路朝西浩浩荡荡前行，关中平原，八百里秦川，自古京畿王土，有宽阔驿道可资利用。从汉代以降，这也是西出阳关的丝路故道。经三桥驿，过渭水、到咸阳，道分两支：一支沿泾

咸阳唐帝陵前雄狮

水河谷，经长武、平凉，越六盘山至兰州，此为丝路北线，也即今日的312国道，被誉为“今日丝路”、“欧亚大陆桥”的中国东西大动脉，濒临东海的连云港至西部边境霍尔果斯口岸的连霍高速公路也基本沿着此线。另一支沿着渭水，经宝鸡、天水，至兰州，此为丝路南线。

自西汉丝路开通，两路并行，驰驿奔诏、商旅不绝。南北两线穿越的关陇一带，亘古便是周秦故土，历史上周、秦、西汉、东汉、晋、前秦、后秦、西燕、北魏、北周、隋、唐等十三个王朝在此建都，周、秦、汉、唐更是把华夏民族的威武雄壮推演到极致，周秦创制，汉唐拓疆，制定典章，垂范后世，奠定了中华大地的规模与根基，使得华夏民族由此生生不息。许多影响中国历史进程的重要事件、重要人物均生发或长眠于此，留下多少古遗迹、古寺庙、古战场、古墓葬……纵有生花妙笔，也难一一罗列，且把古道穿越的去处，撮其要者，容分叙之。

郑国古渠

郑国渠与四川都江堰、广西灵渠并列中国古代三大水利工程。有趣的是郑国渠修筑的目的并不像修筑都江堰是为灌溉沃野、修筑灵渠是为了沟通长江珠江两大水系，修筑郑国渠竟起缘于一起阴谋。

战国末年，秦国改革变法，“奋六世之余烈”异军突起，虎视六国。攻占成皋、荥阳之后，韩国失去屏障，危在旦夕。韩桓惠王惊恐之余，想出一条息秦伐韩之计：派遣水工郑国前往秦国游说始皇凿渠引泾，灌溉沃野。渠道首尾300余里，工程浩大，在当时人力物力均无法与今日类比的情况下，足以拖住秦国，使其倾全力对待，无力东伐，韩国也就得以苟延。

但秦始皇生性多疑，“疲秦计”中途败露，决定杀死郑国，以惩不忠，面对死亡，大智大勇的郑国毫无惧色，向始皇晓以利害：“臣为韩延数年之命，然渠成，亦秦万世之利也。”

毕竟是秦始皇，顿时醒悟，便支持郑国修筑起引泾工程，并命名为“郑国渠”。

郑国渠修建在渭北平原二级阶地的最高线上，利用天然落差，蜿蜒在泾阳、三原、高陵、临潼、富平、渭南、蒲城等县。由于泾水从甘肃平凉山区发源，一路冲刷着黄土高原，含泥量大，泥水灌溉，淤田压碱，使大片沼泽盐碱

关中乡村小景

之地变为肥美良田，于是关中连年丰收，秦国也益发富强，终于完成“六王毕、四海一”统一天下的神圣使命。

不仅如此，从郑国渠始，历代都以此为基引泾灌溉，在嵯峨北仲夹持的山谷，留下汉代白公渠、唐代三白渠、宋代丰利渠、元代王御吏渠、明代广惠和通济渠，渠道遗迹和近代李仪祉先生主持修建的泾惠渠拦水大坝，使泾水在长达2000余年的岁月中都为人类所用。尤其值得一提的是根据史料记载换算，当年郑国渠灌溉面积多达280万亩，不仅历代引泾灌溉田亩无法与之类比，就连近代泾惠渠所灌面积也仅为其三分之一。可见郑国渠工程的宏伟豪迈。

如今，郑国渠挡水大坝仅残存一线长堤，隐没于蒿草之中，水波荡漾的库区也成稼禾如林的沃野，无声无息。遥想当年工程开挖恐怕也如修筑长城一般威武喧腾；再细想长渠蜿蜒，经历数县，起伏不平，水准如何测定，土方怎么计算，干渠支渠怎么摆布，在2000年前，堪称奇迹，委实让人对古人的智慧由衷钦佩。

太壶佛寺

先后在八百里秦川建都的王朝达13个。泾阳地处关中腹地，历朝皆为京畿重地，遗留下不少帝陵王阙。塬北嵯峨、北仲山下，有大唐皇帝宣宗与德宗的贞、崇二陵。可惜，历千年风雨，兵毁匪盗，陵廓石马、石像犹在，城阙殿宇却荡然无存。蓝天艳阳下，不时有放牧的羊群经过，惟有堆积盈尺的残砖碎瓦向罕至的游人叙述昔日的荣耀。

值得庆幸的是在泾阳县城二条街中段北侧，尚有一座前秦行宫遗址，现名太壶（坤）佛寺。这座建筑可是大有来历。

东晋年间，即公元350年左右，氐人苻洪在关中建立了割据性质的政权前秦。第二代君主苻坚即位后，进入兴盛时期，几乎控制了北部中国。苻坚踌躇满志，四处巡游。一次，车至泾阳南原，苻坚极目远眺，只见蓝天丽日下，远处有嵯峨、北仲高耸，泾水如带蜿蜒而来，两岸沟渠纵横，田禾竞长，男耕女桑，一派繁忙，绿树烟村，富庶升平。苻坚大悦，连声赞叹："美哉斯原!"

遂下令在此地建立行宫一座，并从阳池分地，设立泾阳县。

之后，苻坚穷兵黩武，强征男丁，扩充军备，攻伐东晋，在那场著名的"淝水之战"中被东晋谢安、谢石率领的兵马杀得大败，遗留下"风声鹤唳，草木皆兵"的千古笑柄。

隋文帝时，其母好佛，文帝下诏改行宫为佛寺，供奉北魏时期石雕佛祖释迦牟尼一尊，全高3米，气势雄浑，庄严慈祥。

唐代，佛教盛行，佛寺因有这尊佛雕而名扬京畿。开元年间敕名太壶寺，许多达官贵人皆不辞车马之劳赶来朝拜，据说杨贵妃也曾来敬香。一时佛事繁盛，成为与长安青龙寺齐名的讲经圣地，连日本太子都曾在此留学。

之后，宋、元、明、清各朝，佛寺屡毁屡建，地址并不曾移动。尤其石佛从北魏保存至今，其间经风历雨，难以尽数。石佛在"文革"中曾埋于地下，现已重见天日，重新塑身，不仅为泾阳增添景观，也让游人叙说汉唐旧事、佛教兴衰，平添思古之情。

法门唐塔

丝路自西汉开通，"丝绸西去，佛教东传"，沿线库车、拜城、敦煌、麦积也不知造就多少佛窟名寺，关中西部扶风境内的法门寺之所以出名，一是葬有佛骨，二是唐代成为皇家寺院，仅是帝王朝拜便达七次之多，规模之大、影响之巨、耗费钱粮资金之多都极为惊人，"上有好者，下必附焉"，据说佛骨迎进长安时，家家备案，户户焚香，万人空巷，争相朝拜，一位信徒为表示虔诚跳进熊熊燃烧的火堆，另一位教徒索性挥刀砍掉胳臂，围观人群欢呼响彻云霄。末了，还牵连出一桩载入册籍的文坛公案，被誉为唐宋八大家的文坛领袖人物韩愈实在看不下去这场闹剧，便谏阻唐宪宗李纯不要耗费巨资大兴佛事。还举例说前朝信奉佛教的皇帝都很短命，梁武帝数次拜佛后为叛

法门寺唐塔

军所逼，竟然饿死等等。岂料，唐宪宗非但不听，还龙颜大怒，非要杀掉韩愈。幸亏丞相裴度给他求情，才免去一死，撤去相当于今日副部长级的京级职务，下放到当时还很蛮荒的广东潮州去做地方官员。

当年，文成公主驻辇扶风驿，因公主信佛，又临远嫁，故专程到法门寺烧香、祈愿、布施……全寺僧人曾列队迎送，并做专门道场，祈求佛祖保佑公主一路西行平安。

法门寺近年名声大显，是因上世纪八十年代，寺内唐塔因雪雨倒塌，维修时发现地宫，大量的盛唐文物及世界仅存的佛骨舍利得以显露，震惊了中外佛教界和文物考古界，这批文物数量之多，规格之高，制做之精美、华贵，举世罕见，充分凝聚着盛唐气象，展示了盛唐文明，足以让每个华夏儿女都为之自豪和骄傲，“法门佛骨”在海内外佛教界都产生影响，曾用专机护送至台湾展奉。

我曾两次观赏过法门寺出土的这批文物，并记住一位文物专家的感叹：要了解盛唐，这批文物就足够了，几乎每件文物都可以写出一部厚厚的专著。

青铜器之乡

车轮飞驰，汽笛长鸣，八百里秦川景物一一退后。渐渐地，原尽山围，前面便是西秦重镇，历史文化名城陈仓，也是今日陕西仅次于西安的第二大新兴工业城市宝鸡。

“明修栈道，暗渡陈仓。”这是人们都熟知的历史典故。说的是秦末刘邦项羽联手推翻暴秦，又互相争夺天下的故事。当初，项羽军事实力远胜刘邦，刘邦被赶出关中到汉中为王。刘邦韬光养晦，烧毁栈道，借以麻痹项羽，表示他将永居汉中，不再与项羽争夺天下。其实却筑坛拜将，起用良将韩信，并采用“明修栈道，暗渡陈仓。”声东击西，一举夺取关中，五载遂平天下。刘邦当了皇帝，陈仓也由此扬名。

其实，在此之前就有许多重要历史人物和重大历史事件发生在宝鸡。宝鸡南屏秦岭，北邻塬坡，渭水横贯其间，依山襟水，是古人类生息的理想环境。远古时期，姜、姬、嬴三氏族先后生息繁衍于此。史传神农炎帝姜姓部落就是在宝鸡地区起家壮大，与轩辕黄帝部落联盟融合，形成华夏民族的先祖炎帝与黄帝。我们常自称自己为炎黄子孙，宝鸡委实堪称中华民族的发祥地之一呢！

不仅如此，宝鸡还诞生了两支最早登上中国政治舞台的部族。周族以宝鸡的周塬为家乡，创建了长达700年之久的西周和东周；秦人则以宝鸡千阳渭塬为故土，创建了中国历史上第一个大一统的秦王朝。

陇原风光

周与秦的文治武功自有史册彪炳，秦留下被誉为“世界第八大奇迹”的兵马俑。宝鸡的周人故里也因多次出土国宝级的青铜器而被誉为“青铜器之乡。”周塬的岐邑遗址是周人家庙、墓葬、府库与三世都城所在，在面积 20 平方公里的地面上早在秦汉就有青铜器出土，之后历代发现不绝于史。仅是近年就有多起震惊文物考古界又十分传奇的发现。1975 年董家村一位农民挖红薯窖时，一镢头挖下只听叮咚之声，再刨竟挖出精美青铜器 37 件；仅隔一年，一位农民修屋取土又无意中发现窖藏青铜器 163 件；再是农民耕作、修渠、筑路都不时有青铜器发现；还有一件被定为国宝级的大方鼎竟是位农民犁地归来，懒得扛犁，让牛拖着在机耕道上挂带出来。这类传奇事件在周塬一带因常见而不稀罕。

宝鸡青铜器不仅种类齐全，造型精美，且多有铭文。一个铜鼎有铭文 28 字，反映西周的土地转让制度；一件卫鼎有铭文 207 字反映大臣有功受赏；一个墙盘铭文长达 284 字，追述文、武、成、康诸王事迹；再是在考古古文字界享有盛誉的散氏盘、毛公鼎、虢季子田盘皆出自宝鸡周塬。这些带着铭文的青铜器由于为当时实物，镂于青铜，无法更改，堪称信史。因可以起到“补史之阙、详史之略，参史之错，继史之无”的作用而堪称国之瑰宝。在京展出期间，美国前总统尼克松和法国前总统蓬皮杜都亲往参观，赞不绝口。

唐初时，在宝鸡古陈仓道口还发现西周时期十面鼓石刻字，即石鼓文，被书法金石界认为是“石刻之祖”。曾引起杜甫、韩愈、欧阳修、苏东坡、康有为等历代大学者的热忱关注，形成一门历久不衰的学科：石鼓学。

陇上自古出圣贤

一

秦陇山水相依，泾渭相通，均属北方小麦产区，民皆性强、俗皆情犷，扯牛肉拉面，食羊肉泡馍，唱昂扬秦腔，出良将圣贤。离陈仓、过千阳、越陇山大震关便进入甘肃陇东重镇天水地界。天水古称成纪又称秦州，为秦人发祥之地，至今，水有秦水，谷称秦谷，亭为秦亭，县叫秦安，城曰秦城，州呼秦州，再是横贯陕甘的秦岭，无不渊源于秦人受封于天水秦邑之故。但在秦人崛起之前，陇东还出过一位圣贤。

我们常说中华民族是炎黄子孙，炎黄指的是炎帝和黄帝。但在炎黄之前还有一位太昊伏羲，为皇帝之始，与炎帝并称三皇，之后才是黄帝、颛顼、帝喾、尧、舜五帝。

三皇之首的伏羲及女娲均出生于古成纪，即今天水。相传，伏羲龙身，女娲蛇躯，兄妹成婚繁衍了中华民族，这大概是中华民族自称龙的传人的由来吧。伏羲历来被

天水陇山秋色

尊为中华民族的人文始祖，相传伏羲受蜘蛛结网启示发明渔网捕鱼，继而钻木取火、烤肉熟食、改族内婚为族外婚、养牲畜、尝百药、缝兽衣……为中华民族最初的文明做出了奠基式的贡献。

伏羲、女娲所以出生创业于天水而不是别的什么地方，是因为天水独特的生存环境使然。天水虽属西北版图，地处秦陇咽喉，却偏东南，部分水系流入嘉陵江，因而横跨长江、黄河两大水系。加之天水境内小陇山一带至今尚存 80 万公顷的茫茫林海，天然积蓄 1.7 亿立方米水源，年降水量达 800 毫米以上，营构了一方得天独厚的自然环境。整个天水境内森林茂密，丘陵起伏，河川平整，黄土深厚。可以想见上古时代这里注定是水草丰茂、野兽成群、禽鸣鱼跃、温暖湿润，是最适宜人类繁衍生息的地区之一。

8000 年前古代先民繁衍生息之处大地湾，上世纪在天水被发现，其出土的远古彩陶，如蛙纹彩陶钵、人像彩陶罐、玉铲、玉璜都因其代表着黄河流域最早、规模最大也最精美的代表性器物，被考古界、文化界尊称为大地湾文化、马家窑文化、齐家文化等。

天水伏羲庙

人类进入文明史后，尧舜时期，秦人祖先凭借天水一带优越的自然环境，为舜驯兽养马有功，被赐姓嬴。到了西周，渐次发展，被周赐地称秦，封西陲大夫，为秦的崛起奠定基础。

二

秦汉隋唐时期，由于定都长安，天水作为京畿王土的西部屏障，所处位置十分重要，许多重大历史事件与历史人物都发生活动于此。

楚汉相争时，刘邦并不占优势，曾在荥阳城中被楚军围困达两年之久，粮尽援绝，危急关头，天水人纪信本系刘邦大将，长相与刘邦酷似，挺身而出，扮作刘邦，佯装投降，刘邦与陈平等趁机出逃。待项羽发现，恼怒之中烧死纪信。刘邦建立汉朝后，追封纪信为忠烈将军。如今天水市区尚有纪念这位忠义之士的纪将军祀庙。

西汉初期，匈奴屡犯疆域，陇东天水首当其冲，为保家园，天水一带民性刚烈，养成崇武习武之风，出息了不少良才骁将，其中最杰出的代表便是李广。他从年轻时便从军与匈奴作战，战必当先，加之李广体长力大，武艺超众，尤其擅长箭法，能够百步穿杨，一生转战边关，参加大小战斗70余次，杀敌无数，匈奴闻李广名便胆寒，恭称李广为“飞将军”。

天水李广墓

这位让匈奴畏惧的英雄并不得志，同时抗击匈奴的将领大多拜将封侯，李广最高官至太守，“李广难封”甚至成为一则典故流传，晚年还因被降罪自杀。但故乡乡亲却始终怀念这位民族英雄，为他建陵立庙。直到数百年后的唐代，边塞诗人王昌龄还为李广写下那首脍炙人口的名作：

秦时明月汉时关，万里长征人未还。
但使龙城飞将在，不教胡马度阴山。

在李广之后，同样在西汉，天水还出过一位抗匈名将赵充国。《汉书》有传，说赵充国“为人沈勇，有大略，少好将帅之风”，自幼习武，胸怀大志，以历代名将为楷模，精于骑射，并刻苦研究兵法，为日后军事生涯打下坚实基础。34岁时，赵充国因骑射超群入选皇家御林军，守卫汉武帝建章宫。公元前99年，赵充国随将军李广利与匈奴作战，遭匈奴包围，断粮数日，死伤日众，危急关头，赵充国率百余壮士冲入敌阵，打开缺口，汉军得以突围，此战赵充国奋勇杀敌，身伤二十余处。返回后，汉武帝曾亲看其伤，并因其军功封车骑将军。之后，赵充国在半个世纪的戎马生涯中，历经武帝、昭帝、宣帝三朝，身经百战，屡立战功，成为让匈奴闻之丧胆，威震边塞的一代名将。

赵充国不仅有卓越的军事才能，而且还有政治、经济方面的远见卓识。他久居边关、了解下情，尤其对胡羌少数民族动乱，主张“以抚代征”，汉宣帝时，平定河湟一带羌人叛乱，为长治久安，赵充国提出“寓兵于农，耕战两利”，此为我国军屯先声，之后历代仿效，实为一项惠泽后世、利国利民的千古良策。

再是三国时期，蜀魏争战，诸葛亮六出祁山，天水一带为主战场。痛失街亭、智收姜维、射杀张郃、空城退敌，这些历史故事均发生于此。尤其天水名将姜维作为诸葛亮选定的接班人，承继匡扶汉室遗志，九伐中原，直到蜀汉灭亡，以身殉职。天水贤达，世代不绝，鼎鼎大名的唐太宗李世民、中唐名相权德舆、抗金名将刘倚、爱国将领邓宝珊，以及当今国学大师霍松林，评论名家雷达等均为天水籍人士。

我们从中不难看到天水这片土地所积淀的深厚的爱国情怀和人文精神。

三

汉唐时期，丝路畅通，天水为其必经之道，驼队逶迤，驼铃叮咚，“丝绸西去，佛教东传”。从汉代始，发源于古印度的佛教沿丝路向东方传播。丝

麦积山因“状如农家积麦之垛”而名

路沿线，留下众多的佛塑群落。其中敦煌莫高窟、云岗石窟、龙门石窟和天水麦积山石窟历史悠久，造像精美独特，具有极高的艺术价值，被列为中国四大石窟，全国重点文物保护单位。

麦积山石窟距天水市区仅 45 公里，处于秦岭山脉西端，陇山林海边缘，四周群山层叠，林木掩映，麦积山则拔地突兀，因“状如农家积麦之垛”而名。因距丝路干道便捷，能够保障开佛窟时所需物资供应和僧侣的日常生活。由于成为佛家胜地，四周生态得以保护，林木葱茏，泉溪遍布，造成一处气候湿润、风景宜人的小流域环境，委实是西部高原丝绸古道的一颗明珠。

麦积山石窟从北魏始，历代开凿约 1500 年之久，千窟万龛，密如蜂房，层层排列，其间有云梯石栈构成的栈道相通，飞檐挑角，极天下之险，十分雄奇壮观。现存石窟多达 194 个，有大小佛塑 7000 余尊，壁画 1000 平方米。这里保存着数量众多的北朝和隋唐之前的泥塑珍品，且保持着原貌，未遭盗窃和破坏，所以麦积山当之无愧地被专家们誉为“东方雕塑馆”。麦积山还因地处林区，气候湿润，朝昏夕阴，常雾漫山林，细雨飘飞，突兀的麦积山飘浮于乳白的烟雨之中，形成一幅“麦积烟雨图”，堪称一绝。

天水市面积不算太大，仅辖二区五县，但竟有国家、省、县文物保护单位245处，馆藏历代文物16000余件，其中木板地图、屏风石棺、三彩群俑、唐代铜镜均为国内仅见的文物精品，由此亦不难看出天水文化历史积淀之深厚。

天水街头古槐

漫步天水街头，只觉广场宽阔，高楼林立，霓灯放彩，车流如潮，正当你为这座丝路名城的现代气派所感叹时，忽然迎面一株合抱古槐，老树杈桠，浓阴如伞，说不定是明清时期所植，让你顿生敬畏，不敢浮躁。正轻步缓移时，又一条老巷，皆石条铺就，两边四合院落，砖墙高矗，隔火山墙巍然，正欲朝厚重木门内窥探，迎面却是一堵砖石照壁，上面松竹梅鹤，雕技不俗，虽已苍暗，更显厚重，于是推测此宅可能祖上为官宦或富商人家。

不想，连走数条街道，尽皆如此。欲叩门打问，又怕打扰别人居家平静。于是，悄然而过，愈加不敢浮躁，心中暗怀一种敬畏，因汉时飞将军李广的府第遗址便在这般陋巷之中啊。

唐蕃先声甘南道

一

大凡古道都经历过自然踩踏与自然发现的阶段，唐蕃古道亦不例外。在唐代文成公主远嫁雪域高原，唐蕃古道由此显名并成为官驿大道之前，吐蕃人与中原已有交往，吐蕃人原本就是逐水草而居的游牧民族，在长年累月的迁徙转场中，发现和踩踏出通往中原和外界的原始小道是很正常的事情。比如川藏、滇藏、青藏等。

这其中，甘南古道是很重要的一条，具体路线是出青海过黄河不沿传统丝路去长安，而是经临夏、合作、碌曲、若尔盖到松潘，然后北经陇南至汉中，再沿蜀道去长安；南则直接进入四川，历史上草原游牧民族吐蕃、党项、突厥，以及蒙古铁骑都曾由此避秦岭天险进入四川，所以历代王朝都很重视松潘防务。松赞干布首次提亲的使臣便是在松潘被扣，松

甘南古道

赞干布一怒之下，率雄兵十万攻打的也是松潘，这条道路对吐蕃人来讲最大的好处是途经甘南大草原，水草丰茂，沿途多为藏民，补给容易，是进入中原腹地的捷径。

甘南包括玛曲、碌曲、夏河、合作等县市，居住着30多万藏族群众。他们从事着牧业、农业、半农半牧或其他事业。这里有大片水草丰茂的原野，草原上所有壮美的风光景色，青草铺地，蓝天透明，白云飘浮，牛羊布野，溪水如带，朝霞似虹，在这里都会一一展示，足以和世界上任何一处草原媲美。

二

甘南有一处最为壮美的地方，那便是九曲黄河第一曲。甘南玛曲位于青海、四川、甘肃三省交界地段。黄河从海拔近5000米的巴颜喀拉山脉发源，沉积亿万斯年的冰雪融化，银河流泄，群星灿烂，汇纳百川，集流成河，浩

河曲自古出产良马

浩荡荡，奔腾而下。流经甘南玛曲，这里是青藏高原与黄土高原的过渡地段，地势显得平缓，黄河流经这里不再奔腾咆哮，而是显得十分舒缓，因而河水清澈见底，能看见河中的水草青绿的脉叶。“玛曲”在藏语是黄河的意思，玛曲县也就成了以黄河命名的县。

黄河在进入玛曲时水量并不是很大，据测算只有黄河水量的 1/5，但由于玛曲一万多平方公里是青藏高原一处小盆地，四周雪山融化的雪水四面汇来，竟有 300 余条溪流以及数不清的大小湖泊，使黄河水得到大量补充，流出时黄河水量成倍增加，竟有总流量的 3/5，所以玛曲这块湿地十分宝贵，是黄河重要的水源地。由于水量充沛，因而牧草丰茂，是著名的河曲马故乡，也是藏獒的重要产地。同时，也是藏族英雄格萨尔王的家乡呢。唐时，文成公主入藏，虽没有经过玛曲，但带大量中原丝绸、典籍、芜菁种子、治病药方、耕种技术和工匠艺人，对吐蕃朝野经济文化生活都产生巨大影响，文成公主去世后，吐蕃王朝于神龙三年（701）再次向唐王朝求婚，唐王朝也从唐蕃联姻中看到汉藏和睦带来的和平气象，唐中宗选金城公主入藏联姻，吐蕃对金城公主的到来亦隆重接待。还曾向唐王朝要求把“黄河九曲”即玛曲一带做为公主沐浴之地赐予吐蕃。可见这片水草丰茂之地在藏族人民心目中的重要位置。

黄河这条巨龙仿佛累了，需做旅途的歇息，黄河围着广袤的玛曲草原转了一个其大无比的半圆圈。亿万斯年黄河挟带的泥沙在此沉淀，构成一片平缓丰美的大草原。黄河宛如母亲无限慈爱地爱抚拥抱着她的儿女，变得慈祥，变得温柔。当你站立在附近的山坡，眺望远方，你会被惊呆，被陶醉。黄河母亲在高原的霞光晨雾中宛如刚刚披上婚妙的新娘，眸子晶莹，含羞带笑，从如梦如幻的境地迈着细碎的脚步，散发着青春的气息，缓缓地走来，真是美不胜收，酷似仙女。

三

我曾有幸去玛曲草原，不仅领略到黄河母亲在少女阶段“养在深闺人未识”的迷人风采，还意外获得一个感人至深的真实故事。踏访唐蕃古道，绕不开 1300 年前的文成公主，但人们想不到，就在当今玛曲，有一位上海医学院毕业的大学生，从东海之滨的大上海，来到青藏腹地的黄河第一曲，娶了藏族姑娘，扎根牧区40年的动人事迹。

他叫王万青，地道的上海人，1968年毕业于上海医学院，分配至玛曲大草原距县城还有70余公里的阿万仓乡卫生院，这在当时并不奇怪，“文革”中分配的大学生都是一竿子插到底，“毛主席的战士最听党的话，哪里艰苦就在哪里安家”。笔者所在秦巴山区也分来不少北京、上海的大学生，包括邓小平的女儿邓楠都分配至大巴山深处一个小乡村。改革开放后，当年分到基层的大学生们大都回到了城市。王万青自己也说：“毕业时我们班共有50名同学，如今有10多个在国外工作，其他的都生活在国内大城市，只有我一个还在草原上。”

40年前，偏远的玛曲草原是何等的孤寂、落后，除了探索黄河源头的科技工作者，几乎无人知晓或关注那个地方。更不会知道一个上海人，一个大学生，在草滩用手抓牛粪，装进麻袋，再背回去烧水做饭，背一趟水需半个小时，海拔三千多米，走不了几步便大口喘气，荒凉得骑半天马也看不见一顶帐篷，王万青也压根想不到中国还有这样的地方，几间土坯房，一面要倒的墙壁用木头撑着。医生只有听诊器、血压计、温度计和普通药品，他曾跪

王万青祖孙其乐无穷

在一堆干牛粪上为一位产妇做胎盘剥离手术；一个名叫那美的 9 岁男孩被牛角扎破肚子，肠子露在外面，送县医院得翻一座山，过七条河，那就晚了。王万青找来一个大灯泡，在牛粪炉上消毒做手术，挽救了孩子的生命……这样的故事在玛曲草原流传开来，藏民们争相传说：北京来了个好曼巴（医生）。

如果没有那段故事，也许王万青早回了上海。1971 年他骑马出诊路过一个放牧点，几条凶猛的藏獒猛扑了过来，王万青仓皇失措，打马狂奔，马鞍带踩断，一头摔了下来，顿时昏厥过去，不省人事。待到苏醒过来，他已在牧民帐篷中昏睡了两天两夜。

之后，整整一个星期，他的起居饮食都全靠牧民照料，醒来第一眼看见的就是那双羞涩疲惫的眼睛，这双眼睛他早已熟悉，她是他培养的赤脚医生中唯一的女性，是一位质朴平凡的藏族姑娘。她读过中学，能说汉语，她给王万青口译、背水、烧饭，帮助解决许多生活上的难题。她能唱原生态的藏族歌曲，还有种城市姑娘压根没有的憨直。

一天，她闪着黑亮的眼睛对王万青说："阿爸阿妈说你是好人，要把我给你!"王万青大吃一惊，这是他压根没有想过的事，他不敢再看那双黑亮的眼睛。要娶了她，恐怕一辈子也回不了大上海了！但是现在，在他死里逃生的这个牧民帐篷里，他努力睁开眼睛，寻找着那双眼睛时，内心深处涌出的暖流已冲破完全不同的文化背景，两颗年青的心靠拢了。那年底，他们结成了伉俪，方圆百里的牧民都赶来，为他们举办了盛况空前的婚礼，现实仿佛穿越 1300 年的历史，仿佛松赞干布迎娶文成公主那样……一晃 40 多个年头过去。

王万青和他的藏族妻子养育了三儿一女，两个孩子子承父业，都成了草原医生，其中一个还成为玛曲县医院副院长，唯一的女儿留在了草原，嫁了牧民，没办法，他们从小是一块长大的。

王万青已经退休了，与妻子平静地住在玛曲县城一个普通的平房小院里，他回顾起在这黄河第一湾酿就的大草原里度过的 40 个春秋，心中颇不平静，放下听诊器，他又拿起了画笔，画草原风光，画背水的妇女，画白云般滚动的羊群，还有他自己骑马巡诊的背影……

牧民没有忘记他，上级没有忘记他，全国人民也没有忘记他，授予他多种荣誉和称号，2010 年，他又当选为"全国十大感动中国人物"，其获奖词为：

只身打马赴草原，他一路向西，千里万里，不再回头，风雪行医路，情系汉藏缘，四十载似流水，磨不去他对理想的忠诚。

四

甘南草原还有偌大一片湖泊，叫尕海湖。面积达16.2万亩，是黄河首曲最大的生态湿地，也是河曲马、黑颈鹤、白天鹅、藏原羚和梅花鹿栖息的乐土。这儿是当地藏族群众心目中的“圣湖”，每当藏历新年或是藏传佛教的诵经日或佛节日，就有许多藏族同胞结伙绕着湖泊转经、煨桑。到了夏季，湖边青草茂密，溪水如带，藏民也带着帐篷，赶着牛羊在湖边放牧，这是最好的“夏牧场”。平日看去，整个尕海湖波光粼粼，水天一色，四周山峦起伏，水草茂密，完全可以与青海湖媲美。这儿海拔3500多米，属高原牧区，人烟稀少，环境未遭破坏，所以又成为候鸟云集之地。每当春夏，数以千万计的鸟儿汇集于此，有珍贵的天鹅、黑鹳、鹭鸶等国家保护鸟类，还有大雁、斑头雁、大海鸥、棕头鸥等。这儿目前已列为甘肃省鸟类自然保护区。

甘南尕海湖

草原上的玛尼堆

今日若去甘南草原，不用担心身体的不适。这儿属青藏高原的边缘，最高海拔3500米左右。绝大部分地方都在3000米以下，不会发生高原缺氧的现象。一般人只要身体状况正常都能适应。在旅途只需携带毛衣、药品即可。当然也还要准备些食品，比如方便面。因为高原水沸点低，餐馆食品可能没有完全煮熟。但也不必多虑，在我多次的甘南之行中，这种情况只遇到过一次。

去甘南草原最好的时间是7月，这正是大草原气候最好、青草也最茂盛的时节。再也是拉卜楞寺农历6月的法会时节，能够看到数以万计的藏族同胞聚会时的浓郁风情、赛马和叼羊等游戏活动。

选择的路线则有两条，一是从四川成都出发，二是从兰州出发，两线互为相反，实为一条。沿泯江至古城松潘，可以去九寨沟、黄龙等风景名胜区。然后从川甘交界的川主寺出发，沿简易公路去若尔盖草原，这是此行看见的第一片真正的草原，广袤且少人烟，沿途有许多藏族牧民，会给人留下毕生难忘的印象。

千手观音

2005年春节晚会，聋哑姑娘邰丽华带领21位妙龄又全系残疾的少女，表演了歌舞《千手观音》，以美轮美奂、整齐划一、妙不可言的演出，征服了全国观众。之后，这支残疾人艺术团不仅走红大江南北、长城内外，还多次出国演出，为我国残疾人赢得极高的荣誉。

千手观音系千手千眼观音菩萨简称，以千手遍护众生，千眼遍观世间享誉佛界。千手观音的故事典出南北朝时河北邢台，其时兴林国王妙庄生病，问遍名医不治。后有医能治，却需亲生女儿手与眼为药引，已经出嫁的女儿听说后，受佛陀舍身饲虎故事感染，捐出手与眼为父治病，妙庄王果然病体痊愈。妙庄王为感谢女儿孝心，下令要为女儿塑全手全眼金身，以弥补女儿捐献的手与眼。岂料，慌乱之中，手下把“全手全眼”误听为“千手千眼”。结果，歪打正着，在白雀寺中塑出一尊千手千眼的观音菩萨，别具一格，为人间增益、息灾、敬爱、降伏，普渡众生，深受群众喜爱。

这则故事，《搜神记》中有载，沉淀千年，再经邰丽华的歌舞《千手观音》传播，真正把关爱洒向人间。这尊千手观音是在青海同仁下吾塘村下吾塘寺所拍。

旅·途·小·憩

茶马互市说临洮

一

唐蕃古道在关陇河湟地段，有汉时丝路古道可资利用。丝绸之路从开辟之日起，便机动灵活，成网状发展，比如出长安，至咸阳便路分南北，分别沿泾水、渭水河谷向西进发。进入甘肃境内，过天水后，则可分为南、北、中三线，中线走秦安、通渭、定西至兰州一线；北线经靖远过虎豹口黄河古渡，穿景泰可进入河西走廊民勤、武威；南线则经陇西、渭源至临洮在炳灵寺或大河家渡黄河进入青藏高原河湟谷地，还可穿祁连山进入河西走廊，或向西直达新疆且末。这条线也是一条传统的商道，因为这其中勾连着茶马互市的重镇临洮。这也是由临洮所处位置所决定的。首先就山形水势来讲，临洮是中国南北分界线秦岭的西部起点，也是秦长城的西部起点，还是青藏高原向关陇中原的过渡地段，是中国古代占据青藏高原与河湟一带的吐蕃、吐谷浑、胡羌等游牧民族进入内地的必经之地，临洮有洮河贯穿，形成开阔的河谷，山岭水草丰茂，谷地平整肥美，适宜游牧、农耕和渔猎养殖，恰处在古代先民生息繁衍时首选的二级阶地，在临洮境内出土的大量彩陶，被认为是马家窑、辛店、寺洼文化的代表与发祥之地。秦汉时期，在青藏高原、河湟谷地与河西走廊先后崛起的吐蕃、吐谷浑、匈奴、西羌凭借着马上优势，南下中原劫掠，临洮一线又成拉锯战场。

金带连环束战袍，马头冲雪度临洮。
卷旗夜劫单于帐，乱斫胡儿缺宝刀。
——唐·马戴

还有一首民谣：

北斗七星高，哥舒夜带刀。
至今窥牧马，不敢过临洮。

全唐诗中，仅是写到临洮一带军情战况的就达几十首之多，诗人注定是有感而发，不至于空穴来风，事实上临洮也是游牧民族进击中原最好的桥头堡。临洮一带的山岭起伏延绵，水草丰茂，能够驻扎军队，放牧军马，临洮开阔的河谷自古种植谷物，是西部著名的粮仓，尽可补济给养，进可出击关陇京畿，威逼长安，退则为广阔的青藏高原，祁连谷地，进退从容，无后顾之虑。但对中原王朝来讲，临洮便成为心腹之患。所以从秦代开始，就在此筑长城，设要塞，选派名将，驻扎重兵，胡骑烟尘，金戈铁马，载入半部史册。

临洮河谷水草丰茂

二

但构成漫长的岁月的并不完全是战火烽烟，更多还是胡汉交流民族融和。

自从贵主和亲后，一半胡风似汉家。
——唐·陈陶

番人旧日不耕犁，相学如今种禾黍。
——王健《凉州行》

便是最真实的写照，最能体现民族交融的则是始于隋唐、盛于两宋、延续至明清长达千年的茶马互市。中国是茶叶的故乡，是世界最早发现茶、饮用茶的国家。早在西汉，王褒所写《童约》中就出现“茶具”这样的字眼，并写到如何汲水、如何煎用。唐代茶圣陆羽则写出中国首部茶叶专著《茶经》。生活于北方和青藏高原的游牧民族，由于以牛羊肉和高寒地区生长的青稞面为主食，肠胃难以接受，需要茶叶帮助消化。史载“腥肉之食非茶不消，

临洮河谷羊群如云

临洮为回族聚集之地，此为学习古兰经的妇女

青稞之热非茶莫解”。这表明茶叶为游牧民族生活必需，但牧区高寒并不产茶，只能以生产的骏马及毛皮与内地贸易，以物易物，“以所多，易所鲜”几乎是所有民族所必须经历的商品交换规律。《新唐书·陆羽传》中说“时回鹘人入朝，始驱马市茶”，表明早在唐时，北方游牧民族就开始用马匹与中原王朝交换茶叶。这样可以起到外安抚边民，内充实军力驿力，活跃边贸也和平相处的多重效果。所以历代王朝都很重视，专设茶马司，配备熟悉情况的官员和通晓胡语的翻译任通司来加强管理。这应该是今日抓出口贸易的先声。

临洮由于占有地形之利，相邻的吐蕃、吐谷浑、党项、蒙古均为不可或缺茶叶又无法生产的游牧民族，他们必须寻找到最近的茶叶聚散地。秦岭南侧的汉中就成为首选之地。陆羽在《茶经》中把汉中列为全国八大茶区之一的山南茶区，位于全国茶区最北一线，越过秦岭再无茶树。汉中成为距西北游牧民族最近的茶区，由于有此优势，加之蜀道与汉江航运畅通，使汉中成为沟通蜀地荆襄茶区与临洮马市的聚散重地。《宋史》载“汉中买茶、熙河易马”，熙河即临洮。笔者曾查阅汉中方志，仅宋神宗熙宁七年（1074），汉中收购茶叶便达700余万斤，形成规模巨大的茶叶市场，客栈、酒楼、茶肆商幡招展，成为当时与开封、成都并列的全国三大税收城市。那么与汉中对应的临洮也会出现规模巨大的马市。可以想见，每当秋高马肥季节，吐蕃人、西夏人、吐谷浑人、蒙古人就会赶着马匹驮着帐篷汇聚到临洮，平坦的河谷搭满帐篷，山坡上放着准备交易的马匹，马市上人头攒动吆喝不绝，各种饮食、酒店、茶肆商幡招展，各种艺人也闻讯而来，把这塞外高原城市挤得满满当当，白天市声喧嚣，入夜灯火万点。一拨满载着砖茶、谷物的吐蕃人刚刚离开，一拨赶着骏马的党项人又搭起了帐篷。硬是把这桩茶马买卖推演了千年之久。

三

时值今日，金戈铁马，胡骑尘烟早已被桃红柳绿、瓜果飘香的升平气象取代。洮河两岸，生存聚居着汉、回、羌、东乡、撒拉、保安、藏、土等多个民族，若追溯起来，各自都有一部迁徙、交融、演变的历史。一方水土养一方人，正是临洮这片丰美的土地，使他们定居下来，和睦相处，融进了中华民族这个大家庭之中，但又保留着自己的特色。比如回族群众的砖雕、葫芦雕享誉河州，保安族打造的各种刀具远近闻名，撒拉人的羊皮筏子远漂千里，可至内蒙包头，但不管哪个民族，都不乏务瓜果的能手，倘若夏秋时节去临洮，公路两边牵连几十里不断都是卖瓜果的凉篷，白兰瓜、黄河蜜、水蜜桃、西红柿、大西瓜，粉红翠绿，银白艳红，眩人眼目，香气扑鼻，构成诱人的瓜果长廊，给所有的来客都留下至深难忘的印象。再是各族群众，不论汉、回、土、羌，还是撒拉、保安，每当农历四月，便都会从四周八县的临洮、临夏、永靖、临潭、广河、康乐汇聚到临洮河畔的松鸣山下，融汇进一年一度歌唱“花儿”的海洋：

西北群众的花儿会

喝一口泉水润一下嗓，
大声唱，青山（吧）绿水的地方；
揉一下眼睛四下里望，
好风光人世间赛过天堂……
这便是今日临洮。

骏马少女

蔚蓝色的湖，金黄色的岸。

七月的青海湖畔，湖水蔚蓝平静如同绸缎，环湖大面积油菜花怒放，每年不知有多少中外游客为青海湖的壮美陶醉。这也给当地藏族牧民带来了创收的机会，搭起帐篷宾馆，开办“藏家乐”，再就是为游客牵马，从事这项工作的多为孩子，七八岁、十几岁的都有。

我们刚下车就被一帮小家伙包围了，叔叔阿姨叫得很甜，让人不忍心拒绝，就在所有孩子都包揽到活计兴高采烈的当口，远处天边奔驰一个黑点，估计是马，刹那间，那黑点已成为一团火焰——“火焰驹”，还没回过神，只见是一位姑娘骑着一匹骏马已冲到眼前，那马浑身枣红，唯鼻梁一团白毛，宛如《三国演义》中关云长所骑的赤兔宝马；那女孩，一头扎着马尾黑发，恰是王洛宾笔下的卓玛，她大约也是来揽客骑马，看着别人都有马骑了，唯剩下我，她说：“叔叔骑马吧，这马可乖了。”

“可以，但要先给你和马照张相。”“那也可以。”小姑娘随意拉马站在湖边，人与马红白相衬，一切都是那么自然，在清风流云中，在七月的青海湖边。

旅·途·小·憩

夏河谷地有名寺

一

临近唐蕃古道的甘南有座拉卜楞寺，为藏传佛教六大寺院之一，规模宏大，声名远播，不可不去。

拉卜楞寺在夏河县境内，修建在甘肃与青海的交界地段。这儿已是青藏高原的边缘，高原雪水流淌下来，冲积出一条宽阔的河谷，当地人称为夏河。夏河县也因此得名。去拉卜楞寺需沿夏河谷地走 30 多公里，有简易公路相通。

拉卜楞寺一角

夏河谷地有与草原完全不同的景象。河谷两边开阔处，全部开垦出来，修着整齐的梯地。一块块成熟的小麦、荞麦，被高原清凉的风吹拂，泛着金黄的光波。许多农民在田地里收割庄稼，河谷中农舍相望，牵连不绝，类似北方农家小院。从田间劳作的农民服饰模样看，全是汉族或回族群众。不知他们哪一代祖先为避兵祸战乱，躲进这条河谷，把农耕文化带到这里，创造了高原农业文明。

这在西部是常见的事情。1997 年仲夏，我在青海湟水流域考察，那里有好几个村落的先祖是在明王朝由南京迁徙而来，他们带来江南先进的生产技术，在湟水流域繁衍生息。500 多年过去，也把湟水河谷建设成了青海省的粮仓。眼前这夏河谷地，若追溯起来，不定有多少江南中原的先民，因各种原因来此重建家园呢！

有趣的是，这种推测获得小小的印证。我们在夏河县城就见到了汉中老乡。几天高原生活，都想喝大米稀饭，开车满县城找，汽车站一家饭店竟赫然写着“汉中面皮”，真正“他乡遇故知”。我们进店打问，开店的小俩口很年轻也很精干，是南郑县农村青年，出来打工，各种活儿都干过，最后在这开了饭店。

“来这几年了？”

“五年多了。”

“打算回去吗？”

“还想再干几年。”

“这儿钱好挣吗？”

“这里人干脆，不扯皮。”

在一片乡音中，小俩口也很高兴，为我们做了大米稀饭，还有泡菜馒头，皆大欢喜。

二

拉卜楞寺就在距夏河县城仅一华里的河谷，一出县城，就看见寺院那规模宏大、气势磅礴的建筑群落。由于拉卜楞寺早在 1982 年就被列为全国重点文物保护单位，国家曾多次拨巨款维修。除了原有寺庙得到翻修维护，还建了宽敞的停车场、餐馆和购物中心，中外游客和远自西藏、青海、甘肃、四川的朝圣者终年不绝。显然，拉卜楞寺支撑着这儿旺盛的旅游业，无怪开饭店的汉中老乡不愿离开。

寺院一切都很规范，我们购好参观券，立刻有一位年轻喇嘛带领参观并讲解。这个藏族小喇嘛才 17 岁，普通话讲得很好，还会说几句英语。他告诉我们，外国游客来得越来越多，不会英语不行，他正在学习《英语 900 句》。有些外国游客也乐意教他。由于会话机会多，他的英语提高很快，还上过中央台的新闻片呢。

这个小喇嘛的记忆力非常好，当然也可能与天天讲解有关。他不仅全面介绍了拉卜楞寺的起源和历史，沿革与现状，建筑特色和工艺水平，还回答了藏传佛教寺院的规矩、僧侣状况等问题。言简意明，让我们对这座藏传佛教名寺有了大致的了解。

拉卜楞寺始建于清康熙年间，至今已有 300 余年历史。拉卜楞寺是藏语变音，意为活佛居住之地。由于历史久远，历代活佛扩建，目前总建筑面积达到 40 余万平方米，包括了藏传佛教六大寺院，100 多个属寺和八大教区。是西藏之外藏传佛教的又一个中心和西北地区的最高佛教学府。最盛时期，寺内僧侣达 4 千余人，加之为寺院服务的各种行业，几乎形成一座喇嘛城。

这种浓郁的宗教气氛，终年不断的朝圣者以及在建筑、服饰、饮食、音乐、绘画上无不鲜明带着藏族的风格与特色，因此，连不少国内游客都称拉卜楞寺为“小西藏”。更重要的是，这是距内地中心城市最近规模也最大的藏传佛教寺庙，距兰州市仅 300 公里，半日路程即可到达，所以终年游人如织。因为在这里同样能够令人激动，能够领略到一种超凡的神圣和庄严，还能体味到由此产生的心灵的震撼和旷达。

公元七世纪佛教传入西藏

拉卜楞寺所以在藏传佛教众多的寺院中名

气很大，颇有点像高校中的“北大”“清华”，关键是“硬件”和“软件”都达到了相当高的规格和水平。首先，寺院规模宏大，布局严谨，具有独特的民族风格和很高的艺术价值。主要建筑大经堂高大宏伟，里面仅是数人合抱的大型明柱便有140根。在举办全寺性法会时，可容纳4000僧侣听讲，这在现代建筑中也称得上宏伟气魄。

再是，各种大型佛堂、经殿多达30余座，尽皆飞檐挑角，威严矗立。仅是供活佛高僧居住的府邸便有30多院，多为两层藏式小楼。会客室、读经室、卧室一应俱全，布局精巧，造型别致，充分体现了藏族特色。普通僧侣居住的地方也规划得井然有序，500多座四合小院整齐排列，有街巷相通，每院住三五个喇嘛；小院安静朴素，十分整洁。我们特地进去看了看，喇嘛们的房间除床铺之外，有各种书籍，学习英语的磁带、收录机等，还有电饭煲、各种蔬菜、方便面等，颇有现代生活气息，也很规范。

拉卜楞寺还以供奉的佛像丰富完备著称，众多的佛殿供奉着释迦牟尼、菩萨罗汉和历代高僧，多达一万余尊。高者可逾10米，小者仅数厘米。所用材料有金、银、铜、铝、象牙、檀木、玉石、水晶，造型精湛，千姿百态，美轮美奂，堪称一流的艺术品。

这些造像，除藏区各地选派的能工巧匠所塑之外，还有出自于远至蒙古、印度、尼泊尔等地塑像高手。除了雕像，还有大量精美的壁画，不仅有佛教故事，还有骑射、狩猎、奏乐、舞蹈等场景，有很浓厚的生活气息，是反映藏族生活不可多得的文献。这些佛像壁画，由于历史悠久，制作精美，已成价值连城的文物。

拉不楞寺的酥油花

庄严的佛堂

拉卜楞寺还以治学法规严谨、成果卓著、学人辈出闻名。由于创建拉卜楞寺的嘉木样一世是精通佛教、天文、历法、医学和文字学的大学者，所以，从开始就制定了健全的寺庙制度和严格的治学法规。这一优良传统得到历代嘉木样的维护和发扬，造就了浓郁的治学气氛。推崇刻苦学习，提倡著书立说。寺院内存放着60万卷图书，有600年前完整的藏文经卷，还有历代活佛宗喀巴、达赖、班禅和高僧的著作2万余部。如此丰富的藏书在全世界佛教寺院中也极为罕见。

浓郁的学术气氛，使得人才辈出，拉卜楞寺许多高僧的著作流传广泛，成为蒙、藏一带讲学院必修经典。其中嘉木样二世所著《嘉木样一世传》、《青海塔尔寺志》，土观·却吉尼玛呼图克图所著《宗派源流镜史》等均成为名著，翻译成中外各种文字，广为流传。再是该寺院培养的许多人才曾得到清政府、达赖、班禅的重用，被聘为国师或经师。凡此种种，都使拉卜楞寺长期享有盛誉，不仅为佛教界敬仰，也为中外游客所青睐。

寺庙重檐覆顶巧夺天工

三

我所以对拉卜楞寺深感兴趣，是因为曾读到和其相关且有趣的史料。抗战时节，国民政府曾号召全国捐金购买飞机。其时，群情踊跃，真正地无分南北、人不分长幼，都愿尽抗战守土之责。其时，富裕省市不过捐机 10 架，贫困省份举全省之力不过捐献几架，豫剧演员常香玉四处巡演，捐赠一架飞机曾轰动全国。但甘南拉卜楞寺竟一次捐献银元可购 30 架飞机，却被岁月淹没，不大有人知晓。我在对此壮举赞叹之余，又生疑虑：以区区边地，分散牧民，何以筹得如此巨款？

近年读何正璜女士写于上世纪四十年代的《东方的梵蒂冈——拉卜楞寺》，方才释疑。何正璜女士生前为全国政协委员、著名文博专家，其先生为我国美术教育先驱王子云。1940 年，王子云被国民政府任命为西北艺术文物考察团团长，曾对以敦煌莫高窟为代表的文物古迹进行系统的调查考证。何正璜任考察团秘书，正是在这期间，他们有幸参加了在拉卜楞寺举办的一场蒙藏联盟的盛大婚典，了解到拉卜楞寺在藏传佛教六大寺院中位于第五，甘

去拉卜楞寺进香的藏民

川青康藏边地区及蒙古、北平、五台山等一百零八寺均归其管辖，教权广大、僧民众多。

其时，主持寺庙的活佛为嘉木样五世，原籍西康理塘，作为转世灵童入住拉卜楞寺。其兄黄正清亦是一位传奇人物，高大英俊，曾在兰州接受共产党人宣侠父影响，思想开通，通晓汉语，时任甘南保安司令，为掌握藏兵的实权人物。正是他驮载着数麻袋银元到战时陪都重庆捐金购机。其夫人亦为藏族贵族，容颜端整，仪态大方，识字断文，曾创办甘南首座女子学校，任校长。这次亦是他的长子迎娶拥有甘南蒙古七千户牧民的蒙古亲王之女，其场面宏大豪华，让人叹为观止。何正璜在文章中写道：

客人络绎不绝，所送礼品大约均是现洋、豹皮、狐皮、猞猁皮、貂皮、獭皮及藏人手工所织之“褐子”等，我们立于廊下静观，一藏民自提名贵之皮毛一捆，后随一衣着破旧之藏人，背一桶状物，内满盛雪白之银元，由接待送礼者引至大厅中，我们才看见里面已堆满了皮毛及现洋，皮毛并未分类，堆了大半间房，现洋也已堆成高丘，当这藏人倾倒其桶内之现洋时，白亮之光，铿锵之声，令我呆了半天，因为我实在有十多年未见过一块现洋了。尤其这成山的现洋，恐怕除了当年银行的出纳，常人也定少见及，我们手包中尽是法币，谁知道许多银元原来却在这里。送礼人将礼物放下后，即由招待在院中为其置一碗羊肉，一碗酒，几根似油条之食物，送礼者即坐下休息，一面吃酒，一面看舞蹈，吃毕即辞去，临行由招待拿出一只生羊腿，送礼人即藏入怀中，欣辞而去。我们看完这有始有终的一段，也就辞出，因接连送礼者不断，而礼物及仪式均完全相同也。

出门后，看见一路向司令部送礼的，不绝于途，我心中不觉非常难过，藏民背着沉重的现洋，提着名贵的皮毛，毫无表情地进去。现洋既未点数，皮毛也未开视，送多送少，送好送坏，实无人得知，并且始终没有留下姓名，送与未送也无人查问。在这种情形中，他们并不考虑少送，送坏些，甚至不送，相反的，他们仍旧抱着能开金石的虔诚，自动的，陶醉于宗教感召的，将几十年甚至一生的辛苦储蓄，默默地都倾倒在那大厅里。然后用褴褛的衣服，拭着污秽的手，抱了一只全世界最昂贵的羊腿，回到那破旧的帐篷中。那帐篷远在“草地”，穷困随着他一同跋涉归去。

我以为，这便足以解释甘南拉卜楞寺何以有巨款为抗战捐献 30 架飞机。

寺庙也常是信众聚集之处

其实钱不捐献购飞机，也会拿出来去修寺庙。这对世代生活在宗教气氛浓郁藏区的群众来说是寻常事情。可这对于生活在世俗中人的观念无疑会有巨大的冲击。年青的刚刚新婚的何正璜女士便写道：

第六日，早起登招待所之平顶上，鸟瞰全寺风景及建筑，只见静静的夏河清澈地半绕寺区而逝。一片平顶白色高厦，沐在淡淡的旭辉中，来往尽是喇嘛，他们喃喃地走过来，又喃喃地走过去，他们红色的袈裟，在白建筑中特别显得鲜明，远近送来一阵阵轻微的诵经声及钟声，一切沉浸在极其静悄的、严肃的、安详的气息中。

我呆立在这平顶上，心境非常安恬，既不羡慕他们，又不可怜他们，因为我与他们之间，距离实在太远。我之不能了解他们，也如他们之不能了解我一样。我会问“他们喃喃一生究竟为了什么?”他们又何尝不奇怪，我们碌碌终日，可又是为了什么？他们目前虽在空门，但是心情却有寄托，他们有以天堂作归宿的希望，这种美丽的希望，使存在于人间的这几十年生活，变得有目标、有意义、有价值，一切情感在希望的憧憬中得到了升华！他们生活虽空虚，心理上却不空虚，而我们则适与之相反。我是从红尘中来，也仍将返回红尘中去，偶染宗教上无形的洗礼，不觉对自己的生命存在方式起了疑问。

四

富于戏剧性的是1949年9月解放军逼近西宁、兰州，首先进入甘南和拉卜楞寺的工作组长竟是一位文学前辈，我所敬重的著名作家杜鹏程。他在其收入《杜鹏程文集》卷四的战争日记中，详细记载了进入甘南及拉卜楞寺的各种见闻。他惊讶拉卜楞寺“首先是有名的五口大锅：四口烧茶、一口做饭。最大的一口有四尺深，直径近丈”。他还发现“藏族信奉喇嘛教，妇女较漂亮，就是不讲卫生，其美丽不下汉人，甚觉可爱”。杜鹏程做为进入藏区的首位党代表，其任务之一便是动员安多藏区的保安司令黄正清起义。可惜，时间不足1月，工作刚刚展开，又突接王震司令来电：“立刻返回兰州，随大军进疆。”

砖雕展现的佛教故事

接下来的故事，又被我采访过的一位专家接续，他叫李范文，汉中西乡人，上世纪五十年代中央民族学院的研究生，专业便是藏语。1958年实习时进入甘南藏区，担任甘南藏族自治州州长的正是杜鹏程当年策动起义的安多藏区保安司令黄正清。可惜的是这位历经清朝、民国、新中国三个时代，并被国共两党都授予少将军衔的传奇将军，

手捧鲜花的喇嘛

“文革”中曾与夫人双双蒙冤，遭到迫害乃至入狱。进入新时期彻底平反，任甘肃省副省长、省政协副主席，1997年去世，享年95岁。李范文由甘肃回校即被打成右派，后到宁夏。二十余年的底层生涯，不仅没有消沉，反而因银川曾为西夏国都，近水楼台加刻苦钻研使他成为著名的西夏学专家，国家级有突出贡献专家。那年在塞外名城银川采访他时，已近80高龄的李老兴致极高，竟然带我去了银川刚建成的标志性建筑三馆（博物馆、图书馆、展览馆），两中心（会展中心、市政中心）。不知怎么扯到甘南，扯到拉卜楞寺，引发老人滔滔不绝的话题，使我心中关于拉卜楞寺的故事得以完整。

那天，我们游览拉卜楞寺时，恰逢大经堂讲经，我们随着讲解的小喇嘛悄然进入。只见里面坐满僧侣，足足有好几百人，井然有序默声诵经。不少僧侣面前放有新鲜花瓣。我们正轻步缓移，悄然观望时，突然一位身着黑色袈裟的汉子，手持一个法盘，长呼一声，从经堂急速穿过，吓人一大跳。小喇嘛说，不必惊慌，这是宗教程序。于是，尽皆释然。

虽说在八月酷暑，高原清风拂过，十分舒畅，阳光明媚，不炎不凉。大经堂外，几百个喇嘛分成几圈，正在辩经；一位迟到的喇嘛手持一束鲜花，匆匆而来；围墙外，则有十几个敬香的藏族妇女列队行进；甚而还有几个正数钞票的僧人。这些都被我一一摄入镜头，然后，心满意足地离开了这座佛教名寺。

之后，我还不止一次去拉卜楞寺，实在是因为这座古老的寺庙蕴涵了太多的世俗故事，给了我许多意外的收获和满足。

喇嘛辩经

西藏的神秘很大程度来源于众多金碧辉煌的寺庙，更来源于喇嘛这个特殊的群体，他们不娶妻子，没有孩子，整日枯燥地念经，有意思吗？这当然是局外人的想法。其实，寺庙也如同社会一般丰富多彩。即便读经，也不完全苦苦死读，也相当生动活泼，比如辩经。当了喇嘛便要学习佛家各种经典，从普通喇嘛到“格西”（意为知识渊博的学者）有长长的路要走，有点类似读书要小学、中学、大学乃至硕士、博士一路读下去。辩经类如考试，一个节段学完，便需在大庭广众进行考核，凡在座的喇嘛，谁都可以提问，无论提出什么问题，答辩者都必须回答，且以简单、准确、明了为要旨。问话者为引人关注，则可以鼓掌助威，高声怪叫，舞动念珠、帽子、拉袍、撩衣、来回踱步，答辩者必须冷静，认真对待，倘若文不对题，或口齿不清，则会引起对方讥笑，也有双方较劲，你问我答，各不相让，手舞足蹈，如同蒙古摔跤手一般，也有死不认错，亦不服输者，会引起全场哗然，气氛愈加热烈，如同演藏戏般热闹。

如今，各大寺庙均对游人开放，若运气好，碰上辩经，可就大开眼界了。

旅·途·小·憩

甘南多美女

一

甘南藏族自治州位于甘肃省东南，与青海藏区与川西藏区相邻，属青藏高原边缘，由于偏远封闭，“养在深闺人未识”，所以相当完整地保留着藏区许多传统生活习俗与民族风情。在这片号称“小西藏”的地方徜徉，不仅可以看见庄严神秘的藏传佛教规模宏阔的拉卜楞寺，辽阔迷人的草原风光，幽深宁静的高原尕海湖泊；还可以近距离领略藏族同胞在放牧、转场、朝拜以及服饰、饮食、民居方面原汁原味的风貌，可以看见他们日常生活和精神状态，他们的声容笑貌和喜怒哀乐，在几次甘南之行中，藏族妇女的勤劳、开朗和热情，就给人留下难忘印象。

甘南大部分是海拔超过3000米的牧区，牧区妇女相当辛苦。由于藏传佛教的普及，高原生活的严酷，许多男子都愿意出家去做喇嘛，过一种不必为吃喝犯愁，不必受风霜之苦，能够受到牧民敬重又相对平静悠闲的生活。这种放弃家庭责任的做法，在宗教气氛浓郁的草原不必担心受到指责，还会因进入寺院受人羡慕。尤其一些德高望重的喇嘛，被尊为活佛，更有至高无上的地位。

相比之下，出家的尼姑较少，生产生活重担就落在妇女身上。每天清晨，天不明就得起来，首先得去河湾背水，然后煽起羊皮皮箱，吹旺牛粪火塘，煮好全家的奶茶，再是揪面片或手抓羊肉加上面饼，牧民早餐重要，吃饱要管一天。男人赶着牛羊出坡，女人赶紧挤牛奶，几大桶接满背回帐篷，牦牛

藏族少妇

藏族姑娘华美的妆饰

也就近赶到山坡放牧，她们则要趁鲜做奶疙瘩，奶皮子，晾晒剪下的羊毛，用传统的纺车纺毛线，牧区从硕大的帐篷到孩子的藏袍至今还靠妇女手工纺制。牧区清晨，常见到妇女背着孩子捡牛粪、打酥油茶、挤奶，凡有帐篷、有炊烟飘起的地方就有她们忙碌的身影。

若是转场，妇女和男子同样辛苦，拆卸帐篷，捆绑行李，抬架上驮，都必须和丈夫齐心协力，还得照顾孩子，背着大的，抱着小的，骑在马上和丈夫赶着牛羊，向新的牧场进发。这在她们是家常便饭，所以常以苦为乐。在若尔盖草原，不止一次看见牧民转场。他们看见我们停车拍摄，常是女人抱着孩子先向我们打招呼，若为孩子拍照，女人则更高兴，满脸堆笑，连连摆手。末了，还会亮开嗓门，唱起歌儿，表示谢意，尽管听不懂藏语，但那优美的旋律在草原回荡，也给旅途增添了愉悦。

几位搞摄影的朋友，曾租辆面包车到甘南，途中一位藏族妇女挡车要求搭乘，她能说简单汉语："让我坐车，我给你们唱歌"。大家乐了，让她上车，这位藏族妇女果然践约，走了一路，唱了一路，从《北京的金山上》到《青藏高原》，唱得情不自禁，唱得十分投入，看得出来，唱歌对藏民来说如同喝奶茶一样，都是生活中不可或缺的组成部分。

二

近年，甘南每年都举办香巴拉节，交流频繁，游客增加，也给藏族群众生活带来许多新的变化。一些藏族妇女办起小商店、小餐馆，还当起了导游。我曾不止一次在藏民餐馆就餐，有一对姑嫂卖拉面，两人都穿着汉装，牛仔裤、羊毛衫，时尚现代。先以为她们是汉族，后听她们和藏民用藏语说话，才知道是藏族，问她们为啥不穿藏装，回答是穿汉装干活方便。要逢节日才穿民族服装。

在拉卜楞寺，在桑科草原，搞旅游当向导的几乎全是藏族姑娘，我发现甘南靠近甘肃与靠近四川的藏族妇女身材有明显区别，靠近四川若尔盖、阿坝一带要苗条精干，靠甘肃这边则普遍身材修长，大都在 1.70 米以上，甘南藏女便属这类。她们大都身材苗条，面容姣好，穿着艳丽的民族服装，用带西部口音的普通话为带的团队讲解，不少人还挂着手机。

在人们印象中，藏族妇女由于常年处高海拔草原，日光照射强烈，脸颊皮肤易被强光灼伤，形成两团红晕，她们自嘲“红二团”。其实，草原上的女性由于贴近旷野，贴近自然，更多的保留着人性深处的，也是最可宝贵的品质，比如善良，羞怯、敬畏、质朴和乐于助人。亦不乏如同大自然精灵般的可爱身姿活跃于蓝天白云之下，滚滚羊群之中，经典如王洛宾歌曲《在那遥远的地方》中描写的牧羊女卓玛。其实，只要进入藏区，见到“卓玛”并不困难，曾与藏民交谈，日常并不看重名字，随意叫出，父母村人能分清就行。男孩多叫扎西、仁次、强巴，女孩多叫卓玛、曲珍、央金、拉姆，藏区蓝天白云，贴近自然，并不像深受孔孟之道浸淫的汉族，让孩子的名字承载许多

一位讲普通话的藏族导游

牧羊女已用上手机

含意和希望。倒是藏民习惯更贴近生命的本质。

记得是2004年探寻唐蕃古道，从甘南自治区首府合作市赶往玛曲途中，雨后的柏油路像条黑色的莽蛇，蜿蜒在蓝天下浓绿滴翠的草原上，刚过尕海，开始翻越一道山垭，山坡上忽然迎面一白一红两匹马，上面骑着一男一女两个藏族青年，马俊人更俊，那个藏族女孩竟是那样窈窕俏丽，苗条的身姿，纤细的小手扬着一根细细的皮鞭，白里透红的脸颊，长长的睫毛忽闪着黑亮的眸子，清丽得无一丝尘埃，无一丝杂染，美丽得让人惊叹。见着我们迎面开的汽车，她偏着头对旁边的藏族青年说了几句，冲着我们的汽车顽皮羞涩地一笑，扬起皮鞭，两匹马立刻从车前冲过，我连忙举起手中的相机，一红一白两匹俊马已冲上碧绿的山坡，在蓝天白云下留下两个矫健飞驰的背影，让人深深遗憾。

三

不过，在甘南草原我还是有过一次成功的抓拍。

甘南一带的藏族姑娘由于身材修长，无论骑马或行走，都显得英姿飒爽，干净利落，引人注目，常成为摄影者拍摄的对象。

那天，我们从临夏去甘南首府合作，盛夏七月沿途正在收割碾打小麦，这一带是回族和东乡族生活的地方，这两个民族都信仰伊斯兰教，土墙土院的村落里常有顶着一弯新月的教堂。戴着小白帽的男人在田地收割小麦，头披黑纱巾的妇女在禾场负责碾打，一派高原麦收的繁忙景象。这天，阳光灿烂，光线充足，一路抓拍了不少收割情景。当路经一处叫麻当的地方时，路边建筑起了变化，四合土院变成了藏式小楼，还插有经幡，山坡上放牧着牛羊，田地里都种着小麦和青稞，小麦已泛黄成熟，青稞还翻滚着绿浪，和路边一位正割麦的中年农人聊天，他讲这儿地势高，只能在河两岸种地，山坡不长庄稼只长草，只能放牧牛羊。已是藏区，属甘南管辖，他也是藏民，半农半牧，也种庄稼也养牛养羊，粮食够吃，牛羊卖钱，日子还过得去。

正聊着，我突然见着从山坡麦地快步走下来三位姑娘，皆身材修长，穿着藏服，可能干完活计要回村落，这是多好的拍摄对象，我赶紧挎着相机追上去，这几个姑娘走得挺快，进了村巷，眼看就要拐弯，我又不会藏语，正着急间，突然看见土墙上的标语末尾是扎西德勒，这是汉写藏语意即吉祥如意。于是，便朝着几位姑娘的背影喊了一声“扎西德勒!”

这招真灵，中间那位高个姑娘猛地回头，咧嘴一笑，露出白牙，扬起手欢快地喊了一句：“扎西德勒!”

这一瞬间，我已按下快门，成功地拍摄下这几位甘南藏女。

藏族姑娘突然回头扬手说：“扎西德勒！”

打狗求婚

在草原上，常有熟识的小伙互相开玩笑："昨晚打狗没有?"了解草原习俗的人常会心一笑，不了解的人则满脸茫然。"打狗"是在草原上流传的一种隐语，暗指男女夜晚幽会。

茫茫草原，人口稀少，且又处于游牧流动状态，不像内地村镇，人口密集，谁家"有女初长成"，大家都知道。草原上的姑娘长大了，该出嫁时，父母就会在大帐篷边搭上一顶独立的小帐篷，这也等于告诉大家：家里有了待嫁的姑娘。这时，就会有小伙前来约会。但草原所有的人家都会养狗，尤其是承担放牧守家的藏獒，十分凶猛。这对小伙的勇气和智慧是极大的考验，不能闯过牧羊狗这一关，和姑娘幽会就是一句空话。

自然，真正与姑娘约会之前，还是会有一些铺垫，比如在日常放牧或草原庙会中，小伙与姑娘已见过面，且彼此有好感，也有交往的愿望，便会得到姑娘的帮助，比如事先拴好狗，提供方便。有些机智的小伙也会准备些肉食，把狗引开，然后再和心爱的姑娘约会。至于没有勇气和智慧的小伙常遭到讥笑："连狗都不会打，还想讨老婆!"

旅·途·小·憩

黄河古渡何处寻

一

唐蕃古道从长安出发，穿越关陇临洮，皆有现成的丝绸古道可资利用，沿途道路宽阔、驿站齐备，文成公主一行，贵为皇家，行同使臣，受到各地官吏接待不必细叙，理应安全顺利。但一过临洮，经古河州（今临夏）便为当时边

黄河远上白云间

塞，与吐谷浑和吐蕃为邻，不时有战斗发生，“北斗七星高，哥舒夜带刀，至今窥牧马，不敢过临洮”。这是唐诗中的边关气氛。

船工鲁师傅

不仅如此，我们知道，黄河发源于世界屋脊青藏高原，源头在青海省巴颜喀拉山的鄂陵湖、扎陵湖，亿万年消融的冰雪汇聚为淙淙的流水，经过千湖之县玛多，沿途九曲回肠，汇纳百川，接纳了同样从青藏雪原，从祁连雪峰汇流的湟水、大通河、洮河、大夏河之后，成为一条浩浩荡荡的大河，从青藏高原奔腾而下的黄河每当夏秋，洪水暴涨，黄河水势数倍于平时，惊涛拍岸，吼声如雷，常吞没两岸田禾村落，活脱脱一条巨龙横在眼前，成为隔断青藏高原、河西走廊与中原的一道天险。如何渡过黄河天险，成为当时古人面临的一道难题。

多年来，在探访唐蕃古道与丝绸之路的过程中，我先后到过临津渡、金城渡、虎豹渡、蹬口渡、灵武渡，寻访这些黄河上游古渡遗址，其中不乏疑虑，比如典籍与传统认定的临津古渡在甘肃积石山县大河家镇，但我却在一家高校学报上见着一位学者的论文，认定临津古渡在永靖县境，该县城已被刘家峡水库淹没。

2011 年 7 月，我约了伙伴在探访黄河源之后，又赴刘家峡，巧遇渡口边长大的船工鲁师傅，这位自称伴着刘家峡水库修建渡过半生的船工，对古渡口了如指掌，他开着电动机船，载着我们穿越烟波浩渺长达 50 公里的水面，一路感叹，淹没的不光是渡口、永靖老县城，还有两岸大片的好川地：小时候，地里种啥长啥，黄河淤泥地非常肥沃，长的黄河蜜瓜甜死人了！鲁师傅的家也被淹没了，后退到了山梁上，他指给我们看半山腰上的村庄：“地里不长庄稼了才找开船的事情干。”

当我们问及渡口，他指着一处尚未被水淹没的烽火台说，就在那下面水淹没了。是临津古渡吗？“看咋说呢！”鲁师傅说，这儿叫莲花台渡口，永靖老县城原来也在这里。永靖的渡口不止这一处，上面的炳灵寺还有炳灵渡，临津渡在上面的大河家，在水库上面没有淹，那是个古渡口，名气大，也就有人把这一带的渡口都叫临津渡了。老人的话实在，还不乏哲理，耐人寻味，也更引发人探访古渡的兴趣。

二

今日，不要说大江大河，就是茫茫大海，人类也能以不断发展的科技力量征服，跨海大桥与海底隧道不时见于报刊。但黄河上游的大桥最早记载是明洪武年间在金城关（兰州）所修铁索浮桥，碗口粗细的铁索飞架黄河，成为万里黄河第一桥。在当时条件下，历30年完工，取名镇远桥。明人徐兰撰写的《镇远桥记》对大桥建造有详细记载：“造舟二十有八，常用二十有五，河涨则用其余广之。每舟相去一丈五尺，上流定以石鳖，如舟上加

已历百年的黄河铁㭎

板，栏护两边以卫行者。桥南北岸各树铁桩一、木桩六，系铁索，大绳贯桥，令相属随波升降，贴若坦途”。300 多年后，林则徐去新疆，过此桥的记载是：“出西门过黄河浮桥。计二十四舟，系以铁索，复有集吉草巨梗联之，车马通行。此天下黄河之所无也。”仍与之相符合。镇远桥历明清两代，400 年之久。

现存兰州中山黄河铁桥，为清政府 1909 年所建，铁桥曾在解放后加固而沿用至今。但有学者据史料考证，在明代兰州镇远桥修建之前，西秦（公元405—418）曾在黄河造过“飞桥”，地址是在古临津关，即黄河上游甘肃永靖县内，洮河与大夏河汇入黄河之前，借黄河水势较小，且两岸山势峭立，河道狭窄，两边均以巨石层层相叠相压，以缩短距离，最后用长木相连。具体桥形《许氏方域考证》中并无记载，只说“桥高五丈，三年乃就”。据《资治通鉴》记载，唐中宗时，吐蕃在文成公主去世后，又向唐王室求婚。唐中宗把宗室女金城公主嫁于吐蕃赞普后，吐蕃贿赂镇守临洮的大将杨矩，要求把“黄河九曲”之地作为金城公主汤沐之地，并在临津关附近造桥以便东西交往。

其实临津关做为黄河最古老的渡口，早在秦汉便被古人利用，估计渡口还不止一个点，而是这一段河流，比如狭窄处可造桥渡河，开阔平缓河段则可采用渡船和羊皮筏。

三

除了建桥渡过黄河之外，常用的办法，还有选择水流平缓地段，采用渡船过河。比如丝路北线六盘山到甘肃靖远后，便是乘船渡过黄河，直达武威。成为进入河西走廊最近的一条线路，另据多位红军将领回忆，1936 年，到达陕北的红军曾在甘肃靖远虎豹口以 16 只木船，历时五天，渡过两万多名红军健儿，在陈昌浩、徐向前领导下，开始气壮山河的西征，即彪炳史册的西路军。民间传统渡过黄河多为羊皮筏子，即把羊皮整张扒下，晾干涂油防水，紧扎四蹄，8 只 10 只连系成排，充气后利用浮力载人载物渡河，这种办法沿用至今，还成为一种旅游项目。还有一种渡河的办法，即数九寒天，黄河结冰后，直接踏冰而过，当年文成公主一行就是这么渡过天险黄河的。史书虽无细载，却也披露了端倪。

公元 641 年，吐蕃求婚大臣禄东赞已有往返长安与逻些的成功经验，建议隆冬时节出发，到达黄河时，已进入数九寒天，黄河注定结冰。大队人马踏坚冰而过天险黄河，岂不安全省事。踏冰过河，并非妄测，而是古已有之，北宋时期，金人铁骑多次趁黄河结冰，渡过黄河进犯中原。蒙古族史诗般的壮举东归中，也曾写到，明末游牧到帝俄境内伏尔加河流域的土尔扈特部落，由于不堪忍受帝俄的压榨盘剥，在其首领渥巴锡汗率领下在 1771 年隆冬时节，返回祖国，由于伏尔加河迟迟没有结冰，使七万多部众因无法渡河滞留俄境。

在科技不发达的古代，大江大河构成的天险每每成为兵家成败的要素，西楚霸王项羽乌江自尽，太平天国骁将石达开兵败大渡河等等。当然也有成功的范例，比如中国工农红军飞夺泸定桥，抢渡大渡河等。

黄河皮筏延用至今

四

但无论利用什么工具渡过天险黄河，选择渡口都十分重要，鉴于黄河从青藏高原奔腾而来，泥沙俱下，夏秋涨水，宛如巨龙难以制服，所以古人面对波涛汹涌的黄河，为征服巨龙，为交流沟通想尽办法，用尽心力，不知付出多少牺牲与辛劳，选择出便于驯水驶舟，架索修桥，能够行旅的渡口。这些渡口一方面要地处要津，勾连各方；另一方面又要开阔平缓，无险湾激流。自丝绸之路开通，在黄河上游必经的甘肃、宁夏、青海境内，古人寻觅开辟有多处渡口，有文字记载的便有临津渡、金城渡、虎豹口、五佛渡、灵武渡、浩门渡等多处。这其中，最古远也最有名者应为临津渡。这也因其所处位置所决定，其渡口在甘肃积石山县境内大河家镇的大河村，地处通往青藏高原、河西走廊乃至新疆要冲，且又在黄河两大支流洮河与大夏河汇入黄河之前，一是上游来水较小且平缓开阔，二是无险滩激流，便于渡河。这些优越之处想必早被古人洞察和利用。

我在踏访丝绸之路时，曾多次思考过一个问题，《史记》记载霍去病公

黄河古渡

临津古渡存留的烽火台

元前121年，春秋两次"将万骑出陇西"大破匈奴，使千里河西归汉，这个重大的历史事件，史学界并无争议，但霍去病从哪过的黄河却让人生疑，万人万骑，无桥无船，况史书记载："来去六日，驰骋数千里，如狂飙突进"。红军西路军2万多人仅渡河就用了五天。春秋时节，河不结冰，也无法踏冰而过。所以，当年霍去病只能选择较大支流尚未汇入黄河的上游，趁水势较小，直接涉水过河，进入青海境内，再沿大通河越祁连山，进入河西走廊，这样才有可能在六日之内"过祁连、抵焉支山。"突袭匈奴，夺得千里河西。俗语"马浮江，牛浮海"，意思是牛马都有一定的涉水本能，若组织有序，选择河水平缓无激流险滩，涉渡黄河是可能的事情。我在西藏博物馆看到一张骑兵骑马涉渡长江上游沱沱河的情景，图片上是1951年解放西藏时，西北军区骑兵团从青海方向进入西藏，从图片上看其河口水量不比黄河差。这说明战马直接渡河的可能性。综上所述，霍去病当年渡过黄河的渡口，只能是临津渡。

五

这个推测得到了证实，一位曾在河西走廊驻军任过团职干部的文友，送我一本由兰州军区编印的《西北历代战争汇编》，其中收入的战例就有霍去病两次河西之战，并画有进军路线示意图，赫然标明：公元前121年霍去病万人万骑，正是从临津渡过黄河，沿大通河谷，经扁都口，穿越祁连山，采取突袭方式战胜匈奴。同年秋天，第二次进兵则从北地（今甘肃庆阳）出发，从宁夏境内的蹬口古渡过黄河，直扑今内蒙境额济纳旗（即汉时古居延）再南下，采取迂回包围战术，一路横扫，至酒泉大获全胜，犒赏三军痛饮美酒，此亦是酒泉来历。

霍去病两次进军路线，我还真走了一下，2004 年 7 月从大河家过黄河穿越祁连山，盛夏遭遇暴风雪，车坏祁连山，其焦灼之状至今铭心。2008 年 10 月，从陕北走三边，经宁夏沿中蒙边境 700 公里腾格里大沙漠，从早到晚，在夕阳的余辉中赶到额济纳，陶醉于胡杨林的欢乐至今难忘。真切感受到 2000 多年前，霍去病这位天才将军选择的路线是何等智慧和出人意料，也真切感受到汉唐时期人们那种不惧困难，积极进取的豪情壮志。更值得庆幸的是，就是从那时起，中国西部偌大的疆土真正进入了祖国大家庭的怀抱。

另据《资治通鉴》和《隋书》记载，大业五年（609）隋炀帝“西巡河右，四月，至临津关，渡黄河至西平。”

这说明，从西汉起至隋朝，800 年间，临津渡一直被做为黄河渡口并无变化。那么，距隋炀帝西行仅 30 年的文成公主远嫁，过黄河时也一定是临津渡，隆冬时节，利用河面结冰，大队人马踏冰而过，便可进入青海境内的民和、乐都，至西宁，这恰是唐蕃古道的必经之处。

1949 年，王震将军率大军在此渡过黄河到达青海，之后又穿越祁连山进入河西走廊，解放河西四郡，一直打到新疆。62 军进驻边城喀什，这恰是东汉名将班超驻地，我所敬重的作家杜鹏程全程参加了解放新疆，这在他的《战争日记》中有详细记载。

1988 年，由国家投资在古老的临津渡修起一座飞架两岸的钢筋水泥大桥，沟通两岸，天堑真正变为通途。当年，这处渡过张骞的百人使团，霍去病万骑征讨大军，走过隋炀帝龙车凤辇，也走过文成公主远嫁车队的临津古渡，在完成使命之后，也跨进了历史的新纪元。

草原王国吐谷浑

一

大漠风尘日色昏，红旗半卷出辕门。
前军夜战洮河北，已报生擒吐谷浑。
——唐·王昌龄

进入青海，寻叩唐蕃古道，就绕不开一个草原王国吐谷浑。这个草原王国称得上中国历史上一个传奇，他们最早生活于中国东部的白山黑水之间，以游牧狩猎为业，以苍穹大地为家，逐水草而居，随日月迁徙，其族名被历史学家称为鲜卑。这也是中国北方最早的游牧民族之一，据说鼎鼎大名的唐太宗李世民便有鲜卑血统。而散见于《新唐书》的关于吐谷浑的记载也与唐太宗相关。公元618年，李渊父子创立唐朝并在长安建都，与此同时，吐蕃王子松赞干布率领的部落也征服了青藏高原，定都逻些（今拉萨）。松赞干布是一位目光远大，有政治胸襟的吐蕃首领，他对大唐王朝的文明气象十分仰慕，多次遣使到长安求婚，唐太宗考虑到唐王朝立国未久，需与周边部落政权和睦相处，于是选派王室宗女李雪雁，即文成公主远嫁吐蕃，不仅谱写一曲汉藏交好的千年佳话，也踏出了一条由长安到拉萨的和平友谊之路——唐蕃古道。此道之后又延伸至印度与尼泊尔，成为一条贸易繁荣的商道，因此也有专家称之为丝绸之路的南道。

二

当年，文成公主一行浩浩荡荡穿越秦陇河湟，登上海拔 3500 米的日月山。民谚“过了日月山，又是一重天”，眼中再也不见田垄村落，城镇集市，而是一望无际的草原，皆已枯黄空旷凄凉。据记载，文成公主离京时，太宗听取吐蕃迎亲大臣建议，因路程遥远，山川阻隔，需半年时间方能到达逻些（今拉萨），所以在隆冬时节起程，这样途经江河源头时，一是大队人马可踏冰而过；二是避开夏秋因暴雨引发的灾祸。这是完全可能的事情，笔者在多次西行中，不止一次在盛夏遭遇暴风雪，再是听兰州老人讲，上世纪五十年代，夏秋黄河涨水，经常漫上黄河铁桥，人们无法上班。近年上游龙羊峡、刘家峡建了大型水库能够调控水量才好一些。那么古代没水库调节洪水，也无资料证明比今天水小。所以文成公主一行越日月山进入草地时正值冬季草枯，压根看不见“风吹草低见牛羊”的壮阔情景，难免心中悲凄。

不想到达倒淌河时，前一年嫁给吐谷浑国王诺曷钵的弘化公主已和国王

吐谷浑占据的青藏高原适宜游牧

率臣民在此扎营盘，备牛羊欢迎文成公主一行了，这真让文成公主喜出望外，同行官员随从一路风尘能在西陲塞外受到唐王室公主的欢迎，无不欢欣鼓舞。两位宗室公主互叙衷肠，随从人员也得以放松休整，在青海湖边盘桓多日，恢复体力，继续行程。但是，谁也没有想到，文成公主远嫁途中，虽有姐妹公主的欢喜相逢，却不能料到弘化公主与吐谷浑王国日后悲剧的发生。

三

吐谷浑原本是辽东鲜卑族分支，西晋时期，北方游牧民族纷纷南下，扎垒营盘，插旗自立，形成春秋战国之后，又一个纷乱的时期，这便是被史书记载的“五胡十六国”。其时，在辽阳、彰武一带游牧的鲜卑首领幕容廆在内乱中赶走异母兄弟吐谷浑，无奈之中吐谷浑率部属一路西行，这是中国历史上第一个有记载的游牧民族的长途迁徙，比清乾隆时期土尔扈特部落从俄境伏尔加河流域东归要早千年之久，尽管路程没有土尔扈特部落东归遥远，时间却惊人地漫长，历 30 年之久。最初吐谷浑凭借着马群逐水草而居，一路西行，到达内蒙阴山脚下时，被河套平原水草丰茂留住脚步，当时占据这一带的鲜卑拓跋部落正好发生内乱，无暇他顾，给了他们生存空间。十余年后，拓跋重新崛起，吐谷浑部不愿臣服和仰人鼻息，再次率领部众西行，寻找可以游牧的家园。他们最先落足的地方是河州，也就是今天甘肃临夏回族自治州。河州地处青藏高原向关陇平原的过渡地段，海拔在 1500 米至 2000 米之间，其间有洮河贯穿，水草丰茂，宜农宜牧。早年为半农半牧的羌人占据，但他们居住分散，没有形成强大的部落，不能和已在河套平原休养生息，兵强马壮的吐谷浑人抗衡。于是，给吐谷浑人提供了一块进退从容的立足之地。可惜的是部落头领吐谷浑，带领着他的王国 30 年游牧之久，终于停止下来的时候，自己却走到了生命尽头，公元 317 年，吐谷浑与世长辞，享年 72 岁。又过了 20 年，吐谷浑的孙子叶延，带领日益强大的部落，经过不断开拓，占领几乎青海全境和周边地区，于公元 329 年正式建立起草原王国，为纪念先祖，以吐谷浑为国号与族名，这个诞生在青藏高原的游牧政权比吐蕃王国立国早 300 年，鼎盛时期东至陇右、南到阿坝、西至且末、北达武威，由于占据了古羌中道几条商道的交会之处，向东通兰州关中，向北通新疆和河西走廊，向西南通西藏的优势，吐谷浑控制丝绸之路达几个世纪，他们原本就是善于养马驯马的民族，占据青海草原安定下来之后，从遥远的波斯引进优良马种，与当地马杂交，优选优育，培育出名马“青海骢”，风骨秀俊，体高腿长，追风逐月名声远播。吐谷浑人用这种名马与唐王朝换取丝绸，这便是史书记载的“绢马互市”。吐谷浑人得到了当时被西方罗马誉为黄金的丝绸，他

吐谷浑曾培育名马“青海骢”

青海近年出土的吐谷浑古棺绘画

们转手倒卖，屯积居奇，与中亚胡商进行中转贸易，把用名马和毛皮换来的唐王朝的丝绸、茶叶、棉布、瓷器转销西域各国，又把中亚的金银制品、玻璃器皿、香料之类销往中原，进出之间，获利丰厚，使吐谷浑产生了许多富豪富商，拉大了国内贫富差距。近年在青海境内出土的吐谷浑古墓中，发现大量精美的丝绸残片和西亚金银器皿，其豪华程度比中原王公贵族的豪陵葬品有过之而无不及，这种奢侈腐化之风，埋下了亡国的祸根。

四

吐谷浑国曾与中原王朝多次联姻，弘化公主出嫁的诺曷钵是吐谷浑第22代国王了。但这时吐谷浑因滥征民力、修筑豪陵，民怨四起，由盛转衰，王公大臣贪图享受，不知进取，不知危机已在眼前，后来崛起的吐蕃成为潜在的强大对手。就在两位公主高原相遇，相聚相送，依依话别的二十多年后，吐谷浑内外交困，各种矛盾爆发，公元664年大臣素和贵潜逃，向吐蕃提供了吐谷浑衰败真相。此时，松赞干布已去世，执掌大权的禄东赞率大军趁虚而入，一举灭亡了吐谷浑，弘化公主与丈夫匆忙带着余部逃亡，被唐高宗安置在河西凉州一带。这期间，唐王朝曾想帮助吐谷浑复国。公元670年，日益壮大的吐蕃在赶走吐谷浑，独占青藏高原后，又进犯唐王朝控制的西域，唐派大将薛仁贵统十万兵马征讨吐蕃，薛仁贵为唐王朝名将，有丰富的作战经验，对这次战役也做了周密布署：他率两万精兵，轻装先行突袭；让副将郭待封率主力跟紧。鉴于粮草载重十分重要，他特别要求留两万将士筑栅栏守卫。战争初期，薛仁贵曾在河口突袭成功，取得

武威为弘化公主所塑雕像

不小的胜利，但副将郭待封却违背将令，没有分兵守卫粮草，而是携带粮草，以至行动迟缓。对手又非平庸之辈，虽在河口输掉一战，但也因此摸清了唐军的兵力分布，利用马背优势，采取避实就虚，袭击唐军后继部队，当郭待封带领大队人马及粮草毫无戒备地行至大非川，遭遇禄东赞之子论钦陵率领的数十万吐蕃兵袭击，全军覆没。对这次失败，史家多有评论，唐军因贞观九年大将侯君集曾在大非川大败吐谷浑，逼降其纳贡称臣，故轻敌；孤军深入，粮草不济；主将用兵不当；等等。若是再用今天科学观点，还可总结出在高海拔地区作战，将士体力战斗力下降等。而刚刚兴起的吐蕃王朝，兵强马壮，适应高海拔的气候环境，占据了天时、地利、人和，又施计偷袭了唐军粮草，焉能不胜！总之，强大的唐王朝也没能帮助吐谷浑复国。弘化公主和丈夫及吐谷浑余部再也没有返回他们生活了三个多世纪的家园。近年，武威（古凉州）修葺了弘化公主的墓陵，并为她和丈夫塑了雕像。但吐谷浑王国还是在青藏高原留下一曲教训沉痛的悲歌。

五

今日生活在青海的土族便是吐谷浑部族的后裔

吐谷浑人并没有完全逃离，有资料表明今天生活在青海互助、民和、大通等县的土族，便是吐谷浑人的后裔。据《秦边纪略》中记载，吸取当年亡国的教训，存留下来的吐谷浑人选择地形险要、退守从容的地方聚集生存，所谓“依山傍险、屯聚相保、自守甚严”，以不断增强的民族凝聚力顽强生存下来，祖国的大家庭并未轻慢他们，历代王朝对他们皆“待之以礼，授之以官”，尊重他们的人格与风俗，授于他们首领以官职，让其充分自治、自由发展。由于地处青藏高原，土族信仰藏传佛教，沿袭土司制度，在河谷种植庄稼，以农为主，兼营畜牧。所居庭院与青海其他民族大致相同，土木结构的平顶房舍，院落则立有经杆，所穿服饰很有特色，用红、黄、蓝、绿、紫五色组合而成。据说，红象征太阳，黄为五谷，蓝是河流，绿为山林，紫是大地。反映了土族群众对大自然的崇拜，事实是土族非常注意保护环境，从不滥砍滥伐，不猎杀母兽，不浪费粮食……正是这样团结互助、自尊自爱，土族多年与其他民族和平相处，十分兴旺。目前，青海有互助土族自治县，其青稞酒十分驰名，我每去必购。另有民和与大通回族土族自治县，土族的婚俗、圈圈席、贺寿经、鸡蛋会、梆梆会等风俗都极有民族特色，每年都能吸引各族群众和摄影家前去观赏采风。

青海近年修建的吐谷浑文化保护中心

草原小景

藏传佛教已在青藏高原传承千年之久，藏族群众几乎全民信教。来到这个世界，从小到大都沉浸在一种浓郁的宗教氛围之中。所以不少专家认为只有了解了西藏的宗教，才能了解西藏的社会；只有认识了西藏的宗教，才能认识西藏的社会。就连用藏文书写的许多西藏史籍，凡是与宗教相关的事件与人物都记载甚详；反之与宗教无涉、哪怕是影响西藏历史进程的重大事件，也是一笔带过。所以西藏的历史几乎是宗教兴衰史。

藏族群众的生老病死，婚丧娶嫁，衣食住行，无不与宗教紧密相关。比如，这位长者，也许家中添了孙儿，或要搭建帐篷，要么就是过世的老人周年，或是自己要过生日，于是，骑了小毛驴赶到寺院，请来一位年青的喇嘛来做法事，占卜吉祥。他们行走在大草原上，也许累了，也许因阳光明媚，草地如毡，他们坐在草地上休息，老人也好，喇嘛也好，小毛驴也好，都尽情享受着阳光和微风，显得无比轻松和恬淡，也构成一幅妙不可言的草原小景。

旅·途·小·憩

雪域故宫·班禅旧居

石石斜横碧水涯，石边松下有人家。
春风不早来空谷，四月深山见杏花。

过了黄河，便算进入青海，青藏高原在人们心目中是高寒缺氧，偏远蛮荒，压根想不到河湟谷地竟有如同江南水乡一般美妙的田园风光，这是清代曾任青海乐都县令杨应琚所作的《乐都山村》，曾广为流传。但大多数人并不知道，在这雪域高原还有一座仿北京紫禁城修建的瞿昙寺，因其建修格局，修筑年代都与北京故宫同时，比西宁名声显赫的塔尔寺要早200多年，所以被誉为：

雪域故宫

人们知道，北京故宫始建于明代，为明清两朝皇帝起居办公的地方，是国家皇权的象征，是颁布法令的所在，在长达五六百年的时间里，驰驿发诏，任免官吏，开科纳士，号令全国，维系着一个东方庞大帝国的运转，故宫号称紫禁城，在亿万群众心目中，曾经有着无尚的荣耀和权威，是国家与皇权的象征。瞿昙寺位于乐都县曲坛河畔，山青、林茂、水丰，又是沟通甘青两省的要冲，距西宁80公里。该寺始建于明初，也与明王朝兴衰紧密相关。

当初，明军在定西会战中击败蒙古势力在西北的主力，但残部仍退守青藏高原据险顽抗，几次进剿，都无功而返。后有人献策，蒙古部众大多信仰藏传佛教，可用佛教高僧独特影响召降元蒙残部，当时青海有高僧罗三剌，曾在青海湖湖心山上长期修行，精通佛家经典，道行高尚，持行精严，久负盛名，当地蒙藏群众称其为“海喇嘛”。为使当地群众免受兵戈之灾，海喇嘛受诏后，欣然修书给蒙元各部，以佛力感召，耐心引化，也是当时人心所向，大势所趋，各部“相继来归”，使明王朝兵不刃血，最终平定青海。这也给刚当上皇帝的朱元璋很大启发，索性利用宗教来安抚边陲，海喇嘛于明洪武二十二年（1389）应召进京，被明廷尊为帝师，返青海后首建瞿昙寺前殿，朱元璋亲赐红底金字书“瞿昙寺”横匾一方。由此拉开了明王朝与宗教合作的序幕，在之后的岁月中，明代有七位皇帝给瞿昙寺下达敕谕、诰命、封赏，也使瞿昙寺声誉日隆步入全盛时期，不断扩地扩建、修葺，最终建有拥有三进三重大殿、规模宏大、殿宇雄伟，具有皇家宫殿风格的大型寺院，除了中轴线上的三重主建筑外，两边还配有相应僧舍、起居、厨卫等多座建筑，整个建筑群落筑以土城环围，俨如宫城，一派皇家宫殿风范，建成便有“小故宫”之称。

不仅如此，永乐 6 年（1409），明成祖还立圣旨碑一通，碑文汉藏对

瞿昙寺大殿

瞿昙寺壁画

照，把方圆百里的田土、山场、园林、财产、牲畜划归瞿昙寺，所属寺院更多达十三座，管理七条山沟的汉藏群众，使得瞿昙寺在有明一代，数百年间成为青海河湟地区规模最大、资产最丰、声誉最隆的佛教寺院。该寺悬挂有明宣德青铜大钟，高1.8米，口阔1.5米，重达一吨，高悬楼台，每逢敲响，钟声宏亮，震耳欲聋，远播达30里，当地有“瞿昙钟响，化隆马惊”的说法。

但瞿昙寺在青海河湟地区的崇高地位并未延至清代，一是因为明万历之后，藏传佛教格鲁派兴起。且格鲁派大师宗喀巴诞生于湟中塔尔寺，使塔尔寺声誉日隆，再是清代雍正年蒙古罗卜藏丹津叛乱，牵连到瞿昙寺，寺主阿旺宗哲被押入狱，所拥有的土地、山场、寺院、林木、农户、牲畜也悉数充公，致使瞿昙寺声誉、财产一落千丈，风光不再。但事有两面，恰是由于瞿昙寺冷落下来，无人光顾，少了许多人为破坏，倒使这座古刹得以保全。2006年7月笔者探访唐蕃古道，专程参观了这座“雪域故宫”。

果真名不虚传，土城围定酷似故宫的建筑依然雄伟壮观，气势恢宏，那飞檐走廊，佛塑菩萨无不工艺精巧、美轮美奂；那御赐匾额，碑刻铭文，依然威然高悬，慑人耳目；尤其是西厢保存完好的“七十二间走水厅”中长达138米，总面积达400平方米的明代宗教壁画依然色泽鲜丽，栩栩如生，难怪有“隋唐壁画看敦煌，明清壁画看瞿昙”之说。那天，除了我们一行几乎再无游客，瞿昙寺的完美让人惊讶得喘不过气来，赞叹之余，得知这座名刹得以完整保护的重要原因除了上述两条之外，还有改道，这里不再成为沟通甘青的要道，偏僻冷落，没有人来才是最大的保护。目前该寺因为是整个西部保存最完整的明代建筑群落，并有极高艺术价值的佛像与壁画成为全国重点文物保护单位，但愿这座塞外故宫能够长久耸立于雪域。

同仁唐卡

告别瞿昙寺已是下午3时，因为这座塞外故宫的宏伟建筑和精美壁画吸引，至少多耽搁一个小时。临行，天空阴云覆盖，飘落起小雨，尽管时令属盛夏，毕竟海拔两千多米，冷嗖嗖的凉风刮来，胳膊上起了鸡皮疙瘩，不敢耽误，下午按行程需赶往唐卡之乡同仁，还有近200公里路程，好在刚铺上柏油的公路，虽不宽阔却光洁平整，如同黑色巨蟒在起伏的山坡上蜿蜒，沿途也少车辆行人，司机一路把车开得风快，轻易就翻越海拔3800米的山口。若不是山垭有海拔标志，我们还无感觉，也许因为恰逢青藏高原最美的季节，碧草连天，牛羊布野，一群群羊如同白云在一座座山峦缓缓浮游，尤其翻越山垭进入隆务河谷，两岸是延绵不断的雅丹地貌，赭红色的山石如同彩绘，河水清澈湍急，接近同仁时，山谷已十分开阔，层层的梯田里，铺满成熟的青稞小麦，金灿灿的诱人，浓绿的树荫下，是密集的村落，整个河谷呈现一派丰足景象，资料显示同仁系青海河湟谷地农业最发达的地区之一，安定的生活环境为产生唐卡、堆绣这样的热贡艺术提供了经济基础。

当天，赶到同仁，已近黄昏，同行书画家王维宾曾在青海军营二十余载，黄南军分区司令系其战友，当晚即下榻军区招待所。翌日清晨，迫不及待想看唐卡，因为同仁最出名的就是唐卡，早在数年前，曾受南方一家出版社之约，加盟一套地方文化丛书的写作，其中一本就是《同仁唐卡》，我由此知晓青海同仁系唐卡之乡，并产生去同仁看唐卡的强烈愿望。司令知道我们的想法后，特地安排参观同仁的唐卡博物馆，让人大开眼界，以唐卡、堆绣、泥塑为代表的热贡艺术，使同仁在藏区久负盛名。

唐卡是流传在藏传佛教地区的传统绘画，内容多与宗教故事，人物佛法相关，绘制佛祖、菩萨、罗汉、金刚等。唐卡的特点是工笔细描，尤其是人物的眼睛、睫毛、须发，纤发毕毫，一笔不苟，一幅唐卡耗时数月，若是大型画幅，需花几年时间。唐卡还有个特点是色彩艳丽，据说绘制唐卡时用的颜料是用许多天然色彩的矿物质研磨而成，有些佛祖则直接用金粉上色，所以经历数百年之久也不褪色，这也是唐卡昂贵的原因。一幅普通唐卡售价两三千元，若是精美或画幅较大则值几万甚至几十万元不等。在展览室悬挂着夏吾才让一小幅唐卡，盈尺左右，标价是十万美金。夏吾才让上世纪40年代曾随国画大师张大千去敦煌临摹过隋唐壁画，打下坚实的绘画基础，多年来在绘制唐卡上多有创新，被评为全国十大工艺美术大师，其作品在国际上也

作者在佛塑现场

同仁唐卡之家

享有盛誉，人已离世，所以作品也就分外昂贵了。

我们还专门去了以绘制唐卡出名的下吾屯村，这个村坐落在距县城不远的隆务河谷，田畴相望，绿树掩映，十分秀美。我们去一户专门绘制唐卡的藏民家庭，房舍庭院宽敞整洁，与北方乡村汉族院落没有多大区别。不同的是这家藏民有 9 个孩子，除出家当喇嘛的之外，其余的孩子包括已娶的媳妇，全部参与绘制唐卡，创造一幅精美的唐卡，需要许多工序和环节，比如画布就是专门的白棉布，画框也是专门的木材按不同尺寸制做，然后把白布缝制在画框上，还要用胶和化石粉均匀涂抹画布，然后用光滑的鹅卵石反复打磨，直到光滑平整到可以落笔，然后才是勾线条，画轮廓，描人物、涂油彩……几十道工序，一道也不能马虎，几个兄弟也正好各干一行，各把一关，各司其职，整个家庭更像个唐卡生产作坊，流水线式的生产，案头画好的唐卡已有高高的一垛，并不愁销，有专人来收购，根据尺寸大小，画幅内容，按质论价，有一整套流通的行规。

这家老大已 43 岁，没有成家，在本村下吾屯寺当喇嘛，也是位专业画师，下吾屯寺规模宏大，供奉的佛祖和千手观音高达数丈，金碧辉煌，这位画师参与了塑造。他说画唐卡也好，塑观音也好，都要心中有佛，心里无佛的人是绝对做不好的，每画一幅唐卡，都是在心里与佛的一次对话，对佛法理解有多深，唐卡就能画到什么程度，所以唐卡只能由有信仰的人来画，没有信仰的人就绝对画不好唐卡。

这番话说得让人肃然起敬，对唐卡多了层理解。据说整个下吾屯村，有许多这样专门从事绘制唐卡的家庭，同仁县有近千农民画师，整个藏区流通销售的唐卡有三分之一出自同仁，还真无愧“唐卡之乡”的美誉。

班禅故居

从乐都赶往同仁，途经循化县一个村落时，路边有块招牌，箭头所指十分醒目：十世班禅故居。十世班禅在国人心目中，有着比尊崇、敬仰、钦佩这些还要丰富的情感。一方面，他是藏传佛教两大公认的转世活佛之一，在信仰佛教的藏蒙地区有着神明般的威望，另一方面，他又曾担任全国人大副委员长和全国政协副主席，进入国家领导人的行列，有着崇高的政治地位。一方面，“文革”动乱，班禅曾蒙冤被关押将近10年，另一方面他爱教爱国，始终坚持西藏是中国不可分割的领土，一次在拉萨各界人士座谈会上，一位宗教人士口出狂言，胡说西藏在历史上是独立的国家。班禅大师勃然大怒，拍案而起，从吐蕃王朝崩溃后，西藏进入长达400年的割据动乱说起，元初西凉王阔端邀请西藏宗教领袖萨班来到凉州，在百塔寺会商，由此西藏结束混乱局面，正式纳入祖国版图，历经元、明、清从没改变，直到1951年在北京签定和平解放西藏协议，800年来西藏一刻也没有脱离祖国怀抱。

班禅故居古树参天

班禅大师引经据典，侃侃而谈，理直气壮，掷地有声，一气发言近两个小时，赢得与会者多次热烈掌声，那位宗教界人士也当场认错。之后，班禅大师在许

多重要场合发言都始终强调西藏是中国不可分割的领土，被邓小平称赞为“我们国家一个最好的爱国者”。

班禅大师的阅历异乎常人，来到这个世界，自从被认定为九世班禅的转世灵童，起居饮食有专人照顾，学习佛经有最好的大师，几乎是一举一动都牵动各方，就连国民党中央政府撤离大陆前夕，也不敢马虎，于1949年6月3日批准其为九世班禅的转世灵童，即为十世班禅。同年8月，又委派国民政府蒙藏委员会委员长关吉玉为专使，青海省政府主席马步芳为副专使赴塔尔寺主持坐床大典，并代表李宗仁代总统赠送十世班禅三百九十两重黄金一块，以示郑重。班禅正式成为藏区宗教领袖。

其时，班禅刚11岁。可是，就在这个蒙童年纪，小班禅居然做出一项举足轻重的选择。其时新旧交替，江山易色，全国大部分省区已经解放，毛泽东已在北京天安门宣布：中国人民从此站立起来了。青藏地区尚未解放，摆在达赖、班禅两大活佛面前的是三条路，一条随国民党去台湾；一条流浪国外；一条顺应大势欢迎解放。时年14岁的达赖逃到了中印边境的亚东，以察动静。11岁的班禅却毅然留在了国内。从班禅毕生热爱祖国的立场看，应是发自内心的认真思考，并非偶然选择。这样一位充满传奇色彩的活佛故居，岂可不看。

我们最先见到的是一棵参天古树，青藏高原少见大树，这棵大树却非比寻常，树干需数人环抱，枝桠更高耸天际，遮了半院荫凉，这株古树成为大师故居的标志。故居分为三院，东院为停车场，杂物仓库等，西院为班禅旧居，还有一院则为两层藏式楼房，供奉着历代班禅佛像，还有卧室与会客室，整个建筑群错落有致，层次分明，宽敞明亮，极具藏族风韵。由于十世班禅已于1989年圆寂。这里居住着他的母亲和一位哥哥。不巧，我们去时他们都外出了，偌大的故居，有“人去楼空”之感。大师故居有匾额一方“河源须弥”两边有联，“九曲安禅爱国早传拒虏，八荒向化护教所以宁邦”，极精彩凝炼地总结了大师不平凡的一生。

其实，在我看来，班禅是佛亦是人，在阅读与班禅相关的史料中，给我留下印象最深的是粉碎“四人帮”后，班禅大师获得自由，他每天清晨沿着长安街跑步，汇入成千上万晨练的北京普通市民之中，他在天安门广场，久久凝视着那象征着权力、国家、首都的城楼，思绪则可能飘飞到遥远的青藏高原，思索着也许佛也解释不清的终极真理。

他再次当选全国政协副主席，全国人大副委员长，全国佛教协会会长，成为国家领导人和佛教界领袖，班禅大师生命的终结可以说是“以身殉职”，佛教称为圆寂。做为活佛，他要满足广大信徒的愿望，上世纪八十年代，刚刚落实宗教政策，许多寺庙得到修葺，重新开放，广大信教群众可以自由敬佛献香，复出后的班禅大师，心情舒畅，精神饱满，印堂发亮，双耳下垂，鼻梁高挺，有如佛陀。

班禅做为国内最大的活佛，他需要参加国内许多宗教仪式，祈祷活动，他总是不辞辛苦，笑容可掬，和善慈祥地为百姓祈福，为信徒摩顶，举止优雅之间流露出智慧和高贵，他的声音亮如洪钟，如同佛钟敲响，在广大信众心中荡漾。在青海塔尔寺，面对闻迅赶来挤得人山人海的信教群众。班禅大师连续两天为 5 万多信徒摩顶，胳膊肿得几乎抬不起来，但他仍坚持始终，尤其对老人和孩子更是一丝不苟，慈悲为怀，使在十年动乱中心灵饱受蹂躏

寺庙中供奉的十世班禅大师

的许多信教群众不计前嫌，心情舒展，淡定祥和，重现笑颜。

1989 年 1 月 28 日，班禅大师赴西藏日喀则主持五世至九世班禅大师遗体合葬灵塔祀殿——班禅东陵扎什南捷的开光典礼，数万群众参加仪式，操劳过度，心脏病突发，在历代班禅的坐床之地日喀则扎什伦布寺圆寂。

2004 年，我曾去扎什伦布寺参观，其时，安放十世班禅法体的灵塔已经竣工，大师法体也在隆重的法号声和诵经声中被送往灵塔祀殿。据亲历这些过程的活佛介绍，大师圆寂当天，黄沙突起，日月无光。班禅大师心有灵犀，曾说佛祖召唤他了，又说回到他的寺院，心中十分踏实，这是佛祖意愿，不可违背，信仰佛教的人都重视来生，并不忌讳谈论或思考死亡，在他们看来为死亡的人提供精神帮助和心灵照顾，毫无痛苦地享受死亡的过程，在安详和圆满、精神最佳的状态中告别人世，然后平静地去迎接下一次生命的来临，乃是一种福分。

在许多时候人们发现，有的人在生命临终前苦苦挣扎，不愿离去，那是因为心里还有许多放不下的事情，不愿或不能释怀。班禅大师不是这样，他胸怀宽广，心底坦荡，对经历的恶梦从不提及，眼见一个国富民强的时代即将来临，他所牵挂的藏区农牧民信仰得到恢复，生产生活走上正规，日益透出生机，他凭着丰富的阅历和超人的智慧，已预见到未来的希望。因此，我们有理由相信班禅在圆寂时一定是心态平静，神情安详，带着高贵和慈悲甜美地进入梦境，这也是一代大师才会有的吉祥福分啊。

寻访古碑

2011年9月，我再次来到历代班禅大师坐床的扎什伦布寺，不仅是参观近年修葺一新的寺院，以及为十世班禅灵塔修建的殿堂，心中还有个意愿：寻访清代乾隆朝名将福康安大败廓尔喀入侵而树的一块功德碑。此事始末本书有专节叙述，这里不复述。据可靠史料记载，此战大获全胜后，褒扬立功将士的石碑就立在事发之地扎什伦布寺。

2004年来访时忽略，回去后悔不已，此次寻访便为“补过”。岂料，接连询问数人均无结果，先问一位上年岁的喇嘛，以为年长可知，谁知喇嘛不会汉语，不知所云。再问身着汉装的工作人员，亦摇头不知。后见一位喇嘛导游，对扎什伦布寺历史了如指掌，正对游客侃侃而谈。于是趁机寻问，岂料，喇嘛摸摸光头，一脸茫然。索性自己寻找，想起唐蕃会盟碑立于大昭寺前，此碑也理应在扎什伦布寺正面。果真，老远见着一碑，临近仔细观看，却是一块记载捐钱塑佛的功德石碑。环顾四周，仍在施工，零乱不堪，失望之余，心有不甘，见有扎什伦布寺管理处小院，前往打探，刚进院内，便见树下横卧一碑，铁栏围定，定睛一看，乾隆朝福康安率大军大败侵略者功德碑是也。

旅·途·小·憩

大美青海·传奇马家

西陲重镇

无论是古代的唐蕃古道，还是今天的青藏公路、青藏铁路，西宁都是必经之处。西宁是青海省会，青藏高原上的古城，位于三百里湟水川道的中游，这里两山夹峙，湟水中流，居通往新疆、甘肃、西藏的交通要冲，青海虽不直接与周边国家接壤，但地理位置相当重要。唐时通往拉萨的唐蕃古道，延伸至印度与尼泊尔，被专家们认定为南丝绸之路，向东接兰州与关陇，向西越祁连山进入河西走廊张掖，或沿古羌中道直达新疆且末。西宁可谓三条古道交会之处。历史上谁占据青海，便会控制通往西藏与新疆的丝路商道，乃至于新疆、西藏的安危。比如唐安史之乱，抽调河西精兵，结果河西走廊与新疆塔里木河流域被占据青藏高原的吐蕃攻占，唐被迫撤掉安西四镇。再是上世纪三十年代，英帝趁日本侵占东三省之机，也挑拨西藏亲英势力惹起事端，策动藏军向青海玉树进攻，后虽在青海驻军与西康刘文辉部夹击下惨遭失败，但青海位置之重要可见一斑。所以西宁历史上长期被视为西陲重镇。

西宁的行政建制始于汉武帝时“汉开河西”，最早设西平亭，后为西平郡。西汉名将赵充国平定羌乱后，在湟水流域开“军屯”之先，之后历代设郡置府，直到1929年青海正式成为省级建制，西宁市作为一座历史悠久、积淀深厚的古城，也自然成为省会城市。从西汉设亭筑西平郡城算起，已有2000年历史。但在这里生存的古代先民则可追溯到万余年前新旧石器时代。那时，湟水流域是古羌人生活的地域。羌人最早生活在中国的西部，在以西宁为中心的周围，上世纪发现了大量文化遗址。著名的如西宁以东60公里的乐都柳湾，发掘出距今4000多年的规模宏大、包含文化类型多样的一处原始先民墓葬群，已发掘出土墓葬1762座，面积达10万多平方米，出土彩陶多达40000余件，品种之多、数量之大、形态之精美、色彩之艳丽，给人的震撼绝对不在秦兵马俑之下。且不说彩陶各种形态圆、方、扁、人型、双耳、单耳、提梁、葫芦，仅是黑红为主的纹饰图案便有圆圈、平行、锯齿、三角、回纹、雷纹、曲线纹、半珠纹、叶脉纹、菱形纹、蛙泳纹、牛角纹多达百种以上，纷繁瑰丽，精细新颖，别具匠心。其中一尊人像彩陶壶，巧妙凸起的壶体表现一位孕妇，肥耳巨口，高鼻短躯，憨态可掬，让人过目难忘。还有一双用彩陶制成的靴子，虽是件容器，但却反映了当时先民制靴的工艺水平，足以和在新疆楼兰出土的羊皮靴（距今3800年）或古埃及壁画中的靴子媲美。

距今已4000多年的柳湾彩陶

柳湾古墓中还有件突破纪录的发现，那就是把人类吃面条的历史提前了一千多年。2000多年前，意大利古城庞贝因火山突然爆发被掩埋，后来出土一碗煮好的面条被认为是面条始祖。但在柳湾墓葬中出土的面条却距今将近4000年，说明那时湟水流域的农耕和先民生活已达到相当高的水平。

另外，上世纪七十年代初，在西宁北川子橡寨还出土了一件距今5000年的彩色陶盆，盆内壁绘有舞蹈花纹图案，画有三组人像，每组五人，手拉着手，翩翩起舞，每人头上还有发辫状纹饰，向同一方向摆动，画面生动，线条流畅，十分漂亮。这件彩陶的出现引起国内外考古界与史学界的震惊和注目。这表明以西宁为中心的湟水流域，早在远古，生存繁衍的古代先民创造的灿烂文化绝不在中原古代先民创造的仰韶文化水平之下，而是与华夏文明一脉相通，或者说共同丰富了华夏文明。

大美高原

长期以来，人们对青海有种误解，以为青海既然属于世界屋脊的青藏高原，就一定空气稀薄，高寒干旱，植被稀少，缺水蛮荒。当然，青海西北部的可可西里，柴达木盆地也确实如此，但也正是这地方却有世界上最珍稀的藏羚羊，藏野驴以及丰富的矿藏。更重要的是，青海的西部，终年冰雪覆盖的唐古拉山、昆仑山、各拉丹冬雪山孕育了中国最伟大的母亲河黄河与长江，若没有它们，中华民族的文明便会失去源流，便会无从谈起，有人形象地比喻青藏高原是中国的水塔，可见其位置的关键与重要。

大美青海

青海的东部，具体地说是中国西部农牧业的分界线日月山以东，却完全是另一幅景象。因为海拔 3500 米的日月山不仅是农牧业还是西部季风区与非季风区，内陆河与外流河的分界线，潮湿的季风能够吹到河湟谷地，带来四五百毫米的年降水，加之黄河、湟水、大通河冲淀出来肥美开阔的河谷，再经古代先民长期开发经营，形成独特灿烂，壮美无比的河谷农业，若是夏秋之际，乘坐汽车或火车，穿越 300 公里的河湟谷地，金黄色的小麦一望无垠，灿若云霞，大片的玉米，油黑茁壮，形同军阵。若再去大通河谷，那铺满祁连山腹地 60 万亩连片的油菜花映得天也成金、地也成金，给人带来的震撼，如同灵魂经过了一次洗礼，提醒自己要重新认识青海，重新认识青藏高原。

这且不说，提起青海，人们注定会想到青海湖，不仅青海省因此得名，青海湖也是全国最壮美，知名度最高的湖泊，无一丝尘埃，蔚蓝得如同一匹硕大无比的绸缎，静静地铺陈在明净的苍穹之下。每年七月，环湖大片的油

金银滩草原

菜花怒放，如同给这蔚蓝的湖泊镶嵌上金色的花边，一年一度的世界环湖自行车锦标赛，把这壮美的景色现场传播到世界各地，不知有多少人为这美景陶醉。

青海让人陶醉的美景还不止青海湖，在湖东北还有片美丽的草原金银滩，那是一片由多个略带倾斜又延绵不绝的山坡构成的硕大无垠的草原，浓浓淡淡的青绿由脚下一直涌到天边，明净的溪水淙淙流淌着如白色哈达在青草间蜿蜒，一丛丛被称为金露梅、银露梅的野花怒放着，黄的金黄，白的银白，无声地叙说着这片草原的由来，远远近近的山坡上，洁白的羊群在身着彩裙的藏族姑娘挥动的皮鞭下，如白云般缓缓浮游……当你来到这里，眺望的第一眼，就会被惊呆，被陶醉。当年王洛宾就是为其美丽打动写下了那首进入中国文化史的歌曲《在那遥远的地方》，不知有多少人倾倒在那美妙的旋律和歌词之中。

传奇马家

西北王马步芳

西宁作为丝绸南道和唐蕃古道的必经之处，我曾多次到这里访古，友人知我对文史最感兴趣，安排参观青海省博物馆，并告知博物馆即早年的“青海王”大军阀马步芳公馆。我曾读过多种马氏传略，知其马海晏、马麒、马步芳祖孙三代均为中国近现代史上叱咤风云的人物，且与青海建省，西宁兴衰关系密不可分，欲认识青海西宁，必先了解充满传奇色彩的马氏家世。

中国西部由于丝路畅通，早在汉唐，便有大量中亚乃至阿拉伯人进入定居，历经千年融合为我国回族。以宁夏、甘肃、青海人数为众。甘肃河州，即今日临夏素为茶马互市的商贸重镇，亦是善于经商的回民聚居之地。但马家却属世代务农的贫苦阶层，为了生存，祖父马海晏自幼习武，护送商队。由于武艺高强，逐渐有了名气，在参加清末陕甘回民起义中屡立战功，脱颖而出成为一员悍将。清廷剿灭太平天国后，派湘军大将左宗棠坐镇西北，对付回乱。左宗棠挟湘军威势一路横扫，陕西、宁夏先后肃清，甘肃也大半平定，盘踞河州的回民领袖马占鳌审时度势，与马海晏等商议，抵抗是死，降亦是死，只有拼死一战，胜而后降，方能长存。

果然，在河州太子寺一战中，马海晏自告奋勇，带领300名勇士，趁夜色潜入清军大营，突然发动袭击，同时马占鳌又率大军正面进攻，里应外合，大败清兵，清军两员大将河州总兵傅先宗和西宁总兵徐文秀先后阵亡，清军败退一百余里。左宗棠损兵折将，正苦于无法向朝廷交代，回军却乘胜乞降，既为左帅保全脸面，又彻底平定回乱，何乐不为。双方一拍即合，皆大欢喜。

不久，马占鳌病逝，马海晏即成回军领军人物，八国联军入侵北京时，马海晏受诏率其子马麒护卫京师，曾在正阳门进行殊死血战，并护送慈禧西逃，途中马海晏于宣化病故，其子马麒接统其部，并在青海组建宁海军，为甘边宁海镇守使，为其家族统占青海打下基础。1929年青海正式建省，马麒与其弟马麟先后任省政府主席，其子马步芳1938年正式任省主席，总揽青海军、政、财、文大权。

纵观马氏家族由被逼造反的穷苦百姓到权倾一方的封疆大吏，绝非偶然，亦绝不简单。甘陇宁海历为多民族聚居之地，蒙藏各部土司王公世代相袭，教派林立，矛盾尖锐，多年战乱，民生凋零。进入民国后，冯玉祥、吴佩孚、孙连仲、孙殿英、西北军、中央军，加之国民党中统、军统，各种势力先后进入青海，甘青大小军阀，时称“八镇割据”不甘失势，摩擦不断，争斗迭起。大如历时三年、祸及两省的“河湟事变”；小如忽儿联合倒冯，忽儿暗中拥蒋，往往牵一发动全局，非智勇无以图存，一步走错，满盘皆输。甘肃大小军阀，比如显赫一时的马安良、马廷襄、马廷贤、马仲英等先后覆灭，惟马麒、马步芳家族左右逢源，发展壮大，一枝独秀。

究其原因，一方面马氏家族自清末参加回变，历经风云战乱，积累了丰富的阅世处人经验，凡事谨慎，审时度势，小心应对，往往以静制动，后发制人，取得了主动。另一方面，马氏始终注意破除回汉界线，延揽各类人才。比如李迺棻，前清禀生，曾在陕甘总督府任职，知兵事，长谋略，马麒任其为参谋长。黎丹出生于湖南书香世家，曾在江西幕府主办文案，博学多才，马麒任其为总务处长。再是周希武，系甘肃天水学界名流，曾任中学校长、教育厅长，亦被马麒聘用，引为左右，襄赞军政要务，往往计高一筹。

民国初年，政局不稳，英帝趁机分裂西藏，策划中、英、藏“西姆拉条约”，提出划分“内藏”与“外藏”，企图把玉树等处划入“外藏”不驻军，不设防，引发“玉树之争”。马麒即派周希武等前往玉树勘界，绘印多卷地图，周希武还写出《玉树调查记》一书，对玉树境内山川、河流、村镇、关隘、物产、民风及建制沿革详加考证，为马麒复电国民政府提供了历史和地理上的依据。通电后被全国注目，被认为是“最有价值之反声”，既挫败英帝阴谋，也提高了马氏在全国的声誉。

时隔多年，我在兰州旧书摊无意中购得周希武所著《宁海纪行》，便是此次赴玉树勘界，以沿途日记辑成，我在西行中，每每与之对照，收获良多。马氏家族在使用人才上，最为人称道，最有影响、甚至载入史册的是：

朱绣使藏

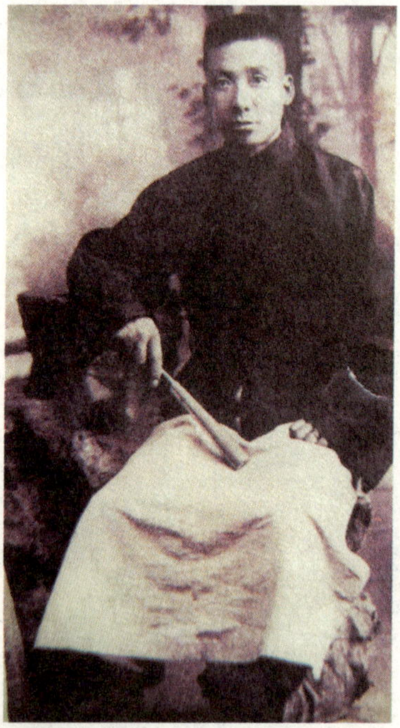
藏学先驱朱绣

朱绣（1887-1926）是青海近代一位名士。清光绪13年出生于湟源县一个家道殷实的富商之家，自幼聪明好学，拜湟源硕儒杨景升为老师，在经、史、文辞方面得到严格训练，打下坚实的国学基础。15岁时，朱绣因父去世被迫弃学经商，但有空闲便手不释卷，且留心时事。其时，辛亥革命爆发，各种新思潮，新观念也波及遥远的边陲，朱绣订阅各种新潮报刊，成为青海近代最早觉醒的学人。

其时，马氏家族已经壮大，成为主宰青海的实权派，朱绣由于受到马麒的智囊人物黎丹赏识，被推荐为当时西宁道政府随员，其学养器局，办事能力很快显露，受到马麒器重。

民国初年，朱绣受马麒委托，先后到兰州、西安、洛阳、北京、南京、上海等地考察，深感青海经济与文化的落后，他沿途对各省的实业、交通、教育详尽考察，深思熟虑，向马麒提出“使青海之教育发达而成文明之新省”的主张。在马麒的支持下，朱绣与黎丹等人在青海掀起开办新式学校热潮，成立青海筹边学校，朱绣亲任校长。设置藏语、英语、国语、森林学、农艺学、动物学等多种新型学科，为青海培养了大批新式实用人才，也为青海新式教育注入了活力。可以毫不夸张地说：朱绣是青海现代教育的先驱。

朱绣出生青海，地邻边陲，对藏区和边疆历来关注，且熟悉藏文，在关键时刻派上了用场。清末民初，时局动荡，列强趁机觊觎中国，英帝策划西姆拉会议，企图把西藏割裂出去，消息传出，国内哗然，与西藏相邻的川、滇、青、康各省通电全国，尤以青海马麒通电最力，民国政府未敢签字。事隔数年，英方又提出划分内藏、外藏，并挑动西藏亲英势力向四川、青海方向大举进攻。在此危急时刻，马麒上书北洋政府，建议遣使入藏，进行和平谈判。正是在这个背景下，朱绣被任命为入藏特使，与青海藏族活佛古浪仓和甘肃督军公府李业青一起赴藏谈判，这也是清朝结束后，国民政府首次派员入藏，各方都高度关注。

朱绣一行于 1919 年 7 月起程沿唐蕃古道跋山涉水，历时 3 月抵达拉萨，在长达 4 个月的时间里，朱绣与西藏上层人士广泛接触，多方沟通极力说服十三世达赖坚持爱国立场，维护统一，息兵内附。几经努力使谈判取得重大进展。第二年 4 月，朱绣一行离开拉萨时，达赖设宴送行，并由衷说下广泛被记载的一段表白：“余亲英非本心，只因钦差（指驻藏大臣联豫，在清末动荡中与达赖交恶）逼迫过甚，不得已而为之。此次贵代表来藏，余甚感谢，惟望大总统从速派全权代表来解决悬案。余势倾心内向，共谋五族幸福。”

至此，朱绣不辱使命，圆满完成使藏任务，维护了国家统一与边陲安定。朱绣在藏期间，以学人的眼力与勤奋，对西藏现状与存在的各种问题详尽了解勤奋记载，返回后著有《拉萨见闻录》《海藏纪行》《西藏六十年大事记》等三种著述。以史料翔实，见识卓越，成为近代研究西藏历史人文经济文化的重要资料，朱绣使藏也成为近代藏学专家绕不开的话题。笔者案头至少有十余种学术著作提到或引用了朱绣著作。

朱绣所著《西藏六十年大事记》，我多方搜寻不得，承蒙藏学家何宗英先生割爱相赠，反复阅读，受益匪浅，细读此书，可窥西藏近代史的大致脉络。况且，此书文白相间，言简意赅，为使读者了解其文笔风采，特转录其《自序》，不长，仅 500 余字：

自 序

民国成，五族合，而西藏为五族之一。所谓西藏者，举前藏、中藏、后藏浑括而言之。其人则梗顽难化，其地则广漠无垠，其事则散漫无稽。而留心最近状况者，亦寥寥无几。夫全藏部落，在汉为西羌，在唐宋为吐蕃，世为边患，叛服靡常。元以番僧帕思巴为大宝法王，明封拉木蓝巴藏卜为佛宝国师，耗无数财币，边境始安。永乐中，宗喀巴崛起于西宁之塔尔寺，别创黄教。其弟子达赖、班禅，世世以呼毕勒罕（转生之义）为化身，轮回不已。而第一世达赖名根敦珠巴者，又以法王兼国事，藏局至此为之一变。清太宗称达赖为金刚大士，世祖封为西天大善自在佛。乾隆中，高宗藉兵威以揽实权，命驻藏大臣总其政。道光后，国威日替。近年以来，英俄外逼，政教内讧，于是西藏全土遂成大陆竞争之区，盱衡时事者多忧之。而我国藩属名称，依然在也。今则卧榻之旁，恐为他人酣睡之场矣。民国八年秋，余承甘肃张督军勋伯，派赴西藏，接洽达赖喇嘛，为釜底抽薪之计。乃与李君仲莲，取道西宁之湟源县（即前清之丹噶尔厅——原注），经青海，渡黄河，登昆仑，越怒江，冰天雪窖，艰险备尝，历时三月，始达拉萨（即达赖管辖区域——原注）。公余之暇，搜集各种秘密条约，并调查川藏前后战争情形，故将最近六十年内经过大事，编为一帙。自惭简陋，颇多漏遗。绝塞奔驰，无书参考，姑就夙昔所知，益以档案所存，獭祭而成。匪敢云著述也，聊作留心边事者之一助云尔。

中华民国十一年
菊有黄华之月
锦屏序于青海蒙番学校

注：锦屏为朱绣别号。

可惜的是1926年冯玉祥五原誓师参加国民革命军，准备进军青海，是武力对抗还是和平解决？青海当局产生严重分歧，朱绣顺应历史潮流，力主和平解决，并受马麒委托赴兰州与冯玉祥代表谈判，行至乐都老鸦峡时，遭到主战派官兵的突然袭击，朱绣当场毙命，年仅41岁。同时遇难的还有青海另一位学人周希武。这是青海近代史上一件大事，也是青海近代政界学界难以弥补的重大损失。朱绣至今受到学界的推崇与怀念。

马氏政权延揽人才的传统延续到马步芳时期，抗战时著名记者范长江曾在青海采访，认为马步芳有政治才干和远见，在省政府内绝对不用河州老乡而是量才使用，主要官员皆是各界名流和来自内地的饱学且干练之才。马氏家族主政青海近半个世纪，其功过是非，尘埃落定之后，近年不少专家也有客观评价：割据一方，形同军阀，盘剥百姓，敛财纳色，围剿西路红军，抗拒解放西北，这都是事实。但马氏主政青海，亦有不少善举，比如注重教育，兴办学校，修筑公路，垦荒开矿，发展商贸，植树造林，厉行禁烟，对促进青海经济发展起了很大作用。再是抗战时，积极派军出战，成为抗日劲旅也都曾受到当时国民与舆论赞誉。如此家族、如此人物，其故居不可不看。

马步芳公馆一角

马氏庄院修于上世纪 40 年代，占地近 3 万平方米，由各具特色的六个院落及花园构成，结构严谨，布局有序。近年政府牵头，修旧如故，尽显当年风采，且辟有展室，图片、资料、实物把马氏数代功过业绩如实展示，成为了解马氏家族及古城西宁一处重要且难得的窗口。

古城名寺

1997 年第一次去青海，觉得西宁在全国省会城市中,应该说是比较小的，仅 70 万人口,中等城市模样。但没想到近年发展势头如此之快，几乎一年一个样，路通高速，城市改建，到处高楼林立，草坪广场，入夜霓灯闪烁，延绵不绝，俨然一座“夏都”屹立于西部高原。

再是，每年吸引大批游客的除了青海湖和大草原，还有两座著名的寺院，一座是距西宁 25 公里，全国著名的藏传佛教六大寺院之一的塔尔寺；一座是全国最大的西宁东关清真大寺。

深信，任何来此二处观光的游客，无论有无宗教信仰，都会有种内心的震撼。尤其是塔尔寺，那宏阔的规模，金碧辉煌的建筑，完备考究的宗教设施，成千上万虔诚的信徒以及香烟缭绕、经声朗朗所构成的那种浓郁的宗教氛围。漫步其间，会不由自主地屏心敛息。

塔尔寺为明代所建，至今已有五百余年的历史，是藏教黄派创始人宗喀巴的故乡，寺庙最初也是为纪念他所建。历代班禅都与该寺关系密切。据介绍，十世班禅额尔德尼·确吉坚赞生前最后一次来塔尔寺时，数以万计藏民信徒从方圆几百上千里的地方赶来，排成长达数十里的队伍，夹道欢迎班禅大师。十几万人没有喧嚣没有嘈杂，一片静穆。大师经过时，两边信徒一律低下头，吐出舌头，来表示对大师的无限尊崇。大师走过就赶紧把携带的多年积攒的几百、几千、甚至上万元人民币，投向四名藏汉张开的布袋。根本用不着号召、动员，全是那么自觉自愿心甘情愿。当然，这大笔的捐款都用来维修了寺院。

塔尔寺门楼

西宁东关清真寺周五礼拜散场

塔尔寺有个专门展厅，几乎展有所有党和国家领导人参观塔尔寺的照片，国家曾拨数千万元巨款维修塔尔寺。这里还有一座建制完整的经学院，不少高僧活佛在此传经讲学，还有一批莘莘学子在此攻读学位。

在塔尔寺，我还见到了影视书刊上多次介绍过的酥油花。这是用酥油为原料特别捏制塑造的以宗教故事为蓝本的各种人物以及其生活场景，类似天津泥人张用泥巴捏制的人物。但要比泥人张的作品气势规模宏大，且色彩艳丽，能表现完整的宗教故事。无论从哪个角度讲都堪称精美的艺术品。我还注意到酷暑盛夏，塔尔寺尽管地处高原，中午气温也在摄氏 30 度以上，为保证酥油花维持原状不至于融化，在保护酥油花的大玻璃柜中安置着一台昼夜工作的空调，再加上录音机播放的经文，让人感觉到即便庄重如寺院，也在积极吸收现代文明。

一个拥有自己宗教信仰的民族总让人无形中尊重。无论如何宗教总属于文化范畴，深深包容涵盖着一个民族深厚的历史与文化，对整个世界的文明是一种丰富。无论在塔尔寺还是西宁和银川的清真寺中徜徉，我又依稀感到一个在精神上能够自给自足的民族，外人很难介入，心灵深处有种遥远的距离。

我还专门去了西宁市东关的清真寺，这是全国最大的伊斯兰教寺院。教徒基本上为回民，由于语言相同，加之青海省文联同志引导，得以详尽地参观了这座名寺，也遇到几个进修生，得知寺院设有学位，有严格的考试制度，获得学位要进行答辩。即便日常做礼拜信徒的位置也因地位身份有所区分。每个星期五，西宁市有数万回族群众来做礼拜，我在大街购物正好遇着他们散场，一律戴着小白帽，如片片白云散落街头，成为高原古城的一道景观。

在西宁的日子，我发现高原的星星亮得晶莹，亮得尖锐；月亮也出奇的银圆。高原略带凉意的晚风吹过，让人心中泛起一种莫名的庄严。大自然的威力如此强大，人类便显得渺小，无法掌握自己命运的时候，只得借助于宗教。这样理解宗教当然很浅薄。但是在我看来大自然的神力超过任何宗教，我只愿意做大自然虔诚的信徒。

卷三

日月分界·玉树临风

汉藏

日月山分农牧界

一

草原是坦荡开阔的，一眼望去是涌向天地之间的青绿，并非没有山峦，那常是远远横在天边的一抹黛苍。但也有例外，比如距西宁市百多公里的日月山，便是一处可以远眺的制高点。乘车离开海拔 2000 米的西宁市区，驶过田畴成垄、村舍相望的湟水河谷，青藏公路便沿着一条河谷开始爬坡，沥青路面恰如一条巨蟒在山谷间盘旋，上到坡顶，眼前豁然开朗，只觉天阔地广，足可极目千里。一边是刚刚爬上的山谷，远远近近，无数的山峦，溪流，以及片片金黄的油菜花和火柴盒般大小的农舍都尽收眼底；另一边，是辽阔无边的高原草地，仅有一些低缓的山坡，根本不能遮挡你的视野，只构成一道道绿色的弧线。

汽车驶上这道山垭，一般都要停车休息，旅客也下车游览，因为这儿便是著名的日月山。两座高高的山峦，一名日山，一名月山，相对耸立，青藏公路正好从两座山峦间穿越。山名的来历据说是文成公主进藏经此，回眺中原，已为苍茫烟云所阻隔；远眺前方，是亘古伫立的雪域高原。伤感动情之间，摘下身上日月佩环，抛向天地之间，由此化为日月两山。

这美丽的传说吸引了古今不少游人。日月山不仅为青藏公路进藏必经之处，也曾是唐蕃古道的重要驿站。接待往来官吏传递王命关文。这儿还是中国西部农牧业区的天然分界线。有专业知识的学者还提出，日月山是内流河与外流河，季风与非季风区的分界线。日月山下湟河谷地，从出土的马家窑

日月山下菜花金黄

日月山上牛羊布野

文化看，已有数千年的农耕历史，至今还是青海省的粮油基地。日月山上因受祁连山南麓雪雨滋润，是一望无垠水草丰茂的高山牧场，四周，极目之间都是连绵的山峦，像大海波涛一样起伏，每一道波浪都是一面广阔的草原，如我们脚下平展的草原从远处看也是山峦一样，以如此的气势构成的草原是何等的辽阔、何等的磅礴。再是，七月是草原最美的季节，天地间一片绿色，准确说是青色。淡淡的，铺天盖地，无一丝杂染，无一寸黄土，唯有点缀其间的云朵般的羊只，彩霞般的马群与黑色修女般的牦牛，一览无余地展开在眼前。草原空旷而安静，似沉思的巨人，让你感到一切委屈乃至罪恶都可以对其叙说。在一瞬间让人感到灵魂都得到升华净化。

二

牧区生活绝非人们想象的骑马唱歌那般浪漫，是严酷而又孤寂的。当汽车冒雨行驶在草原时，可以清楚地看见羊群、牛群、牦牛群散布两边山坡雨雾之中，悄无声息地啃草。这里自古就生活着藏、土、羌等游牧民族。而每群牲畜之中，注定有一位牧人，提着羊鞭、戴着草帽、披着羊毛毡呆站在雨丝之中。有一位中年汉子甚至光着头站在雨中。羊群啃草十分认真，好长时间集中在一面草坡。牧羊人便也很长时间呆站着，泥塑木雕般一动不动。偌大的草原没有任何大树崖洞可以躲避，他们也就只能在烈日或雨雾中整日、整月、整年，乃至毕生都这么度过。

有帐篷和炊烟的地方，注定是他们的家园。但羊群都区划出草原，常见的情形是一顶帐篷孤零零地飘落于河谷地段或山峦半腰。三顶以上的帐篷都极少见。那么，他们整日、整月、整年和谁说话呢？他们从小接触的只是牧场、牛羊和自家的帐篷。我们见到几个绝不超过10岁的孩子把牧鞭抽得山响，也震得人心直发痛。

有一段，汽车开出几十公里没见人烟，在内地早过了几个县，但在这儿极目之间仍是无尽的黛蓝。好容易见到房舍，是公路两边的几排办公房。有商店、邮局、银行和小学校。这是乡镇政府所在地，方圆几十上百公里牧民们政治、经济、文化的中心。最实际的是前来购买必需的生活用品。商店前一片泥泞的场地上拴着牧人们骑来的几十匹马，就像内地商场门口停放的自行车。

作者在日月山（1997 年 7 月）

但还有比这更小的市场。那常是汽车行驶在途中，在用石块垒起的玛尼堆和插着经幡的地方，冷不丁会出现一个活物，吓人一跳。车开近了，才发现是一位牧民。男女都有，但多是未成年的孩子，用手高举着一个蘑菇或一张什么毛皮叫卖。司机停车买了几斤蘑菇，我目睹了这番交易，想起《说文解字》对“亭”的解释：原始先民最初的交易是“以所多，易所鲜”，以物易物，清晨都带着货物向同方向走，在太阳正午时停下来，就是交易的市场。后来为了便于等候，便在交易的地方盖个草亭，让先来的人避风遮雨。想不到这路边交易也还停留在如此原始阶段。但茫茫草原，你又能让他们怎么办呢？

三

不必忌讳，在漫长的岁月中，站在日月山上见到的并非完全是五谷飘香，牛羊遍野，和亲纳贡，民族和睦的祥瑞气象；而是如同日月山下黄河之水，九曲回肠，历险滩，穿狭谷，末了，才奔腾到海不复还的。在唐王朝近300年历史中有盛唐、中唐和晚唐之分，其综合国力也经历了由强而衰的过程。这也正是吐蕃王朝的上升与扩张时期。尤其中原地区爆发“安史之乱”，唐王朝抽调河西精兵平叛，河陇兵力空虚。吐蕃王朝乘机大举进攻侵占唐帝国广阔的疆域，甚至在763年攻陷唐朝首都长安。《古代民族》记载“在赤松德赞赞普统治时期（公元755–797），吐蕃疆域包括青藏高原，甘肃、新疆的大部分，四川、云南的一部分，还有尼泊尔、印度、缅甸的一部分，成为当时中亚的大国、强国”。

“一山不容二虎”，唐与吐蕃在当时是东亚的强国，有唐一代汉藏使者交往达191次，其出使理由有和亲、告哀、修好、议明、封赠、朝贡、报聘、慰问、约和等等，两族因各种利益或因边界不清或因互市不利，兵戈相见，也屡见不鲜，每当战争结束，又需会盟签约，作为争斗的补充载入史册，且有较大影响的会盟有八次之多，其中两次会盟之地都在赤岭，即日月山，因此地有红土显露，色泽耀目，古称赤岭。《全唐文》中收有《定蕃汉两界碑》碑文：“惟大唐开元二十一年，舅甥修其旧好，同为一家。往日贞观十年，初通好和，远降文成公主入蕃，以后景龙二年，重为婚媾，金城公主因兹降蕃，自此以来，万事休贴。间者边吏不谨，互有侵轶，越在避荒，因之隔阂。今遵永旧，咸与维新，帝式藏用，因之示赤岭之外，其所定边界，一依旧定为封守……”

公元821年唐蕃会盟碑

若以此说，日月山还曾是公元八世纪屹立于东亚两个大国唐帝国与吐蕃王朝的分界线。

四

两宋时期，中原王朝重文抑武，对西北少数民族割据政权吐蕃、西夏、辽、金均采取守势，但在边贸上却取得长足进展。《宋史》载："汉中买茶，熙河易马"。汉中作为川鄂荆襄茶叶的聚散地每年向靠近吐蕃、西夏等游牧民族的边城临洮输入大量茶叶。以茶易马，持续至明代达到高峰，《明史》载"用陕西汉中茶三百万斤，可得马三万匹"。全年3万多匹马，激励了少数民族的马业生产。茶叶的输入，也改善了牧区人民的生活。

西藏真正纳入祖国版图是在元代。草原英雄成吉思汗率领蒙古铁骑，攻城拔寨，纵横万里。他的孙子忽必烈则建立了空前强大的元帝国。《元史》上说，自秦始皇统一全国后，经历汉、隋、唐、宋诸代，虽然也幅员辽阔，但仍不能和元代相比。元时的疆土东南到达海边，不下于汉唐；而西北则包括了前苏联中亚五国的全部和巴尔喀什湖（今哈萨克斯坦境内）。至于青藏高原，汉唐均不曾统一。而在成吉思汗时期，蒙古骑兵就进入了青藏高原。其时，吐蕃王朝崩溃之后青藏高原正处于地方武装割据长达400年之久的混乱时期，也迫切需要寻求一种统一安定的格局，于是纷纷投靠蒙古表示归顺。

当时，蒙古西凉王阔端驻军河西走廊，派军进兵西藏，为了避免藏区遭战火祸乱，特地派人请来藏区久负盛名的宗教领袖萨加·班智达赖来凉州会谈。萨加不顾65岁高龄，跋涉数千里来到凉州，双方顺利达成西藏归顺中原王朝条款，并发表《萨加·班智达赖致蕃人书》，说明西藏归顺蒙古为大势所趋，劝说西藏四分五裂的地方势力审时度势，权衡利害。信中还把中原王朝为西藏规定的各项制度，包括委派官员，缴纳贡税等，都作了

武威百塔寺系元初西藏归属祖国签约之地

说明。这些制度奠定了元朝中央政府对西藏进行行政管理的基础，结束了西藏长达 400 年的混乱局面，使西藏免受兵戈之苦，实现了祖国的统一。萨加与阔端的凉州会商协定成为不朽的历史功绩载入史册。而当年会议之地百塔寺也成为全国重点文物保护单位而垂范后世。

忽必烈建立元朝后，中央专门设立宣抚使安抚使来处理藏区事务，通过尊奉藏传佛教，册封吐蕃上层人物，实行政教合一，使西藏正式进入了祖国大家庭的怀抱。

元代疆域图

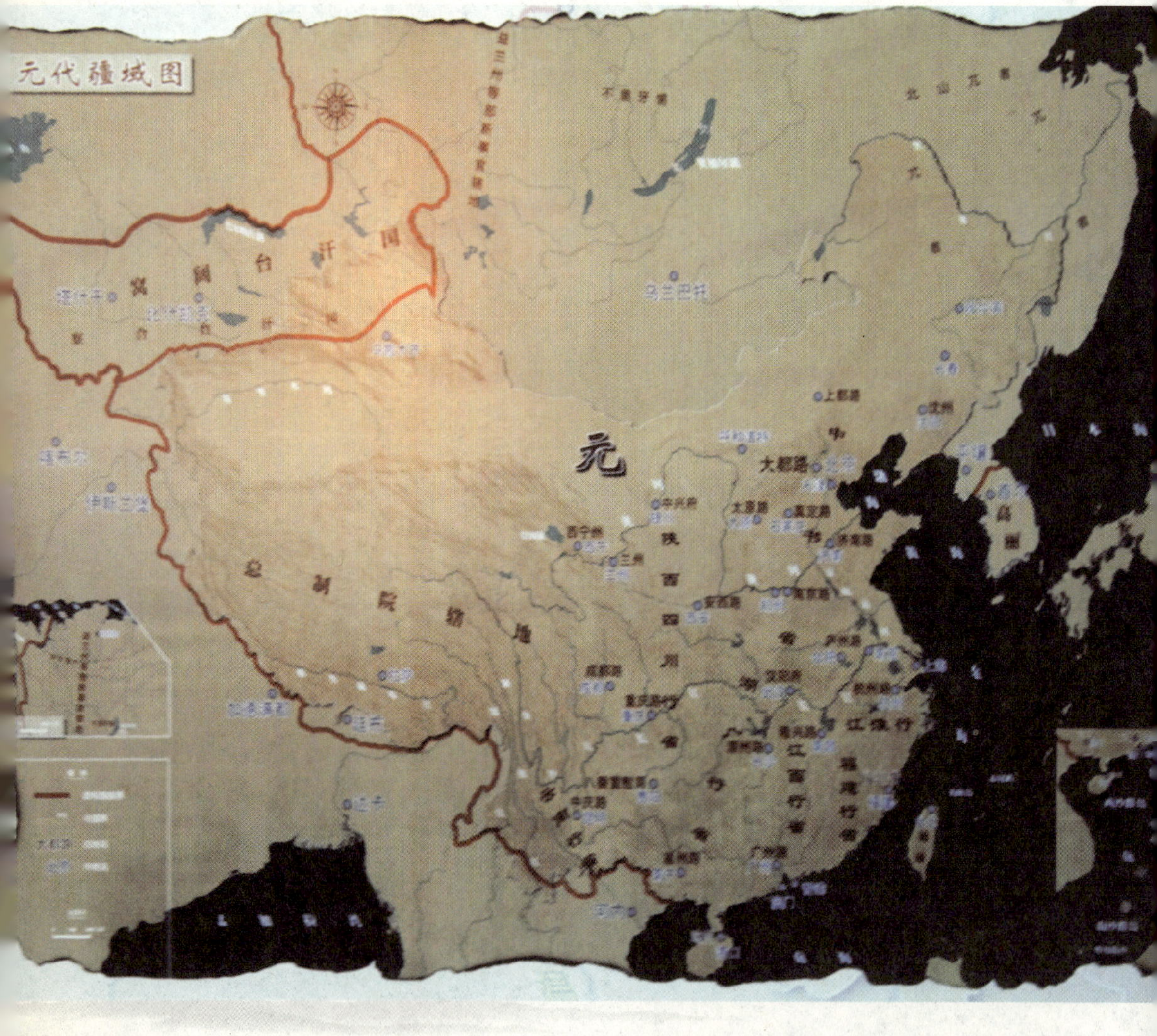

五

之后历代中央政府都十分重视关心西藏，对西藏的行政管理细致有序，其中还包括对著名活佛在内的宗教上层管理。在清乾隆时期就有一整套规范有序的历史定制，这种定制得到了西藏各界的认可。由于西藏在长时间内是政教合一的政体，所以对活佛转世的规定尤为严密和重要。

从清顺治册封“达赖”活佛，康熙册封“班禅额尔德尼”活佛，到乾隆时整个程序都十分完备和严格，也为西藏宗教领袖和广大教民认可和遵从。这就从制度上保证了达赖、班禅两大活佛转世灵童从寻访到认定，大权始终掌握在中央政府手中，明确了中央政府和西藏地方政府的隶属关系，维护了国家主权，保证了祖国西南边陲的长期安定。

回眸历史，西藏自元代正式纳入祖国版图，将近千年，在日月山远眺再也没有看见金戈铁马，战火连天，硝烟弥漫的争斗景象。而是使臣王命，秋夏络绎，贡奉赏赐，终年不绝。日月山上牛羊遍野，日月山下五谷飘香，一派和平气象。

建国以后，国家更是在雪域高原投入巨资，兴建机场，构筑铁道，开办学校，送医送药，更有大批孔繁森式的援藏干部和藏族人民一起建设繁荣昌盛的新西藏。

时至今日，若去青藏高原，切莫忘记登上日月山。那高高耸立的文成公主亭，会引导你回首历史烟云，重温汉藏和睦佳话。刚刚修筑通车的青藏铁路恰似巨龙，宛如哈达，把雪域高原同祖国内地紧密地联系在一起。

日月山东南便为奔腾东去的黄河

唐蕃亘古非坦途

一

唐蕃古道从广义认识，如古蜀道，凡从中原进入古蜀国，即四川都可以讲是蜀道。那么，凡从中原进入西藏的也可以认为是唐蕃古道。但人们认可的则主要是指唐文成公主的进藏路线。目前，在进入雪域高原西藏的诸条道路中，由新疆叶城进藏的新藏线海拔最高，沿途须翻10座大山，海拔皆超过5000米，最高达6700米，气候恶劣，空气稀薄，行程最为艰苦。当然“无限风光在险峰”，新藏线沿途雪山连绵，湖泊遍布，还有多种野生动物可以见到，在此线最能吸引探险家摄影家光顾。

滇藏线与川藏线有相似之处，皆是由平川一路向上，沿线河谷深切、江河汹涌，而且多弯道，怒江山一带竟有70多处弯道，跨高山激流，多湖泊森林、雪山冰川，风景秀丽，为许多摄影者所喜爱。但道路迂回，春冬冰雪封路，夏秋多暴雨加泥石流，由成都至拉萨常需10天或两周时间。

相比之下，由青海西宁市经格尔木、茶卡进入西藏的青藏线虽全线平均海拔4000米以上，但只翻越昆仑山和唐古拉山两座山口，其余皆为高原坦途，且全程都为柏油铺就，路况很好，是目前进藏的最佳选择，所以常见拉萨至成都的长途客车宁可绕道西宁再沿川陕公路迂回，也不走川藏线直回成都。

况且，青藏线沿途可尽情欣赏日月山风光，青海湖秀色，再是辽阔草原、大漠戈壁、晶莹盐湖、黄河源头等壮丽景观，会让人切实感悟到生命的空间

古道上的玛尼堆

原来是这样的广阔，雪山、湖水、草原、蓝天……亿万斯年便是这样美丽，这样的圣洁和一尘不染，空气清新得仿佛透明，连路边牧人看人的眼光都孩童般的天真。而自己才刚刚摆脱世俗的困惑，摆脱那些莫名其妙的纠葛，投身于大自然的怀抱，一阵风吹过，心情莫名的开朗，你惊讶此刻踏上的大地，居然同时拥有热烈白炽的太阳和裹着雨雪的云团，再是突然而至的凛冽的寒风。于是一路都会睁大眼睛，尽情欣赏美丽圣洁变化无穷又充满魅力的青藏线风景。

二

但青藏线也曾被人视为畏途乃至死亡之线。青藏线起于青海省会西宁，经日月山、青海湖、格尔木，越昆仑山，至黄河上游沱沱河沿，再翻唐古拉山，经那曲、当雄至拉萨。全程约 2000 公里，整条路线的两端始末大致与历史上的唐蕃古道相仿，唯中间一段，即越日月山至倒淌河后，唐蕃古道拐向西南，经恰朴恰（今共和县）、玛多、黄河源、玉树、称多、杂多，再至那曲

昆仑山口

与入藏大道相交到达拉萨。可以推断，这条通往雪域高原的古道，并非像中原王朝的官修驿道，路面规范，驿馆配套。至多是当时生活在青藏高原的吐蕃人在游牧时“逐水草而居”发现的一条用于转场的便道，属自然踩踏，决非人工修筑。就史料记载来看，除唐文成公主进藏，由长安到拉萨，历时一年，全程走完此道外，历代驻藏大臣多走川藏线，说明当时青藏线沿途荒芜，气候恶劣甚于由川入藏道路。

我目睹和手边几种史料便有例可证，我曾在古连云栈道，也就是明清时期由京城经西安进入成都的蜀道，必经的鸡头关见到一方石碑，上书“福德兆民”，落款为清末驻藏大臣裕纲于清光绪 30 年，即 1904 年进藏时所题写，说明当时他是由四川进入西藏。

再有多种史料载，辛亥革命后，英帝插手西藏，唆使西藏当局驱逐驻藏大臣，逼迫川军退出藏境，达赖和班禅也在动荡中交恶，九世班禅于 1923 年逃往内地，时值冬季，冰天雪地，给养不足，历时四个多月，方才抵达西宁，漂泊内地长达 15 年之久。直到 1935 年，局势稍安，在内地多年的班禅准备回藏。此次护送班禅返藏，走的便是这条唐蕃古道，按理说，雇用骡马轿夫多系出自当地，所骑马匹也系本地所产，熟悉情况，能够适应高原恶劣气候与环境。万没想到，实际情况远远超过预料，翻越日月山后，海拔渐高，呼吸困难，每日行程不到预计一半，所带粮草日益短缺，沿途没有人烟，补给中断，尤其走到黄河源沱沱河沿岸，每日时雨时晴，茫茫雪原无处可以躲避，艰辛备尝，以至九世班禅拖延至 1937 年 12 月在玉树圆寂，本书有专章记叙，此处不再赘述。

三

《文史精华》(2004 年 12 期) 刊载一篇《为班禅返藏征服唐蕃古道》则正好接续上面的故事。九世班禅圆寂后，在青海循化县寻访到转世灵童，经民国政府认定，确定为十世班禅，也就是后来人们熟悉的班禅额尔德尼·确吉坚赞。1951 年西北军区范明将军接受护送十世班禅进藏的任务，在周总理亲自安排下，由中央政府拨千万元专款，采购骡马 5000 余匹，驮牛 6000 多头，骆驼 1600 多

青藏公路

峰，雇请民工 1200 多人，还为班禅专门建立了一支 400 多人的民族武装。这支庞大的队伍由西宁出发，一路历经艰辛，当走到沱沱河沿时，文章中写道："独立支队进入黄河源的第一天，就被沼泽夺去 20 多人的生命。人难行，牲口也难走。马和骆驼、牦牛还能过去，最可怜是骡子，腿细蹄尖，又驮重物，掉下去就难以上来，第一天就损失 400 多头。"还有一段："在抢渡通天河的 15 个日日夜夜里，独立支队牺牲了 8 位同志，150 余头牲畜被激流冲走。"

这仅是其中两段，全程所遭遇的艰辛与牺牲可谓惊心动魄，空前绝后，前后历时 4 个多月才完成班禅进藏的历史使命。若从九世班禅 1935 年返藏未果圆寂至十世班禅 1951 年成功进藏，前后历时 16 年。还有一则近年解密的档案可为佐证，1949 年年底，全国大陆大部解放，唯剩西藏有待解放。中央最初的方案是由西北军沿青藏线进军担任主攻，西南军区沿川藏线进军配合。彭德怀经过仔细考查后认为，青藏线海拔高，气候恶劣，沿途无补给，不适合大部队进军，只能派精干部队辅助进攻。中央接受了这个建议，改由川藏线主攻。当时，青藏线环境、气候、路况之恶劣可以想见。

解放军进藏时涉渡长江源沱沱河

四

那么青藏线又如何成为目下进藏路线的最佳选择呢?这当然首先要归功于几代青藏公路建设者们所付出的种种艰辛、血汗乃至生命。当年修筑青藏线的主要是进入青藏高原的解放军官兵和当地民工，在没有任何先进的筑路设备和机械动力条件下，硬是靠人挖肩挑，在高海拔、缺氧气、动辄风雨骤至、冰雪交加的恶劣环境中创造了人类筑路史上的奇迹。仅是如何战胜长达几百公里的冻土地段这个世界性的工程难题，就够写一部能彪炳史册的巨著。

经过几代高原筑路人的浴血奋战，从仅供驮马脚夫行走的荒原茅路，到能开汽车的沙石公路，再到现在的柏油马路，终于使青藏线成为目前世界上海拔最高，线路也最长的柏油公路。黑色的路面像箭般笔直射向草原深处，又像一条黑色巨蟒蜿蜒于昆仑山巅。这条高质量的柏油路使进藏时间大大缩短，由西宁市出发一天即可到达格尔木市，市区近年已建设得相当繁华，宾馆林立，设施现代，饭菜可口，海拔仅 2800 米，可以舒适安睡一夜。格尔木至拉萨 1100 公里，许多车辆都采取朝发夕至，清晨 6 时出发，两名司机轮换驾驶，人休息车不停止，当晚便可抵达拉萨。

当年川藏线施工情景

两天时间，完全避开了恶劣天气，即便昆仑山口与唐古拉山口，高海拔缺氧，也能很快翻越，旅客并不难受。只需带上防寒服装，预防药品，备足饮食，便尽可放心进藏并欣赏沿线瑰丽无比的风光了。

喇嘛喂鸽

按照佛学教义，僧人不能杀生。每年春天，树木开始萌发，虫鸟开始孵化。这段时间，僧人外出，有可能踩伤幼虫雏鸟，所以要求僧人安居寺内，静心学经。藏区高寒，季节稍晚，每年藏历六月十五日到七月三十日，为僧人"夏日安居"，不得出寺。据此理论，还引申出"放生"即将被杀戮的动物赎回来再放归自然。比如把鸟儿放归天空，牛羊放归草原，鱼儿放归河流等，与现在倡导保护动物，建立和谐社会有相似之处。在拉萨，我曾目睹一位喇嘛喂鸽。由于下榻宾馆在布达拉宫附近，外出来往都路经布达拉广场。那天早上，时间还早，广场人不多，迎面走来一位喇嘛，边走边朝天空张望，我心生好奇，想去看个究竟，只见喇嘛走到有矮铁栏围着的地方，一边朝天撒着什么，一边嘴里"嘘嘘"的叫着，也怪，原本什么也没有的天空呼啦飞下来一群鸽子，扑围着喇嘛啄食。看来这位喇嘛不是第一次来了，他已与鸽子相处很熟，无怪一发出召唤，鸽子就能与他亲密接触。

感动之余，我拍下这张照片，悄悄离开。

旅·途·小·憩

达赖转世有传承

西藏历来在世人的心目中是除了月亮之外最神秘的地方，也是当今世界最牵动人们神经的一个敏感去处。在很大程度上，西藏的神秘来自于平均海拔 4000 多米，高耸云端的地理位置和传承千年的藏传佛教，来自于历史上政教合一的特殊社会制度，更来自于达赖、班禅两大活佛的转世传承。在漫长的历史岁月中，达赖与班禅，不仅是西藏，还包括青海、甘南、川西北乃至蒙古信仰藏传佛教民众的精神领袖，同时又是主宰西藏政治、经济、文化运转的地方政府首脑，身居要津，权倾一方，他们的接班人既不像封建帝王子孙相传，又不像民主国家全民海选，而是一种神秘的转世。

这个过程漫长且琐碎，有一系列严格规定，要经历辨别预兆，神谕启示，观察圣湖，认定方位，寻访灵童，遗物辨认，金瓶掣签，中央册封，坐床典礼等一系列程序，才能够被认定为转世活佛。但还不能马上亲政，认定的转世活佛均为孩童，还需要聘请宗教界学识渊博的活佛为师，认真学习各种佛教经典，取得一定的学位，熟悉宗教各种法规程序，年龄达到十八岁，才能够真正走上政教合一的首脑位置。

而且，这还是指正常的转世传承，若是遇上时局动荡，朝代更迭，新旧交替，那么达赖或班禅这两大活佛的转世传承，会因种种意外，一波三折险情迭出，充满难以预料的结局，且为中外注目，成为载入史册叙说不尽的话题。为了使读者对达赖、班禅两大活佛转世有深透的了解，笔者阅读完中外几十种专著，依据可靠的史籍，综合各种“说法”，再以当今最引中外媒体关注的十四世达赖喇嘛为例，作简明叙述。

活佛转世

事情要追溯到整整七十多年前。

1937 年 7 月，是个具有历史意义的时刻，7 月 7 日凌晨，蓄谋已久的驻华日军向北平城郊卢沟桥悍然进攻，遭到驻军金振中营官兵的英勇抗击，由此拉开中国人民八年神圣抗战的序幕，只是限于当时媒体和距离，深处内陆的青海还显得平静。这天，佛教名寺塔尔寺所属湟中县祁家川，这个中国西部普通不过的乡村，来了几个人物，从外表看他们更像是到塔尔寺进香还愿的僧人，实际却有着不寻常的身份和不寻常的任务。

这队人中走在前面的带队叫洛桑，其实级别并不高，后面那个着装破烂像个仆人的老者才是真正的主人，他是拉萨三大寺之一的色拉寺德高望重的纪仓活佛，另外一位像是随从的人也不简单，是西藏地方政府噶厦的官员凯

气势不凡的拉萨河谷

墨·索朗旺堆，日后著有《西藏近代史》等多种藏学著作，同时还是在北京签定西藏和平解放17条协议的西藏代表之一。他们一行步履从容，不露声色，极力掩饰着内心的焦虑与企盼，这是因为他们肩负着神圣庄严又绝不能透露半点风声的佛教使命——寻访十三世达赖喇嘛的转世灵童。

十三世达赖喇嘛土登嘉措

十三世达赖喇嘛土登嘉措（1876—1933），是近代西藏一个非常重要的人物，因为他主政西藏的年代是西藏历史上最为动荡也最为重要的时期。藏学家们一致认为，若盖棺论定，在历代达赖喇嘛中，五世达赖与十三世达赖最能干，最有业绩，各自有着不同寻常的建树。

十三世达赖土登嘉措，清光绪二年出生在拉萨东南农村一户普通农家，按严格的活佛转世程序，被认定为十二世达赖的转世灵童，带回拉萨寺庙学经文，1895年土登嘉措20岁时亲政，总理西藏政教大权。其时，康乾盛世早已不复存在，大清王朝积贫积弱，内忧外患，就在这年，中国在甲午海战中失败，面临着如北洋大臣李鸿章所说“三千年未有之大变革”，延续两千年之久的封建帝制，正处于土崩瓦解的前夜。中华大地动荡不安，外有列强环窥，内则军阀割据，烽火遍地，连遥远的西藏也和内地一样，先后有英印、俄日等帝国的觊觎，仅是英国就两次直接派兵入侵西藏，做为西藏政教首脑，十三世达赖处于风口浪尖，领导了两次抗英斗争，又两次出逃，加之辛亥革命爆发，清廷自顾不暇，致使西藏自元初正式纳入祖国版图之后，出现中央政府管理空缺，联系中断，十三世达赖政教大权集于一身，成为这一时期左右西藏政局的关键人物。他曾一度迷失方向，受到英、俄等帝国诱惑，产生动摇与惶惑，在英俄的挑拨下，做过试图独立的“大西藏梦”，派藏军进攻过西康和青海。

但英俄等帝国分裂西藏侵占西藏领土的罪恶是掩饰不住的。1924 年，一批亲英分子谋反败露，达赖深感英国插手西藏内部事务严重危及他在西藏的统治和整个西藏的安危，已经不能坐视，关键时刻，十三世达赖的强硬性格和政治魄力展示出来，他当机立断，采取断然措施，一批亲英分子被达赖查办，给企图谋划藏独分裂祖国的亲英势力沉重的打击。他还下令封闭了英国人在江孜开办的贵族学校，拆掉英国人在罗布林卡为他修建的西式洋楼，拒绝英国派遣代表进藏的要求。在事实面前，颇有政治头脑的十三世达赖认识到只有倾心内向，依靠中央政府，西藏才有出路和光明。加之 1919 年朱绣使藏，1929 年国民政府亦派有藏人血缘的刘曼卿进藏，申明中央政府五族共荣的各项主张，达赖表示拥护中央国民政府，在南京设拉萨办事处，加强与中央联系。

但就在西藏地方和中央政府关系得到改善的关键时刻，十三世达赖于 1933 年 12 月 17 日在罗布林卡圆寂，享年 58 岁。十三世达赖一生饱经忧患，政教大权集于一身，作为佛学大师，勤于学习，造诣很高，写出过几部经典

十三世达赖在罗布林卡圆寂

著作，两次领导西藏人民抗击英军入侵，在广大信教群众中享有很高威望。他的政治态度也足以影响广大藏族人民。因此，十三世达赖圆寂后，如何使内靠中央的亲善关系得到巩固和发展，如何寻访以及依靠谁来寻访认定转世灵童，一时间成为中外各方都关注的热点。

起始缘由

根据藏传佛教的规定，十三世达赖的继承者必须按照活佛转世的法则寻访转世灵童。这一法则最早可追溯到 13 世纪，蒙元统一西藏时期，佛教早在公元 6 世纪初便传入西藏，经历几个世纪，与西藏本土宗教长期磨合，所有佛家经典都用藏文书写，形成适合西藏社会特点的体系——藏传佛教。之后，藏传佛教又形成若干派别，发明或首用活佛转世法则的并非现在占据优势的格鲁派及其达赖、班禅两大转世体系，而是噶玛噶举派黑帽首领噶玛拔希。

这位活佛一生大起大落，曾受蒙古大汗蒙哥宠信，又被元世祖忽必烈投进过监狱，对政治及宗教派别争斗的残酷有亲身体会。在他威望如日中天之际深谋远虑：如果自己去世，没有谁有威望和能力来领导这个派系，很可能被并吞或瓦解。只有继承人具有自己的威望和影响，才能使自己的派系兴旺发达，能够和别的派系抗争。他利用释迦牟尼转世求福的理论，创造了他若圆寂可以在指定的方向寻找到他的“化身”——即转世灵童的方法。后来，噶玛拔希圆寂，果真在他指定的方向找到一位男孩，这位男孩也就成为藏传佛教历史上第一位转世灵童攘迥多吉。这个办法也逐渐被其他派系接受。

14 世纪后期，西藏各教派都由盛而衰，纪律松弛，僧人腐化，争权夺利，呈现出“颓废萎靡之相”，逐渐失去民心。藏传佛教迫切需要一次改革，整个藏区都呼唤着一位宗教大师出现。正是在这个背景下，宗喀巴大师应运而生，他是青海湟中县人，他的出生地如今已建起规模宏大的佛教寺院塔尔寺。他 7 岁出家学习佛法，后来又到西藏重要的寺院进修，经过十多年潜心学习，在显密方面具备了高深造诣，先后完成《菩提道次第广论》《密宗道次广论》等多部著作。成为一位有名的高僧。面对当时佛教界存在的各种问题，他立意革新，改戴桃形尖顶黄色僧帽，以区别其他教派，为创立格鲁派做好准备。格鲁派的特点是提倡僧人严格遵守戒律，不得干预世俗事物，格鲁是藏文译音，就是“善规”之意；严密寺院组织，有相应的清规戒律，大力复兴寺院，他和弟子先后修建了甘丹寺、哲蚌寺、色拉寺、扎什伦布寺等具有广泛影响的寺院，每年定期举行祈愿大法会，考试辩论，弘扬佛法，因格鲁派僧人都仿宗喀巴戴黄色僧帽，所以俗称“黄教”。

“黄教”的兴起，顺应了历史的潮流，取得西藏地方势力及佛俗两界广大群众支持，迅速发展成为藏传佛教中一个生机勃勃的派别。这个派别的标志是在宗喀巴之后，高僧不断，并逐渐形成“达赖”“班禅”两大传承弟子，也是两个在藏区影响最大的活佛转世系统。他们的称号与转世是在之后几百年的发展中逐渐形成的。达赖喇嘛的称号始于1578年，确定于三世达赖索南嘉措时期。

当时，索南嘉措到青海传教，说服土默特首领俺答汗皈依佛门，俺答汗赠他封号：“圣识一切瓦齐尔达喇达赖喇嘛”“达赖”是蒙语“大海”，“喇嘛”是藏语“大师”。后来，明万历皇帝正式承认这个封号，索南嘉措只能算三世达赖，他前面的两位宗喀巴大师的弟子，根敦珠巴为一世，根敦嘉措为二世。

清顺治时，五世达赖到京，顺治皇帝授于他刻有汉、满、藏三种文字的金印，封他为“西天大善自在佛所领天下释教普通瓦赤喇怛喇达赖喇嘛”，使“达赖喇嘛”的封号开始具有政治意义和法律效力。1751年，清王朝为了更好地治理西藏，又令七世达赖管理地方政权，此为政教合一之始。

班禅的称号略晚，始于1645年，当时控制西藏的蒙古首领固始汗封宗喀巴四传弟子罗桑确吉坚赞为“班禅博克多”，意为“智勇双全的大学者”，并让他主持扎什伦布寺并管理后藏地区，他为四世班禅，前三世均为追认。1713年，清康熙皇帝正式册封五世班禅为“班禅额尔德尼”，意为“珍宝”，并赠金册金印，确立了班禅的名号和在格鲁派中的地位。

达赖和班禅两个喇嘛系统均借鉴了噶举派黑帽首领活佛转世制度，并不断地加以完善，要经过辨别预兆，神谕启示，察看圣湖等几个环节，才能够按预定的方位去寻访转世灵童。比如十三世达赖圆寂时在罗布林卡卧室中是面向东北的，在转移遗体时，有活佛发现达赖又面对东北发笑，把遗体放在布达拉宫的法座上时，面孔是朝正面的，第二天早上却发现达赖喇嘛的头又转向了东北。东北方向就意味着青海和内地，这和十三世达赖晚年靠拢中央政府是一致的。再是神谕启示，要请护法神乃穷向神佛卜问灵童转世方向及环境特征。

五世达赖喇嘛画像

另外，要观察圣湖，西藏湖泊很多，圣湖信仰也是藏族群众信仰之一，他们每年都转湖祈福，绕着湖水转经，十天半月在所不惜。这次热振活佛亲自察看了拉姆拉错圣湖，据说看见金顶和三层汉式房舍，再是一个妇女抱着孩子，立于一棵大树之下，这一切都表明，十三世达赖的转世灵童应该在西藏的东北方向，即青海境内某个汉藏杂居的地方。于是就出现了本章开始的一幕，经过艰苦跋涉，色拉寺的纪仓活佛一行来到了青海的湟中县祁家川。

寻访灵童

寻访灵童，青海成为重点，除了上述原因之外，还和九世班禅此时正滞留青海相关。历史上达赖与班禅作为藏区两大活佛，从17世纪初，四世达赖拜四世班禅为师起，形成达赖、班禅互为师徒的习惯。比如十三世达赖就是九世班禅的师傅。因此一位活佛圆寂后，另一位健在的活佛就有责任和义务来主持另一位活佛转世灵童的寻访工作。

但是，清末民初，英帝插手西藏，在激烈的社会动荡中，达赖与班禅交恶，引发矛盾。班禅为避祸多年漂泊内地，详情下面专章叙述，这里只说班禅在青海时，得知达赖圆寂，就十分关注转世灵童，他还真发现了几个孩子十分灵异，不同寻常。比如班禅驻锡塔尔寺时，恰逢其寿辰，蒙藏许多群众为班禅祝寿，班禅也一一为他们摩顶，其中有对已经汉化的曹姓夫妇，抱着他们3岁的小儿子请班禅摩顶，那孩子竟抓住班禅的佛珠不肯放手，父母怕冲撞了大师，赶紧抱走了孩子，可孩子却大哭，紧拽班禅佛珠不放。

观察圣湖是寻访灵童的重要环节

这就引起班禅高度重视，过后派人探视曹家，送了许多东西，嘱咐好好养育这个男孩。

另外还有个孩子也很灵异，当时仅一岁多，就表现出对袈裟、佛珠的浓厚兴趣。后来的事实也证明，这个孩子最终被认定为十三世达赖的转世灵童，也就是当今多次挑起事端，中外关注的十四世达赖喇嘛，但在七十年前一切还在未知与朦胧之中。此刻已经到达玉树的班禅听到纪仓活佛一行已到青海时，便邀请他们先去玉树，把他考察的情况告知了纪仓活佛。尽管，纪仓一行后来还是分头在西宁、化隆、互助、大通、循化、湟源等各地寻访到 10 多个男孩，但九世班禅大师提供的线索无疑是最重要也最受到重视的。

何况，据寻访团成员、西藏地方政府官员凯墨·索郎旺堆回忆，一到塔尔寺看见金顶和三层琉璃瓦盖起的主楼，他就眼热心跳，想起热振活佛巡访圣湖时在湖中见到的倒影，这个预兆在他心中挥之不去。接着，他们按照指引来到祁家川，寻找到班禅提到的那户人家，正好，这家父母和小男孩全在。当然，他们的身份和目的都深深隐藏着。他们的装扮起了作用，小男孩拉木登珠的父母只把他们看做普通来塔尔寺进香的人，而且把仆人洛桑当成主人，却按习俗在侧屋接待纪仓活佛及其他人。巧的是小男孩拉木登珠也在侧屋，他一见到穿得破烂如同仆人的纪仓活佛，就跑过来，要活佛抱他到腿上，纪仓脖子上挂的正是十三世达赖使用过的一串念珠，拉木登珠伸手抓住念珠，张口就要。到后来，这个两岁多刚会说话的小男孩竟然说纪仓活佛是色拉寺的阿嘎（喇嘛），这让所有人大吃一惊。

当晚，寻访人就住在了这户农家。第二天早上，奇异的事情又发生了，平时孩子爱睡懒觉，这天却早早起来，当纪仓活佛一行离开时，小男孩哭着闹着要和他们一块走。总之，这次考察给寻访队所有成员都留下深刻印象，十分满意。

相比之下，其他的十多个男孩当中，没有一个像拉木登珠这样表现突出，灵异乖巧，对佛家事物有浓厚兴趣。这些小男孩中几乎没有一个能够通过两项以上的测试，大部分的表现是惧怕，有的孩子见着生人，吓得直哭，拼命钻进妈妈怀抱，非常胆怯，根本不愿接近他们；有的孩子虽然不哭闹，但对佛珠之类没有兴趣，无论真假，连摸都不愿去摸。包括班禅推荐的另外一位男孩也让考察组失望，不管他们做出多少努力，都引不起男孩的兴趣，一位活佛拿出很大一串挂珠希望引起男孩注意，示意把挂珠送他，可孩子还是不愿过来，看来真的没有缘分。

辨识遗物

于是，分头考察的成员碰头商量之后，决定把重点放在拉木登珠身上，几位大活佛和重要官员都集中在一起，再次考察拉木登珠，这天开始就很顺利，他们离开塔尔寺时，该寺的喇嘛正好吹响法螺，刚进祁家川村，又听到布谷鸟的啼鸣，接着，又有人指出十三世达赖喇嘛当年流亡内地时，休息的地方，就是这个村子。这对生活在佛家世界里的人来讲都是些很吉祥的预兆。寻访队来到拉木登珠家，这次看到如此众多的显要人物，男孩的父母清楚了，也许他们的这个小儿子又是一位活佛的转世灵童，因为他们的大儿子就已经被选为灵童，如今已经当上了活佛。他们还听说塔尔寺去年刚有一位活佛圆寂，说不定转世成他们的小儿子。因而也充满了幸福的期待。

因为根据惯例，一个家庭假如出了活佛，不仅受到四邻的尊崇，而且确实是一人得道，鸡犬升天。许多意想不到的好事会接踵而至，全家人的命运都会得到彻底的改善。

当然，关键还是实物测试，先是两串相同的念珠摆在了桌上，其中一串是十三世达赖的用品，另一串为仿品，小男孩来后几乎没有犹豫，抓起十三世达赖用过的念珠，煞有介事地挂在了自己的脖子上，让目睹这一幕的人都会心地笑了；接着是两根并不相同的手杖，分别是达赖与纪仓用过的，拉木登珠先拿起纪仓的一根，让大家心中一沉，可他又放下了，最后还是拿起了达赖的手杖，后来纪仓活佛回忆，他这根手杖确实是十三世达赖曾经用过的，后来又辗转落到他手中，那说明开始也没错；最后一关是摆出两只并不一样的摇鼓，一只是达赖平时召唤人用的小摇鼓，朴质无华，而另一只大摇鼓则装饰华丽，引人眼球。两只摇鼓摆在一起，朴素与华丽，对比鲜明，所有人的心都提了起来，但奇迹又发生了，拉木登珠对那只华美的大摇鼓没有表示出兴趣，他直接抓起十三世达赖用的小摇鼓，顺手就摆动起来，鼓点清脆且有节奏，恰像祈祷念经时那样……这时，所有的人都激动万分。凯墨的文章回忆，至此，他们完全相信找到了十三世达赖的转世灵童，他看见纪仓大活佛的眼中涌出激动的泪水……

但是，这个喜讯绝不能透露出去，经验丰富的纪仓活佛，一方面秘密派人回拉萨报告，一方面要大家封锁消息，继续测试其他男孩。他们担心如果宣布选好了灵童，“青海王”马步芳就可能以护送灵童为名，派遣军队入藏并赖在拉萨不走。因为十三世达赖在世时，藏军就与马家军为争玉树多次交锋，藏军失败，退回西藏，多有积怨，岂敢引狼入室。因此，千万不敢走漏灵童已经找到的风声，事后证明，这个担心非并多余，因为护送灵童，马步芳真生出一系列风波。再是灵童是否最终被确认为转世活佛，还有一道至关重要的程序——金瓶掣签。

转世流弊

达赖和班禅两大活佛转世体系，自明代黄教崛起，经明、清两代不断地封赏、推崇、册立、确认，成为西藏政教合一的首脑，位居要津，权势日重，带来巨大的利益，也带来巨大的诱惑，谁家若是出了班禅或达赖的转世灵童，这个家庭就可能一夜暴富，一步登天，“一人得道，鸡犬升天”，给整个家庭、家族都带来无限的荣耀和滚滚的财源，并成为西藏世袭的、不可动摇的最显贵的家族，在西藏被称为“亚豁”家族，即指给达赖喇嘛的父亲无偿拨给的大庄园，再加上维持整个庄园运转的大量土地、郎生（农奴）和牛羊。

1729 年，清政府封七世达赖喇嘛的父亲为“辅国公”，并赐给庄园和农奴，从此开创了产生“亚豁”家族的先例，以后历辈达赖转世后尽皆仿效，形成西藏历史上存在的“桑珠颇章”、“拉鲁”、“彭康”、“朗顿”等达赖贵族世家。

比如，这次寻找到的转世灵童拉木登珠，原来全家是青海湟中县祁家川的一户普通农民，在被认定为十四世达赖喇嘛后，父母兄姐包括伯父都跟着去了西藏，西藏地方政府按照惯例也拨给他们许多庄园、农奴和牛羊，于是拉木登珠全家就是整个西藏权势正隆的大贵族，与他们早年的生活相比，有天壤之别，岂不是天上掉下馅饼的好事！

正因为这种巨大的利益诱惑，尽管有一系列寻访灵童的严格程序。但诚如今人常说：“你有政策，他有对策”。任何规定都会输给人类因为贪婪所产生的智慧，他们在寻访转世灵童的程序中寻找窍门，比如神谕启示在寻找灵童中至关重要，乃穷护法神的作用素为藏人看重。但乃穷护法神既然是人扮演的，就有人性的弱点，完全可以用金钱美女把他“搁倒”，让他在跳神的过程中，装模做样，假借神谕，公然暗示转世灵童就在某个炙手可热的王公贵族家中。既然有勾结，一切都会假事真做，安排得天衣无缝。按照人们的思维规律，人为制造出许多巧合，把假事做得跟真的一样，至少当下会蒙蔽许

晚清驻藏大臣有泰（左三）及其幕僚

多人的眼睛。比如三世达赖由蒙古王公俺答汗赠"达赖"名号。四世达赖就成了俺答汗的孙子。七世班禅、八世达赖和西藏贵族，均是亲戚关系。不仅达赖、班禅，在藏区数百个需要转世的大大小小活佛中也存在这样的问题。

但无论如何纸里包不住火，最终哄不了人。藏族学者土观洛桑却吉尼玛在他所著的《章嘉国师若必多吉传》中对这种现象有深刻的揭露和精采的描述：

"现今多数寻认活佛转世者，总是努力在前辈活佛去世不久出生的有钱有势的孩子中寻找，一经找到，就不顾护法神，活佛圆寂时的授法，真伪莫辨，互相串通，即行认定。另外在执行问卜认佛等程序时，有的以重金贿赂活佛的左右侍从和扮护法神者，让他们按自己的意愿说出预言。甚至伪造盖了印的假文书等，种种弊端如妓女的舞步，花样翻新，不胜枚举。"

此种流弊，危及公信，丧失人心，尤其西藏这么一个普遍信佛的地方，佛都日鬼做假，还有何公信可言！再是，由于活佛转世，利益巨大，多种流弊也危及到达赖本身，九至十二世达赖寿命都很短暂，分别只有11岁、22岁、18岁、20岁，成为政治斗争的牺牲品。严重影响到西藏社会的正常运转。活佛转世已到了非进行改革而不能稳定整个藏区的地步。乾隆五十六年（1791）廓尔喀（今尼泊尔）入侵西藏，给清王朝改革活佛转世带来机遇。此事的起因也与西藏上层腐败紧密相关。

金瓶掣签

乾隆四十五年（1780），六世班禅赴京参加乾隆皇帝七十大寿庆典，其时正所谓康乾盛世，国强民富，见班禅远地赶来祝贺，乾隆皇帝龙颜大悦，赏赐六世班禅的金银珠宝十分丰厚。可惜，天不假人，六世班禅尚没离开北京，就因患天花圆寂。他获得的赏赐由其哥哥押送回扎什伦布寺。

按说，这些财富既属班禅也属他驻锡的扎什伦布寺，但其中相当部分为其哥哥据为私有，六世班禅的另一位弟弟系噶玛噶举红帽十世活佛确朱嘉措，因属不同教派分文未得，恼羞成怒，不顾国体，亦不顾兄弟之情，外逃投靠廓尔喀，并挑拨引诱廓尔喀发兵夺取扎什伦布寺财宝。结果，造成廓尔喀纵兵两次入藏，不仅把扎什伦布寺财富抢劫一空，还对后藏日喀则一带进行了骚扰劫掠。其时，驻藏大臣保泰闻廓尔喀入侵，畏怯避战，竟上奏要求把达赖、班禅转至西宁，使西藏人心散乱。

消息传出，朝野震惊，其时中国国民生产总值占全世界三分之一，是世

清代中国版图

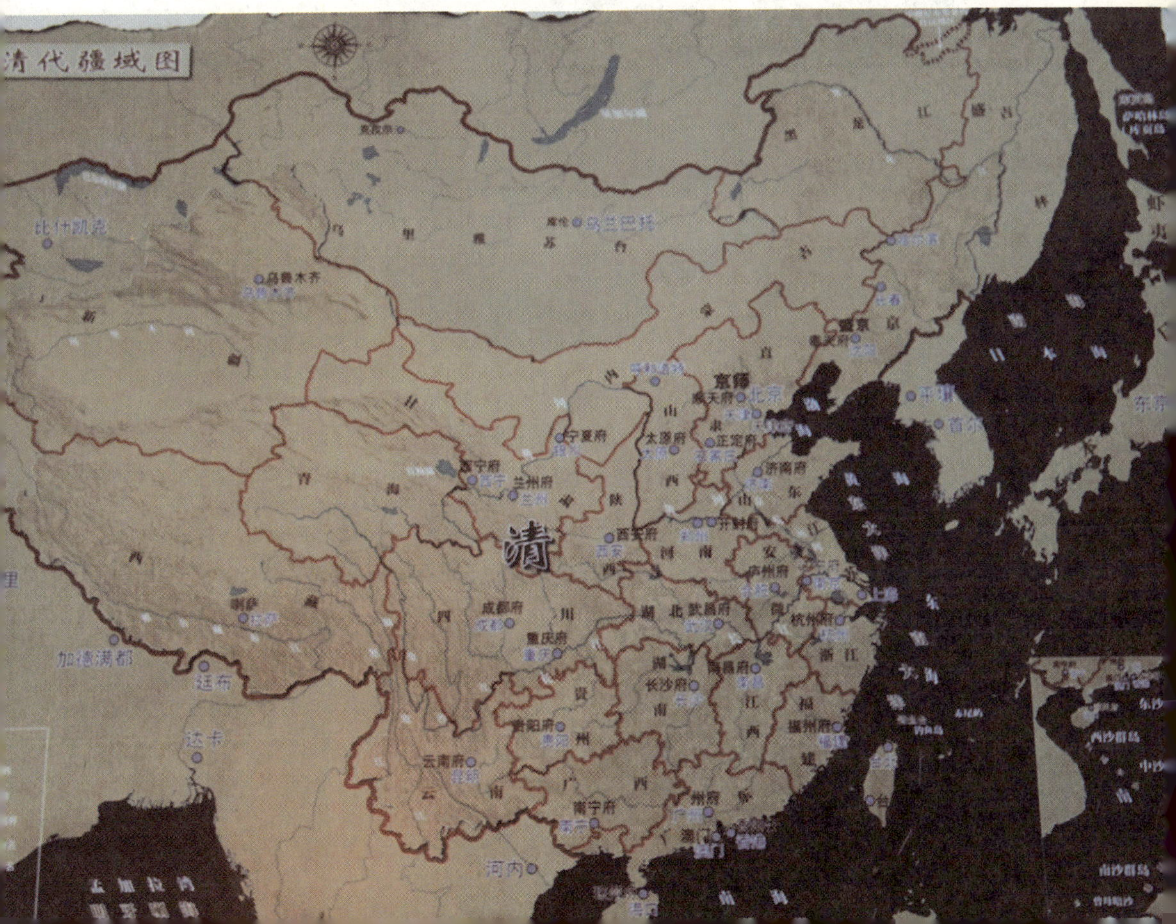

清制金瓶供掣签之用

界上第一流强盛大国，乾隆皇帝更是志得意满，以十全老人自居，听到西藏败绩，蕞尔小国竟敢入侵大清，在老虎嘴上拔毛，十分震怒，一方面痛斥保泰，将其革职枷号，在藏示众。另一方面强调："祖宗所有疆宇，不敢少亏尺寸！"任命福康安为大将军，携名将海兰察、奎林率17000名精兵于1791年隆冬由西宁出兵，驰抵拉萨。全程5千余里，仅50天便抵达，途中因雪崩、路断无法行军停顿11天，实际行走仅39天。自古以来行军未有如此神速，充分反映国家强盛时期，正义之师的高昂士气。此外，兵马未动，粮草先行，万人大军的粮草弹药，年过七旬的四川总督孙士毅，新任驻藏大臣和琳，全力以赴，动员上十万民工，百万计骡马驮运。乾隆皇帝亲定作战目标：直抵贼界，扫穴犁庭，将其贼目悉数俘擒！

结果，此次征战大获全胜，打得廓尔喀丢盔弃甲，歼灭数千名，俘获数百名，大军直抵廓尔喀首都阳布（即今加德满都）城下，取得空前胜利，直到廓尔喀四次乞降，送还全部财物，具结永不犯境，五年朝贡一次。考虑高原气候恶劣，大雪即将封山，乾隆皇帝允许其投降，清军凯旋班师拉萨。

至今，在扎什伦布寺竖有石碑一通，记载的就是这次乾隆朝大将军福康安率军严惩侵略者，维护领土尊严的丰功伟业。针对活佛转世存在的流弊及西藏事务上的疏漏，清廷要求福康安会同驻藏大臣、达赖、班禅首先严惩确朱嘉措的叛国行为，永远废除噶玛噶举红帽系活佛转世系统。同时出于“以政驭教，决不以教妨政”的考虑，制定了管理西藏的《钦定二十九条章程》，第一条便是关于金瓶掣签制度：

一、关于寻找活佛及呼图克图灵童的问题。依照藏人旧例，确认灵童必问卜于四大护法，如此难免发生弊端。大皇帝为求黄教得到兴隆，特赐一金瓶，今后遇到辨认灵童时，邀集四大护法将灵童的名字及出生年月，用满、汉、藏三种文字写于签牌上，放进瓶内，选派真正有学问之活佛，祈祷七日，然后由各呼图克图和驻藏大臣在大昭寺释迦牟尼像前正式认定。假若找到的灵童仅只一名，亦须将一个有灵童名字的签牌和一个没有名字的签牌共同放置瓶内，假如抽出没名字的签牌，就不能认定已寻得的儿童，而要另外寻找。达赖和班禅额尔德尼像父子一样，认定他们的灵童时，亦须将他们的名字用满、汉、藏三种文字写在签牌上，同样进行。这些都是大皇帝为了黄教的兴隆和不使护法弄假做弊。这个金瓶常放在宗喀巴像前，需要保护净洁，并进行供养。

之后，乾隆皇帝特别下令制做了两个金瓶，一个放在北京的雍和宫，专供蒙古地区大活佛转世灵童掣签用。另一个放在拉萨大昭寺，专门供西藏、青海等地掣签决定大活佛转世灵童。不难看出，金瓶掣签的规定必须在驻藏大臣主持下进行，从制度上保证了活佛转世、寻访灵童的公开、公正与公平，杜绝流弊。使西藏的政治、宗教、军事、外交等与国体相关的重大问题完全掌控在清朝中央政府手中。金瓶掣签制度确立后，西藏共有三代班禅和六代达赖喇嘛的转世灵童采用金瓶掣签加以认定，不仅杜绝流弊，还密切了中央政府与西藏地方的关系。清代学者魏源在《圣武记》中高度评价金瓶掣签制度“如山如海，高深莫测”，是清王朝强盛时期政治智慧的高度体现。顺便说一下，后来真正搞金瓶掣签时，并没有在大昭寺的释迦牟尼像前举行，而是在布达拉宫的萨松朗杰殿里举行，那里有乾隆皇帝的画像。认定的灵童要给乾隆皇帝的画像叩头，表示谢恩。这充分体现了中央王朝对西藏的主权。

事关大局

十三世达赖喇嘛 1933 年 12 月圆寂，9 世班禅因受达赖及西藏地方政府迫害而漂泊内地，做为全民信仰佛教的西藏顿失主心骨。在此后几年中，寻访达赖转世灵童加以认定并正式坐床就成为西藏地方政府最重要的一项工作。直到1937年底，青海方面才传回消息，经过反复测试在湟中县祁家川发现的拉木登珠极有可能就是转世灵童，但距金瓶掣签认定、坐床庆典还有数不清的麻烦，还有长长的路要走。

首先，灵童在青海马步芳掌控之下，成为马步芳口中一块"肥肉"，如何顺利护送进藏？再是掣签坐床认定按规定均需驻藏大臣主持，进入民国，时局动荡，加之英俄插手，西藏亲英势力抬头，有摆脱中央倾向，十三世达赖喇嘛晚年虽然内倾，目前主持藏政的热振亦是一位爱国活佛，但亲英势力不可低估，分裂倾向依然存在，如何顺利让灵童入藏，确认及坐床是关乎改善中央政府与西藏地方政府的关系，维护国家统一的大事，不仅西藏地方政府及广大藏族人民关注，也成为摆在国民政府面前的一件棘手事情。

其时，抗战进入关键时刻，华北、上海、南京、武汉相继失守，国都内迁重庆，许多军工企业、事企单位、大学内迁到四川，人口骤增，物资短缺。

从大昭寺金顶远眺布达拉宫

云贵高原、川西北及西藏成为抗日后方，西藏地位日益重要，尤其滇缅公路中断，美国援华飞虎队开辟“驼峰航线”穿越西藏上空，由印度把援华物资运往云南、四川。国民政府还修筑了成都到雅安，康定至玉树的公路，并动员川、滇、藏等地采用传统马帮驮运大批物资支撑着中国神圣又脆弱的抗战。面临这种情况，十三世达赖喇嘛灵童转世及坐床正好为国民政府提供了一个改善与西藏地方关系，稳定后方的绝好良机。

事实是，国民政府高层对上述情况有清醒的认识，高度重视，蒋介石亲自过问二十余次，于 1938 年 12 月 28 日最终选定国民政府蒙藏委员会委员长吴忠信进藏主持灵童转世认定及坐床仪式。

吴忠信，安徽合肥人，1905 年毕业于南京江南武备学堂，追随孙中山参加同盟会，参与过武昌起义，孙中山当选非常大总统时亲委吴忠信为桂林卫戍司令。之后，吴忠信参加北伐，出任淞沪警察厅长，并曾出国考察，先后担任安徽省政府主席，贵州省政府主席等要职。有丰富的政治、军事、经济方面的经验与才干，在国民政府中属有资历也很有声誉的能员干吏。吴忠信 1936 年起任蒙藏委员会委员长，在此之前的委员长皆为国民政府资深大吏且熟悉边疆要务者。比如阎锡山（山西省政府主席，盖因山西邻近内蒙，历史上即为边关，阎锡山有与蒙古打交道的经验），黄慕松（广东省政府主席，曾代表中央政府，赴西藏为致祭十三世达赖的专使，对藏情熟悉），石青阳（早年留日，辛亥革命元老，陆军中将，在担任蒙藏委员会委员长期间，著有《藏事纪要初稿》，1935 年病逝上海），蒙藏委员会延续清廷理藩部职能，管理协调蒙古（含外蒙）、西藏及青海、川西北等广大蒙藏地区的事务，其地位与重要性远高于省部。

接受入藏主持达赖灵童认定及坐床使命，吴忠信深知此行“在于安定西藏之人心，树立中央之威信”，责任重大，不敢稍事懈怠。好在吴忠信入藏之前已主持蒙藏工作三年之久，对西藏历史及现状有清醒的认识与准确的把握。他抓紧时间，挑选各方老成干练人员，筹措经费，选择进藏路线，鉴于当时面临各种情况，灵童尚在青海，需说服马步芳放行并沿青藏线护送入藏。进藏需向各方赠送大量礼品，主要为茶叶、丝绸、瓷器及时尚用品，需派员就近在成都采购，征集驮马，由川藏线入藏。至于吴忠信中央派员一行则选择了走海道，即取道缅甸、印度，越大吉岭进入西藏亚东，去自己国家的西藏为何还要绕道国外，这也为七十年前的国情决定。

国民政府蒙藏委员会委员长吴忠信

当时，无论走青藏、川藏还是滇藏，山川阻隔，食宿无着，一路雇用马帮，至少也需三四个月，而海道却可乘飞机至印度，再坐火车至大吉岭，进入拉萨只需一月时间。另外一个重要原因是作为国民政府筹边大员，吴忠信深知西藏近代诸多问题，均与英印插手有关，时值抗战，中英为战时同盟，互有依赖，经过其地，也是打个招呼，探个虚实，免得事到临头，节外生枝，应对无策。事后证明吴忠信深谋远虑，走海道确为明智选择。

另外还有一例，吴忠信赴藏为中外注目，他专门拜访中央宣传部长叶楚伧，请其转告各媒体事先请勿宣传，免得引起各国关注，于事无补且惹麻烦；到西藏后则需大力宣传中央之威德及与藏方的团结友善。从这些准备不难看出吴忠信使藏既周全严谨，又胸有成竹，可谓志在必成谋定而行。

节外生枝

岂料，一旦行动，却是麻烦不断，意外频生。进藏三路人马，无论护送小达赖的青藏线方面，负责采购运输礼品物资的川藏线方面，还是吴忠信一行走海道的中央大员，几乎没有一路顺利。

首先，吴忠信一行取道印、缅，其时两国均为英殖民地需办护照，又需英国驻印使节签字，这就给英国人耍威风提供了机会。不止一位藏学家认为：一部西藏近代史，就是英帝国对西藏的觊觎、入侵、干涉史。早在18世纪，英国处于对外扩张的巅峰时期，先后把印度、缅甸等国收罗旗下，成为其殖民地，便盯上了地理位置重要，能够沟通四川与长江中下游地区，且有丰富矿产的西藏，多次派遣传教士深入藏区，名为传教，实为测绘调查，做好先期准备。清末，又趁中国甲午战败，两次派兵直接入侵西藏，企图使西藏独立或像印度那样成为英国殖民地。

十三世达赖在世时，英国人便又拉又打，使尽花招。他们深知在政教合一的西藏，只要拉拢住达赖，事情就成功了一半。所以对十三世达赖的接班人分外关注。早在十三世达赖圆寂，中央政府派黄慕松为致祭专使入藏时，英国人就导演了极不光彩的一幕。得知国民政府派专使致祭，他们也选派威廉逊入藏，企图抵消中央政府对西藏的影响。威廉逊是英国驻锡金的行政长官，是英印政府中主张对中国采取强硬态度的鹰派人物，当时英国对西藏的政策也主要通过驻锡金的行政长官完成。所以，这次威廉逊就成为进藏的最佳人选。他甚至比黄慕松还早一步进入西藏，先住在日喀则，收买西藏地方政府下层官员和亲英分子，散布谣言，挑拨国民中央政府与西藏关系。在黄慕松一行到达拉萨后，威廉逊也带了多达40余名随员来到拉萨，四处活动，拜访西藏各界要员，进行挑拨和拉拢，又派人刺探黄慕松与西藏首脑交谈的内幕，设置障碍。

1904年8月2日英军入侵拉萨

可惜，上苍十分公正，威廉逊既然如此垂青西藏，他也就再没能活着离开西藏，威廉逊到拉萨不久患上疾病且不断恶化，英印政府提出要派一架飞机接威廉逊回国治病，希望利用色拉寺下的一块平地来停降飞机。却遭到西藏地方政府拒绝，理由十分简单：怕色拉寺喇嘛用石块砸坏飞机。

达赖喇嘛出行情景

这是许多藏族人从小练就的绝技，从儿时放羊开始，就学会用一尺多长的皮绳兜掷石块，以禁止牛羊乱跑，久而久之，掷扔石块能百步穿杨且百发百中。在著名的江孜抗英保卫战中，很让英国侵略军吃了苦头，那些从天而降，“嗡嗡”作响的石块，只要砸在头上，莫不毙命，打折胳膊和腿更是常事。

最终，英国人没有派来飞机，威廉逊死在了他终生觊觎的西藏。

现在，看到中国方面顺利寻访到十三世达赖喇嘛的转世灵童，中国政府又选派大员进藏主持小达赖坐床典礼，彰显中国对西藏的主权。这是英国人最不愿看到的事情，于是找出各种理由拖延拒签，直到外交部通过驻英大使郭泰祺与资深外交家王宠惠从中周旋疏通，加之二战时中英为盟国，还需相互支持，历时半年，终于办好签证，这让吴忠信长出口气，终于可以去西藏了。

接着，从青藏方面传来消息，纪仓活佛寻访到转世灵童拉木登珠的消息，时间一长被马步芳知道，以为奇货可居，拒不放行，先后拖了两年之久，直到马步芳狮子大开口，向西藏先后索取达43万9千元后，才答应派师长马元海带一排卫兵护送灵童进藏。这也是当时的中国国情，按说，马步芳以区区青海地方长官，怎么敢与中央抗衡？何况青藏相连，难道马步芳不清楚小达赖转世坐床事关西藏安危与国家主权？

清楚，这些马步芳都十分清楚，正是因为清楚这其中的利害关系，马步芳才敢与虎谋皮。首先，马步芳并非靠蒋介石提拔安插的嫡系，如前章所述，早在清末，其祖父马海宴就在回民起义中脱颖而出，其父马麒、叔父马麟兄弟又经营青海，至马步芳已历三代，各种关系盘根错节，各路诸侯尽在掌控，真正成为权倾一方的“青海王”。时值抗战，蒋介石无力西顾，还要让马步芳出兵出钱支持抗战，所以也只能睁只眼闭只眼了。马步芳不傻，每次去南京都携带重金贿赂中央要员，凡来西北或青海的党国大员朱绍良、白崇禧，包括蒋介石夫妇，马步芳都出手大方，殷情招待，甚至亲自为蒋介石站岗守卫，给足对方面子。这会，向曾经进犯过青海的西藏当局要点钱算啥，错过这村就没这个店了。

当时，40多万元这笔钱对西藏可是天文数字，万般无奈，西藏地方政府准备向英国借款，吴忠信得知后立即向蒋介石报告，认为向英借款正中英人下怀，且有碍国威，希望中央以补助灵童登座大典名义，偿付藏方。蒋大事并不糊涂，当天即回答“如果属确实，即予以拨发”。

吴忠信刚松口气，押运礼品物资的川藏线又传来电报消息：孔庆宗一行被藏军拦截在金沙江东，不让进入藏地，声称只有接到西藏地方政府命令才能放行。康藏边界是近代康藏史上的敏感问题，也是多次引发事端的导火索。历史上，中原王朝强盛时期，如元代驻军西藏，清雍正朝平定准噶尔之乱，乾隆时大败廓尔喀，西藏也完全服从中央政府。康藏多以金沙江以西丹达山为界，三江流域全在西康境内，双方相安无事。清末民初，西藏当局受英人挑拨，产生分裂倾向，迫使清政府在川边进行改土归流，旨在保川、固藏、御英。川边名将赵尔丰的兵力曾到达距离拉萨仅200公里的工布江达，设太昭府，以硕督、嘉黎、恩达、察隅、科麦等五县属之，即今尼洋河林芝以西一带。详情本书卷五有专章介绍，这里只说进入民国后，因边军统帅赵尔丰被杀，藏军依赖英国提供的武器卷土重来，不仅金沙江以西昌都、类乌齐、同普、恩达等十余县全部失陷，金沙江以东的德格、邓柯、石渠、白玉等县也皆为藏军占领。刘文辉经营西康时，曾夺回金沙江以东诸县，受时局影响，再也未能跨越金沙江。

这并非是简单的省界问题，用前任国民政府蒙藏委员会委员长石青阳的话说：西藏若承认是中国领土，从哪划界都无不可；若起分裂之心，便是反叛，需大力讨伐，从哪划界均不可！这真是说到了问题本质。但西藏当局受英人挑拨，一直在做“大西藏梦”，占据昌都后便重兵据守，这种情况一直持续到 1949 年，解放军进军西藏，一个昌都战役的胜利，便把西藏当局打到了谈判桌上。可见昌都在西藏当局眼中的重要，轻易不愿放人过江。

从川藏线运送礼品物资的领队为孔庆宗，系孔子家族后裔，欧洲名校布鲁塞尔大学政治学博士，博学精干，具备知识分子的爱国、严谨、认真、负责，在蒙藏委员会任藏事处处长。对藏区藏事通晓且热心，此次进藏，深知任务繁多，意义重大，故一路事无巨细，亲自过问。酷暑七月初即动身，先在成都采买够各种礼品物资及途中用品，用汽车运抵雅安，又购茶叶 540 包，全需分类打包，雇用骡马，沿历史上的茶马古道进藏。因沿途山道险峻，河流众多，人烟稀少，又同当地驻军交涉，请他们派兵护送。

这是几路进藏人马中最艰苦的一路，首先是需运往拉萨的物资繁多且贵重，分类近 200 驮，加之过了康定，海拔升高，时雨时雪，寒暖不定，进入藏区，语言不通，风俗迥异，尤其是饮食不同。且不是三五日，需走整整数月。好在时值抗战，人皆有爱国之心，所有进藏人员都意识到此行的意义，遇事无不争先，敢于负责。孔庆宗亦能随机变通，增雇当地杂役和翻译，沿途加强与当地土司、头人、藏官与寺庙联系，以礼以诚待人，宣扬中央威德，每需更换乌拉脚夫时，临走必召集谈话，按照官价公平发放脚钱，按名点发，以防做假，且每人优惠藏洋一元。对沿途寺庙，也广为布施，庙分大小，分别赠送藏洋、茶叶，收到很好效果。也得到沿途藏官、藏民的热心帮助，顺利到达金沙江边的德格，对面便是藏区，系昌都管辖的江达县。正当孔庆宗一行准备过江时，却收到昌都总管公函，说没有收到西藏地方政府通知，故不能过江。其实，早在动身之前，中央蒙藏委员会就同西藏地方政府就几路人马进藏发过公函，做过沟通。这恰恰反映了当年西藏地方政府办事的一贯做派，阳奉阴违，推诿拖拉，不到最后关头绝不松口。急也无奈，电函交驰，整整拖了一个月，昌都总管才派员到德格，讲已接公函，可以过江。孔庆宗一行从 7 月 2 日动身到 10 月 25 日才抵达拉萨，总算不辱使命，把数百驮礼品物资安全无损地运抵了雪域圣城。

坐床始末

正是由于中央国民政府从高层到一般工作人员在对西藏问题方面有高度共识，虽遇麻烦亦全力克服。1940年元月，各路人马终于齐会拉萨，这其中尽管也发生吴忠信代表中央以探视灵童代替金瓶掣签，以及坐床仪式座位之争等小磨擦，但在大关节上没有太大分歧，达到了“安定西藏之人心，树立中央之威信”的目的。记载这次坐床盛典的著述甚多，不妨引用随同吴忠信进藏，全程参与坐床仪式的朱少逸所著《拉萨见闻录》中一段：

是日天气晴朗，藏官均着最漂亮之服装，鞍马鲜明，仆从如云，驰驱于平整宽广之大道上，十数里内，络驿不绝，附近居民，前来欢迎者，亦踵相接。妇女多着艳丽之服装，五颜六色，数十成群，尤点缀风光不少。各界欢迎人员，所支帐篷，如星罗棋布，不可胜数；中央驻藏人员及拉萨汉民，支帐哲蚌寺下距拉萨已二十里，接官厅在哲蚌寺东约二三里，藏官集该处守候。再次里许，拉萨警卫队七百队人及拉萨警察百余人；藏兵且将其仅有之小钢炮四枚及机关枪四挺，陈列道上，据云为藏兵最恭敬之礼节。

当时，吴忠信入藏还拍有纪录电影片，把各种宏大热烈的场面，男女藏民欢迎中央大员时泪流满面的情景，以及藏方组织翠华摇曳的仪仗，紧扣心弦的马蹄，锦旗如林美女如云汉藏亲和生动真切地表现出来，展现出西藏官军民对中央政府大员到来的欢迎确实发自内心，毕竟血浓于水，也证明西藏自古就是中国不可分割的部分，藏区群众亦是如唐太宗所说“夷人亦人耳，其情与中夏不殊，盖德泽洽，则四夷可使如一家。”吴忠信使藏主持十四世达赖坐床，与1300年前唐太宗倡导的“四夷可使如一家”是一脉相承的。

还有两件记载亦能说明西藏地方政府对中央大员的态度。一是当吴忠信进入藏区后，西藏地方政府得知吴忠信地位高于前清驻藏大臣，立即将原定接待费用从藏银一千两增加到八千两，热振摄政下令“以西藏最隆重的礼节接待吴氏”。二是西藏摄政热振活佛（当时最高首脑）设宴招待全体中央人员时，专门与吴忠信另设一桌，按照藏俗无论何人摄政不能与之同桌。再是去布达拉宫参观，接待官打开达赖专用通道让吴忠信拾级而上，这些待遇包括清代驻藏大臣均无前例。当然，吴忠信这次使藏，由于任务、目的、意义的重大，也出手大方，可谓有钱使在刀刃上。

据档案记载：吴忠信代表中央给小达赖送的礼品有金银工艺、福州漆器、湖南湘绣、杭州丝绸、布料、地毯，各种茶叶、白糖、果品多达 26 类 240 余件，均为国内珍品，价值 8 万法币，超过历代王朝给达赖的任何一次性封赏。礼品共用 80 人组队抬往布达拉宫，沿途数万群众争相观看，盛况空前，大长脸面。除了达赖、热振等主要人物，吴忠信此次几路进藏共携带礼品 300 余驮，西藏僧俗官员大小都有礼品共送 340 余份。

更重要的是对西藏三大寺院广为布施，西藏三大寺地位特殊，在西藏这个普遍信仰佛教的地方，其立场观点足以左右西藏政局。因此，吴忠信十分重视，精心安排。其中哲蚌寺僧人 7700 名，色拉寺 5500 名，甘丹寺 3300 名，吴忠信均携中央代表团成员前往布施，在大殿支撑多口一丈大锅，成驮茶叶，成桶酥油，大火熊熊，茶锅翻滚，香味四溢，按名给喇嘛酥油茶，木碗传递，热气飘拂，唏嘘一片。接着，铁棒喇嘛出列，成排站立，引领诵文：祈祷佛事兴盛，中国抗战得胜，中华祖国昌盛。全体喇嘛附诵，声震屋瓦，远传河谷，经久不息。

之后，布施开始，每位喇嘛藏币一枚（合藏银 3 两，法币 2.5 元）。三大寺均一律对待，故盛况空前，感恩不已。称“对中央感情极佳”。规模最大的一次布施当属大昭寺，该寺为文成公主赴藏时所建，历史悠久，规模宏大，

十四世达赖喇嘛拉木登珠

吴忠信主持十四世达赖坐床

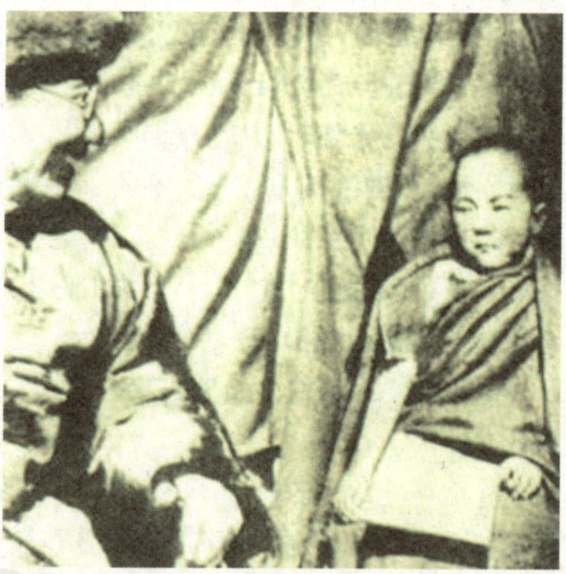

释迦牟尼 12 岁等身佛像是文成公主进藏时护送来的，供有松赞干布、文成公主塑像，大昭寺广场则立有公元 821 年唐蕃舅甥会盟碑。大昭寺又在拉萨市中心，吴忠信认为在大昭寺布施影响广大，能为中央立威，故高度重视充分准备，在藏历开年节，由吴忠信亲自主持，熬茶、放粥，每人布施一元，优厚打破历史纪录，那天大昭寺僧俗共两万余人，另有市民及乞丐六七千人，却秩序井然，毫无喧嚣，数万老少僧俗对中央大员恭敬之状，感激之情，莫不溢于言表，赴藏人员与西藏政府官员凡在场者无不动容，热泪盈眶，深感西藏内依祖国之可靠、之荣耀，整个活动可以说取得空前成功。

不仅是这些大场面，大活动，大关节上，吴忠信高度重视，全体赴藏人员共同努力，达到为中央立威，彰显对西藏主权的效果。吴忠信还认为要使西藏长治久安，必须让西藏僧俗各界对国家五族共合的主张认识了解，彼此

今拉萨第一小学便是当年吴忠信下榻的藏族贵族色兴别墅

吴忠信在大昭寺布施僧俗达两万余人

要加强沟通。所以，中央入藏行辕全体人员在拉萨长达几个月中，一项重要工作便是拜会僧俗官吏和各界人士。凡属重要人物，吴忠信都亲自出面，每天日程都排得满满当当，噶厦官员、世袭贵族、热振与纪仓活佛，甚至亲英派首领擦绒，强俄巴、藏军代本（团长）崔科等人，吴忠信都登门拜访，赠送礼品，取得明显效果。在缺医少药的西藏，施医施药最能争取人心，到拉萨之后，吴忠信便让随队医生，曾取得德国医学博士的单向枢及助手在拉萨市区义务施诊。哲蚌寺的大活佛东本患有水肿病，经单医生治疗后，病情大有好转。消息传开，噶厦高官彭康夫妇，贵族詹东，以及拉萨市区的贫民百姓都纷纷前来问诊就医，医疗所门前从早到晚排成长队，交通为之堵塞。一位大富商解友三提出只要单医生留在拉萨，他愿出资开办医院。

在这种融洽热烈的气氛下，一些久悬未解的重大事项也得以解决，比如清末动乱，驻藏大臣撤销，也就中断了西藏与祖国内地联系，国民政府成立后，一直希望设驻拉萨办事处，均遭拒绝，这次以孔庆宗为处长的办事处顺利成立。

相比之下，不邀而至的英国代表团可就黯然失色了。

威廉逊死后，古德继任英国驻锡金长官职务。很自然的也就继承了大英帝国在亚洲的各项殖民政策。尽管古德表面上显得比威廉逊温和，但骨子里并无区别。本来西藏地方政府只是转告印度政府将举办十四世达赖喇嘛坐床典礼，但古德却视这种告知为邀请。他也带了不多不少一个所谓观礼团赶到了拉萨，西藏地方政府只派了一个代表及 200 名藏兵前往迎接，与拉萨官民倾城而出欢迎吴忠信一行中央政府代表简直不可同日而语。再是同吴忠信带来的丰富众多为国民政府挣够脸面的礼品、布施、礼金相比，英国人的礼品太小气、太平常，简直拿不到桌面上来，不过是很普通的风琴、望远镜、枪支等，让人替大英帝国害臊。

布达拉宫庆典

更重要也更精彩的是，接下来举办的十四世达赖喇嘛正式坐床庆典大会上，有不丹和尼泊尔的代表，却压根没有看见英国人的影子。当然，后来许多著作，包括美国人梅·戈尔斯坦的名著《喇嘛王国的覆灭》也找了许多理由为英国人挽回脸面。但在我看来最根本的理由乃是西藏的事情只能由中国人自己来办，压根与英国人无关，就像英伦三岛的任何事情中国也从不插手一样。

言归正传。

在进行了众多的铺垫之后，一切都水到渠成，以吴忠信为首的国民中央

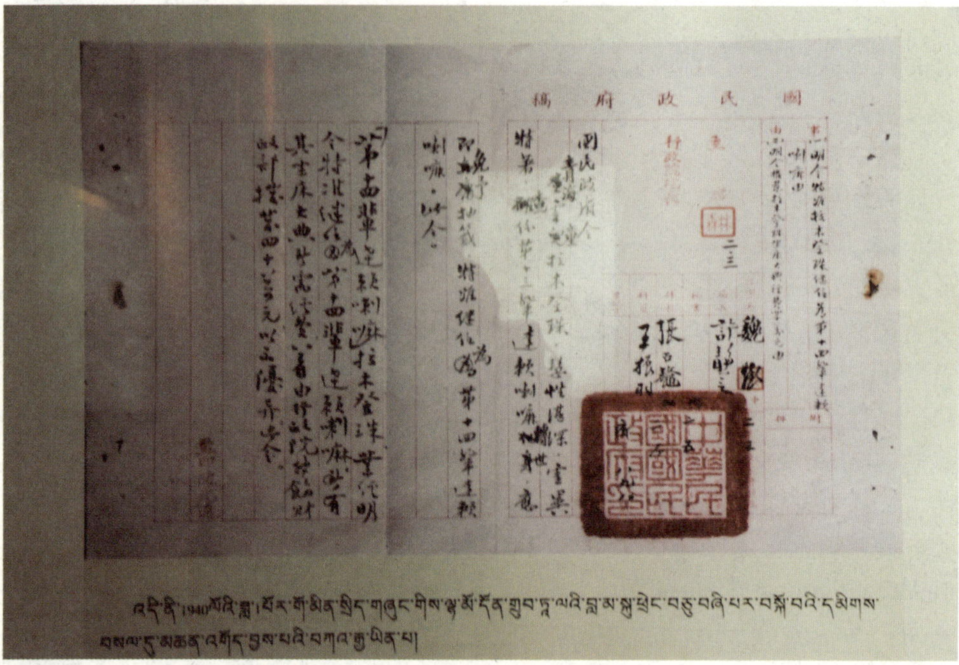

国民政府认定十四世达赖喇嘛公文

政府入藏行辕与西藏地方政府互相谅解取得共识，十四世达赖喇嘛坐床仪式定于 1940 年 2 月 22 日在拉萨布达拉宫东面的思西平措大厅举行，整个庆典历时 4 个小时，充满欢乐、祥和、喜庆气氛。从始至终，再无差错出现。吴忠信一颗悬着的心总算落实下来。

这天，不仅拉萨，战时陪都重庆、青海西宁都召开了庆祝大会，国民政府下令在 22 日这天，“全国应即一体悬旗庆祝”。

从 1933 年 12 月 17 日十三世达赖在罗布林卡圆寂到十四世达赖 1940 年 4 月 22 日在布达拉宫正式坐床，整整历时七年，一代达赖喇嘛的转世总算徐徐落下了帷幕。

三访藏博

这篇《达赖转世有传承》，是本书最为重要的篇章之一，也是我下功夫最大、改动次数最多的一章，仅是参考书目便多达20余种，几乎涉及到西藏近代史中不少的重要人物与历史事件，也可以说是一篇浓缩的西藏近代史。

写作此篇，困难之处在于如何把那些散见于史籍档案，摘录出来的材料，编织起来，重新酝酿整理，使之鲜活生动，雅俗共赏，为读者接受。关键在于自己是否能把材料吃透，烂熟于心。在这个酝酿催化的过程中，我曾三次参观西藏博物馆，其作用不可低估。首次为2009年，在几层大厅转悠踌躇，西藏从上古到现代的各种实物、图片、人物、模型……栩栩如生，直逼眼帘，恍然之间，心中泛起波澜……

2011年再次来拉萨时，连续两日，我都在西藏博物馆观看实物，翻拍照片，仅是本书采用的历史文献图片便多达40余幅。

这篇五易其稿，由最初12000字到20000字的《达赖转世有传承》，也经著名藏学家、西藏社科院副院长何宗英先生把关审阅，仅是何先生亲笔修改便达十余处，总算得到一个满意的肯定。这也使我有勇气把它展现在读者面前。

旅·途·小·憩

班禅内地漂泊记

晚清时代，咸同以降，大清帝国雄风不再，江河日下，太平天国起义于前，义和团运动于后，外有列强环窥，内则烽火遍地，不仅沿海列岛在列强坚船利炮威逼之下，开商埠、辟租界，连遥远的雪域高原也遭英军两次入侵，兵临拉萨城下，强签《拉萨条约》，扶植亲英势力，策划西藏独立，造成局势动荡，引发各种矛盾，达赖班禅两大活佛亦在动荡中交恶，班禅被迫逃亡内地，多年漂泊，返藏无功，竟于玉树圆寂。这也是中国现代佛教界一件大事，笔者查阅多种史料，探察班禅返藏线路，尤其在兰州书摊偶然购得70年前马鹤天先生所著《甘青藏边区考察记》，受益匪浅。

马鹤天，山西芮城人，早年留学日本，参加同盟会。辛亥革命后又在北平与胡适从事教育，立志考察研究边疆，创办发行《西北月刊》，多次赴东北、西北考察，出版过不下十余种考察著述。曾担任甘肃省教育厅长，甘肃学院（兰州大学前身）院长，后又担任国民政府蒙藏委员会委员，驻藏大员。恰值班禅流亡多年获准回藏，马鹤天即以护送班禅回藏专使行署参赞前往。离开西宁，越日月山，过倒淌河，穿黄河源，山川阻隔，非雪即雨，一日四季。又值抗战爆发，计划屡变，路线更迭，直到班禅圆寂，在甘青藏边滞留三年之久。

事有两面，也恰是在这漫长曲折的过程中使作者得以深入了解甘青藏边物产经济，回汉藏情，历史民俗，建筑民居，服饰饮食，岁时节庆，婚葬娶嫁。先生以学人眼光，逐日记载，积累50余万字，300余幅图片，1947年由商务印书馆出版，为今日留下弥足珍贵之史料。甘肃人民出版社2003年列入《西北纪行丛萃》再次出版。笔者考察唐蕃古道，凡行必携此书，每每与之对照，收获良多，专写此章，亦是对马鹤天这位先贤的怀念与敬重，以下分段叙述。

活佛交恶

天上日月一双，地上达赖班禅。

这是在蒙藏地区广为流传的一句谚语，比喻达赖、班禅两大活佛在信教群众中如日月同辉，并无二致。事实是，两位活佛的先世均是格鲁派创始人宗喀巴大师的弟子，系同教同宗兄弟；两个活佛均历经明、清两代，由蒙古汗王赠名号而由清王朝册封任命，确立了宗教领袖地位。两位活佛均需由驻藏大臣代表中央政府通过金瓶掣签加以认定，并分别在布达拉宫和扎什伦布寺举办隆重坐床仪式；达赖、班禅坐床后，都要由清王朝钦颁谕旨，赏用黄轿、黄车、黄鞍座、黄红日罩、御棍执事，并启用金印，行使活佛职权。在以上名号、礼仪、规则上，两位活佛并无贵贱高下之分。而且，清乾隆时，

班禅主持的扎什伦布寺

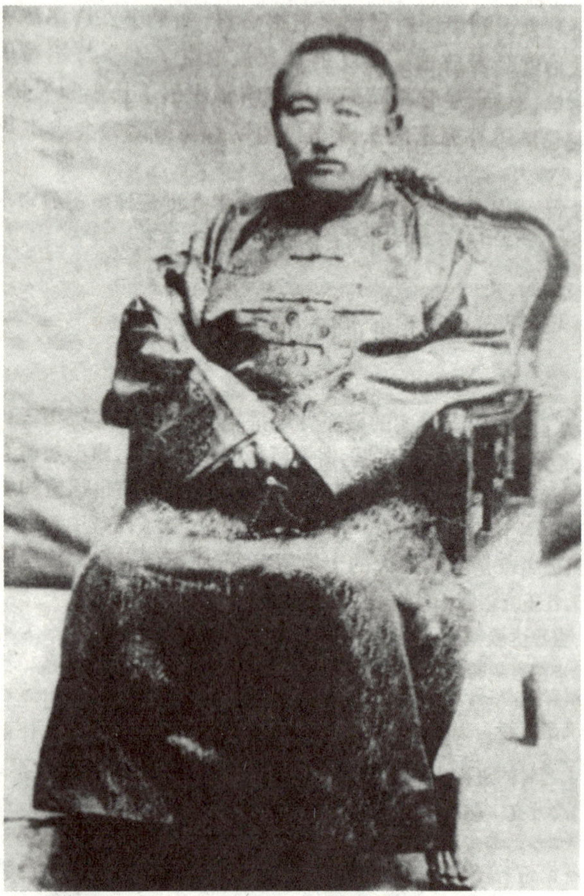

九世班禅大师

福康安大败廓尔喀后，会同驻藏大臣、达赖、班禅制定西藏善后29章程，除了制定“金瓶掣签”规范活佛转世之外，强调达赖与班禅地位虽与驻藏大臣一样崇高尊贵，但需受驻藏大臣节制，所有需上奏朝廷的意见或建议均要经驻藏大臣代为转奏。这样，就保证了西藏地方的军事、外交与财政大权均通过驻藏大臣掌控于中央政权，这种情况在清代一直执行得很好。只是到了清末，国势衰落，英印插手，才出现危机。西藏善后29条程章中，还有涉及达赖、班禅关系方面的内容。主要精神是二者互为师徒关系，地位平等。还规定班禅驻锡的扎什伦布寺管理官员及辖区四个宗（县）长官任命，由班禅与驻藏大臣协商，与达赖和西藏地方政府无涉。这本来是很清楚的事情，也表明清廷对达赖和班禅一样优待，并无区别。但是达赖、班禅由于所处地理位置不同，历史上也存留着一些不同的地方。

首先，达赖位处前藏，即拉萨地区，从吐蕃王朝至今均为西藏政治、经济、文化中心，西藏境内佛教格鲁派四大寺院，其中哲蚌寺、色拉寺、甘丹寺均在前藏，另外，布达拉宫，大小昭寺，罗布林卡，西藏地方政府噶厦均在拉萨，管理的地盘占西藏绝大部分。后藏仅扎什伦布寺一座名刹。管理上仅有日喀则、拉孜、昂仁和彭错林等地，这就决定了两大活佛管理的寺庙、僧人及百姓有较大的差异。据雍正十一年（1733）达赖上报理蕃院，全藏格

历史上班禅管理的后藏原野

鲁派寺庙 3477 所，僧众 316230 人，其中达赖管辖寺庙 3150 所，僧众 302560 人；班禅下辖寺庙 327 所，僧众 13670 人。寺属农奴 128190 户，其中班禅方面仅有属民 6752 户。

这就不难看出，达赖管理的地盘、寺庙、僧人及农户均 10 倍以上于班禅。历史上达赖为西藏政教合一首脑，而班禅仅为所管辖区寺庙、僧人及农户首脑。但事有两面，达赖正因为位高权重，身处要津，苟利所在，常成为争夺中心，在金瓶掣签制度之前竟有四辈达赖短寿，最小 11 岁，最大 22 岁，成为恐怖险恶政治斗争的牺牲品。另外达赖在宗教方面取得卓越成就者，十分稀少。

相比之下，各世班禅没有介入西藏政界争斗，多能静心修行，著书立说，在佛学上有所建树而享盛誉。关键大多高寿，能够善终。比如四世班禅 92 岁，为所有达赖班禅长寿之最。五世班禅 74 岁，七世班禅 72 岁。唯八世班禅例外，年仅 27 岁，但确实因身体不好早逝，而非政治原因。这也是达赖、班禅先世同为宗喀巴弟子，目前却相差几辈的原因。历史上达赖班禅互为师徒，一个圆寂，另一个负责寻找灵童，按金瓶掣签予以确认，并负责为其剃度，受戒。十三世达赖与九世班禅关系最能说明问题。

十三世达赖1876年出生于拉萨东南乡村，出身贫寒，两岁时由八世班禅为其剃发，取法名土登嘉措，18岁亲政后，吸取多世达赖早夭教训，不吃别人所送食品，只食心腹佣人的食物，防人甚严，工于心计，热衷权谋，这也是造成日后与班禅不和的重要原因。由于达赖长班禅七岁，两人还算是师徒关系。

九世班禅1883年出生于前藏塔布农村，乳名伦珠嘉措。父亲不详，其母是一个名叫当琼措姆的哑女。家庭极为贫穷，靠给贵族牧羊为生，整日在烈日寒风中的牧场，根本无能力养育孩子。所以，伦珠嘉措被寄养在外祖父家中。这个孩子虽然来到这个世界就不幸，却从小灵异过人，3岁时作为3名灵童待选之一送入拉萨。

清光绪14年（1888）在伦珠嘉措5岁时，被送往布达拉宫的萨松朗杰殿，与其他两名灵童一起参加金瓶掣签仪式。据档案记载，这次仪式由驻藏大臣文硕主持，十分隆重且程序规范。参加掣签仪式的有十三世达赖喇嘛，驻藏大臣随员，西藏地方政府僧俗官员，扎什伦布寺要员及西藏三大寺代表等。掣签之前，首先由驻藏大臣文硕率全体人员向清高宗纯皇帝（乾隆皇帝）像前行礼。之后几名大活佛先行诵经，然后把三名灵童名字及出生年月写于象牙签牌，投入金瓶摇晃诵经，再由驻藏大臣文硕用象牙筷从中抽取一枚签牌，公开示众，签牌赫然显示：伦珠嘉措。

这样，在经过一系列严格的宗教程序后，伦珠嘉措被认定为八世班禅额尔德尼的转世灵童，确定为九世班禅。先由十三世达赖为其剃发，取法名却吉尼玛，由两名精通佛教经典的格西（高级学位）喇嘛为其授业。20岁时，又由十三世达赖为其授比丘大戒。这也确立了两人的师徒关系。两位活佛早期关系融洽，互有来往，尤其对外抗英立场一致。

1887年，英国第一次入侵西藏，达赖班禅共同领衔拉萨三大寺、扎什伦布寺、地方政府七品以上官员上书驻藏大臣，坚定表示："纵有男尽女绝之忧，惟当复仇抵御，永远力阻，别无所思。"之后，后藏民兵配合藏军参加隆吐山血战，双方配合默契。

1904年，英军第二次入侵西藏并进入拉萨，十三世达赖被迫出逃，驻藏大臣有泰奏请朝廷，请班禅前来拉萨摄政，班禅以"后藏为紧要之区……恐有顾此失彼之虑"婉言谢绝。但引起达赖猜忌。达赖此刻逃往蒙古，企图依靠帝俄制英，时值日俄战争，俄国战败，自顾不暇，达赖转赴北京，又逢慈禧太后和光绪皇帝相继去世，达赖目睹清廷末日，深感失望。在京期间，各国驻京公使不断拉拢达赖，达赖逐渐产生谋求自立的意愿。

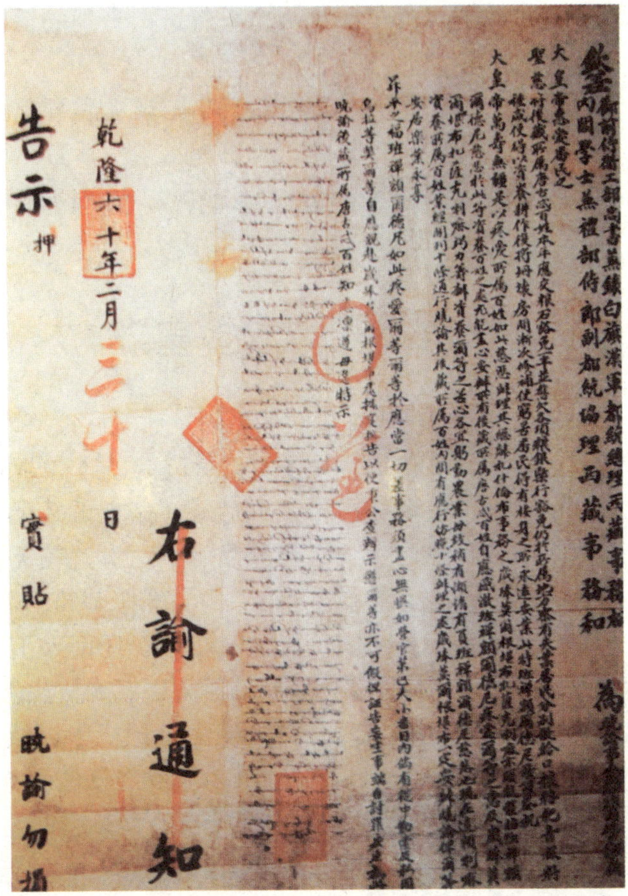

清代乾隆朝在西藏张贴的告示

达赖返回西藏不久，辛亥革命爆发，清政府跨台，驻藏大臣不复存在，驻藏川军撤离。在此期间，驻藏大臣联豫想让班禅取代达赖，但不仅没有达到目的，还恶化了两大活佛的关系。国内接替清廷的北洋政府百废待兴，自顾不暇。十三世达赖成为西藏真正主宰。他开始按自己的意愿和思路在西藏实行改革：组建藏军司令部，筹办新军，创办机器厂制造枪炮，开办军事训练学校，向英国学习技术，向印度学习军事。又成立邮政局、电报局，还设立银行，开矿、种茶……由于开矿时挖出了一只蛤蟆，认为不吉祥，只好停止开采，种茶也没有成功，改革没有取得预期效果。而且，已经开办的无一项不需要投资，无一宗不需要经费，在短时间根本不可能指靠收到回报，西藏区区边地，经济历来落后，即使佛法无边也不可能生出摇钱树来。

于是达赖便加倍征收赋税，连历来由班禅管理的后藏及寺庙都不例外。过去，班禅辖区内的僧俗百姓及其庄园土地，只向扎什伦布寺交纳赋税，提供差役，与地方政府无关。惟一的例外是当年清军远征廓尔喀胜利班师回朝时，凡经过地区不管前藏后藏均需提供粮草，马匹及差役。如今十三世达赖在财政紧张的情况下，便援用此例说事，要求班禅方面承担两次抗英全部军费的四分之一，这显然脱离了班禅所辖无论寺庙、人口、土地均不及全藏十分之一的实际，班禅多次辩解都无济于事。征收军费，还只是达赖的一种借口，他的最终目的是要把历史上属班禅管理的辖区全部并吞，改由西藏地方政府来大权独揽。

而且，很快付诸实践，在日喀则设立后藏总管，不仅征税，还插手班禅驻锡之处扎什伦布寺事务，对班禅日常生活带来极大骚扰和不安。这样就使达赖班禅两大活佛本来已经恶化、难以理清的复杂关系公开地破裂了。

仓皇逃亡

直接引发九世班禅逃亡的原因是他派往拉萨请求减免赋税的代表噶绕巴、德来康萨竟然被扣押，并投入拉萨监狱，这在九世班禅心中引发了恐惧。在此之前，九世班禅曾向十三世达赖写信申诉扎什伦布寺及后藏群众的困苦，并要求前往拉萨与达赖当面恳谈。十三世达赖无理由推辞，回信同意面谈，但目下政务繁忙，需推迟至第二年。班禅无奈，只能服从。岂料到了第二年，达赖又突然宣布要“闭关静坐”三年，任何人不能打扰。这使班禅意识到，达赖根本不愿见他，他们之间的矛盾也就无从化解。

另据朱绣所著《西藏六十年大事记》中记载，1902年春，班禅往朝达赖，由布达拉宫前击鼓而过（鼓为佛前之仪仗——原注），达赖怒为班禅过师门而击鼓，妄自尊大，遂罚银一千五百两。自此左右互相谗构，嫌隙日深。

按说，两位活佛在名号、礼仪上并无区分，行走击鼓也属正常礼仪，何况班禅又是前去拜访达赖，更当注重礼仪。为击鼓而罚款只能讲是无事生非。这不能不在班禅心中留下烙印。意识到达赖这回是存心与他过不去了。再联想到，十三世达赖18岁亲政之初，就设计毒死已经辞职的摄政第穆呼图克图及其助手，且没有留下什么把柄，只称“暴亡”。连当时驻藏大臣奎焕都无可奈何。在西藏历史上这类事多了，五世达赖去世，第巴（行政长官）桑结甲措十余年秘不发丧。八世至十二世达赖均英年早逝，做了险恶政治斗争的牺牲品。面对达赖与噶厦的种种威逼，班禅经过冷静的分析判断，觉得目前唯一的出路就是逃往内地。这也与达赖、班禅两位活佛的性格紧密相关，班禅家贫，母又残疾，自幼进入寺庙，精研佛典，日后成人，本质为佛界中人。后藏及扎什伦布寺势力单薄，世代受中央政府册封，得以与达赖在政界与佛界平起平坐。故班禅心存感恩，毕生爱国。这从逃亡前发生一事可窥一斑。

1905年英军侵占拉萨时，达赖出逃，驻藏大臣有泰上奏朝廷，请求革去

塔尔寺金顶，九世班禅曾在此宏法

达赖喇嘛名号，并请旨让九世班禅前去拉萨暂入政局。尽管班禅一再婉辞，但英印当局看到有机可乘，便命江孜驻军头目鄂康诺带50名士兵，闯进扎什伦布寺，美其名曰邀请班禅前往印度会见英国皇太子。班禅回答："我可以去印度，但首先要向清朝大皇帝报告，经过批准才可以去，否则实难从命。"后英军以武力胁迫，扬言若不去印度，便进攻日喀则。班禅无奈，但临行明示，"若班禅此行违背大皇帝恩德，即死于九幽地狱，不得超生。"班禅到印度后，英方要求他会见英国皇太子时，须行跪拜大礼，班禅执意不从，声称："我只拜大清皇帝，余皆不行。"后英人见无机可乘，遂放班禅回藏。日后从班禅毕生言行看出其爱国出自心扉，矢志不渝，终其一生。

十三世达赖虽也出身寒门，也在寺庙长大，但因历代达赖都处政治中心，有几代还做了政治牺牲品，他从中吸取教训，工于心计，学会应付险恶环境的本领并付诸实践。日后，无论抗英，无论与班禅交恶，态度都很强硬，用现在说法，属"鹰派"人物。还有资料记载，达赖闲暇时喜欢养动物，尤其凶猛动物，拉萨罗布林卡就养有金钱豹、孟加拉虎、藏獒、秃鹫等。热衷权力斗争的人往往内心孤独，喜欢凶猛动物不能不说是某种心态的流露。

总之，班禅当时选择出逃十分明智，也很会选择路线，他于1923年农历11月15日深夜安排好扎什伦布寺应付方案及致达赖信。班禅在致达赖的信中措词谨慎，没有一句责怪抱怨，仅仅指出由于噶厦办事官员，向达赖虚报情况，强迫班禅辖区负担力所不及的沉重军费和赋税，使扎什伦布寺及所管属寺院供养费用日益减少，入不敷出，为了解决困难，也不给西藏地方政府添麻烦，他决定到内地募化、求布施。班禅希望他走后，僧俗官员照料好寺庙，不要给老百姓增加额外负担。

他们没有选择入藏大道，而是踏上生死未卜的藏北无人区。也幸亏选择了此路，班禅出逃的消息传出，达赖立即派出藏军代本（团长）崔科率骑兵追赶，但沿大道一直追到唐古拉山口也没见到班禅，时大雪封山，只能无功而返。

班禅一行虽为摆脱藏兵追击，走的藏北羌塘大草原，那儿由于海拔超过4500米，气候恶劣，高寒蛮荒，属无人区。这就陷入缺少食品、衣物、驮牛的困境，在艰难的行程中，幸亏碰到了一个游牧的部落，其头人笃信佛教，奉送了糌粑、酥油、干肉、干菜及牲口饲料，还赠送了驮牛和帐篷，靠这些支撑班禅终于脱离了西藏管辖的地域。消息传回拉萨，拉萨市民都很高兴，达赖并不能一手遮天，群众心中还是有杆秤的。藏族是个很智慧的民族，他们善于用歌谣表达自己的爱憎：

都说班禅似兀鹰，展翅飞翔奔他乡；
都说崔科像猎犬，空手而归嗅地面。

班禅一行走出藏境，却没走出困境，道路难行，不时迷路，缺食缺衣，天寒地冻，有时几天断食，佛家又不忍杀生，在最困难的时候，他们发现山坡上有用卵石摆出的藏文字样，他们预感到某种暗示，果然在下面挖出了食品和茶叶及酥油等物品，支撑了他们的行程。后来，直到进入了1924年元月，他们巧遇到由西藏返蒙古的活佛考珠堪布，随同的蒙古王公因信奉藏传佛教，赠送了班禅一行足够的食物用品，才使他们彻底摆脱了困境。

辗转赴京

丝绸西去，佛教东传。

丝绸之路自西汉开通，张骞“凿空”西域，班超“定远”边陲，中国的丝绸、茶叶、瓷器、冶炼、打井、造纸技术传入欧亚，西亚一带的西瓜、石

九世班禅（前排左二）参加国民政府会议

榴、歌舞、音乐，尤其是诞生于印度的佛教则沿丝路东传，新疆库车千佛洞，敦煌莫高窟，天水麦积山，乃至龙门石窟、大同佛雕，在丝绸沿线留下一座座灿烂夺目的艺术宝库，中国蒙藏地区信仰的藏传佛教，虽吸收西藏地方苯教特点有所改革，并用藏文传播。但就总的方面来讲，同属佛教范畴，并无太大区分。佛教在中华大地历经千载，几经沉浮，早已沉淀下来，为许多国人所接受。明清两代皇廷厚待达赖、班禅两位活佛也是国人尽知的事情，不仅敬佛，还牵动着属于中国的那片遥远且神秘的高原，所以中华大地地无分南北，人无分老幼，提及达赖、班禅，人们心中皆有种近乎神秘的敬仰。

班禅逃亡到达内地的时间是 1924 年春天，其时，北洋政府执政，大总统为曹琨，其余为一半统一一半割据的地方军阀，西北冯玉祥、云南龙云、山西阎锡山、东北张作霖、江南孙传芳、中原吴佩孚、青海宁夏的“五马”也已起势，尽管他们之间时而连横，时而合纵，尔虞我诈，火并不已，但对来自西藏的大活佛都不马虎，上至大总统曹琨，下至西宁镇守使马麟，乃至班禅最早见到的安西县县长，无不态度积极，热忱欢迎，提供方便，布施财物，使班禅一行切实感受到祖国大家庭的温暖。

1924 年 3 月 20 日，班禅一行到达甘肃河西走廊最西端的安西县，得到安西县长的热情接待，并电告甘肃督军陆洪涛，陆又向北洋政府大总统曹琨报告。北洋政府参照旧例，决定按前清乾隆时代接待六世班禅规格和礼仪，隆重欢迎班禅到京。至此，班禅一行住行膳食都得到沿途政府的高规格接待，班禅改乘骡轿，即用两匹健壮骡子，一前一后代替人工抬桥，人较舒适，速度也快，这在当时就算是西北地区最好的交通工具了。一路过张掖、武威，于 5 月 9 日到达兰州，受到当地军政官员及数千民众的热烈欢迎。班禅下榻的地方，人们用黄布铺道，黄缎饰壁，高扎彩坊，备极庄严。北洋政府的特使也赶来兰州，明令册封九世班禅“致忠阐化”的名号。班禅一行在兰期间，各界争相宴请，甘青一带佛教名寺塔尔寺、拉卜楞寺相继延请弘法传教，充分体现各界群众对班禅的尊敬。

八月初，班禅一行离开兰州，在中央政府特派专员李乃芳陪同下晋京。不想此时，冯玉祥发动政变，大总统曹琨下台，由段祺瑞临时执政，直奉军阀大战爆发。而班禅一行必经的西安也正进行着陕西近代史上著名的战争——“两虎”守长安。即直系军阀吴佩孚手下大将刘镇华率领数万大军围攻西安，而冯玉祥部将杨虎成、李虎臣则奉命守城，此战长达八个月之久，倍极惨烈。

然而，班禅派近侍罗桑楚臣去敌对双方阵地接洽后，出现了中国战争史上绝无仅有的一幕，敌对的双方将士都因对爱国大师班禅心存敬意，双方休战，礼送班禅大师一行安全通过各自防区，并送至潼关。而山西督军阎锡山已派员来黄河风陵渡迎接班禅了，至太原时，阎锡山率官员与军队数千人在郊区迎接，并鸣枪致敬，班禅下榻新落成的宾馆，各界群众前来慰问，络绎不绝，邻近的蒙古王爷也特地赶来谒见，班禅在太原度过 1925 年的农历新年。

1925 年 2 月，阎锡山与北京临时政府接洽，安排班禅进京，这次特备专列火车，黄缎结彩装饰门窗，皆用五彩电灯、华贵亮丽。列车驶进北京站时，中央政府代表，蒙藏院官员，雍和宫喇嘛乐队及数万军民夹道欢迎，班禅被以最高规格迎进中南海瀛台。至此，班禅一行从仓皇出逃到安居瀛台历时一年半，终于结束艰难曲折的晋京之行。7 月末，临时执政段祺瑞赏给班禅金册、金印，颁给“宣诚济世”的名号。

初到内地的九世班禅大师

祈祷抗日

1928年，国民政府在南京成立，班禅即通电拥护，并在南京成立班禅驻京办事处，发布成立宣言，郑重宣布西藏与祖国的关系，观点鲜明，立论精辟，当时即广为传布，日后更载入史册：

西藏之于中国，汉唐以降，关系日深。征诸历史与地理上之关系，西藏欲舍中国而谋自主，实不可能；反之，中国失去西藏，亦犹车之失辅。故中藏关系，合则两益，分则俱伤，此一定之道也！

另外，对英帝深入西藏，增大贸易，从事侵略，怂恿西藏独立，扶植亲英势力，苛虐僧侣，剥削人民的情况予以揭露，以期引起中央政府的关注："不能把目光只盯在珠江、长江、黄河三流域之间，对边疆仍旧漠视，非国家长治久安之计，中国之国民革命，亦不能谓之成功。"

从以上论点，不难看出班禅大师虽偏居雪域，但因历经两次抗英斗争，直接面对英帝的劫掠欺凌，对弱国无外交有深切感受，渴望祖国强大，亦对西藏与祖国的历史渊源，目前天下大势有清醒认识，对中央政府怀着殷切期待，把西藏的前途和希望与祖国内地视为一体，班禅大师的爱国情怀坚守终生。下面附录班禅一篇讲演，足以证明。

西藏是中国的领土

今天，本人参加新亚细亚学会第三次会员大会，深觉荣幸！现在以本人感想所及，略略讲几句话。当本人未来参加贵会以前，已知道贵会是研究的性质，除研究广泛的亚洲问题以外，尤其注意中国的边疆问题。东方各国如中国、印度、日本、暹罗，都以释迦牟尼佛为信仰中心，足以代表东方各民族所信奉之宗教。以此种精神，解除一切纠纷，于世界必有重大影响，在消极方面，可以弭灭世界大战；在积极方面，对世界贡献伟大的文化。至于中国的边疆问题，有各位先生留心研究，于国家前途亦非常有利。因为中国内地人民知道边疆情形的很少，同时，边疆人民对于内地情形也很隔阂。贵会关于东方及国内文化之沟通，实可使彼此相互明了，相互提携，而入于共存共荣之境，其使命之伟大，实非吾人所能形容者也。

至云，西藏为中国的领土一层，想诸位对于中藏历史都有深刻研究与认识，毋庸多赘。兹略举其荦荦大者，如当藏王松簪（赞）干布之时，曾迎娶唐之文成公主为妻，迄至藏王默瓦葸（即赤德祖赞）时复与中朝之金城公主结婚，此时中藏感情之融洽，与乎血统之混合，已达相当程度。元代曾尊封西藏之贵族卓根却吉怕八（即八思巴）为国师，并以西藏之土地嘱其管理！至明代实为西藏之大施主。达赖第六（五）世、班禅第五（六）世，曾相继至中原朝觐大皇帝。清时准噶尔人之侵略西藏，清帝派兵援助削平之后，即

班禅大师深受蒙藏群众拥戴

派驻藏大臣于拉萨，并率相当兵力保护达赖班禅，捍卫国土。以上所举，可资证明西藏为中国领土。言至此，余有两点感想，可向各位报告：(1) 西藏是中国的领土，如被帝国主义者侵略，则无异于自己的门户被人拆毁，不免有唇亡齿寒之忧！(2) 如何使蒙藏与中国团结成整个民族？要做到这两点，须先做许多工夫，上自中央政府，下至全国国民，一致努力！我们救人救国家救世界，都应以慈悲诚笃为出发点，在席诸君都有高深的学问和宏富经验，希领导国民努力作团结御侮的两项运动！完成国民革命，并望各位随时不吝赐教，以匡不逮，敬祝诸君健康！

（民国 25 年 5 月 10 日在南京新亚细亚学会第三次会员大会讲演）

1931 年，班禅应国民政府邀请，5 月 4 日来到南京，蒋介石派贺耀祖为代表，率各部、院、会负责人及市民、学生数万人在下关码头欢迎，海军鸣礼炮欢迎。班禅亦应邀讲演，强调西藏是中国领土。其关注边疆稳固，倡扬民族团结之心，溢于言表，获得群众广泛赞誉，国民政府亦因班禅通达教理，

九世班禅在内蒙为抗日祈祷

九世班禅（右）在战时陪都重庆

九世班禅抗战时印鉴

行持精严，热忱拥护中央，坚持五族共和，授班禅“护国宣化广慧大师”名号及西陲宣化使职务，以便向蒙藏康青广大信众宣传中央威德，以求汉、满、蒙、回、藏五族共和。7月1日国民政府举办盛大仪式，蒋介石宣读册文并亲授玉册、玉印，班禅向蒋行三鞠躬礼。

不久，“九·一八”事变发生，日军占领东北，对与东北相邻的内蒙震动极大，历史上满人崛起，就是充分利用蒙古王公势力，才得以夺取天下，故有清一代对蒙古王公十分优厚，蒙满关系也非同一般。东北沦陷，日本阴谋策划成立满洲国，还妄图利用历史上蒙满关系，夺取蒙古拉拢蒙古王公，离间中央与蒙古关系。国民政府有识之士建议，希望时在内蒙弘扬佛法的班禅大师能利用蒙古群众普遍信仰藏传佛教的优势，来影响导化群众，切勿听信日奸谣言，与中央同心同德，救亡图存。“敌兵压境，国事危急。此事惟有全国各民族同胞消释前嫌，亲爱团结，以合乎公道之诚意一致御侮，方克有济。”

班禅大师领命后不顾个人安危，从内蒙东部到西蒙，几乎跨越中国东西，带领部下随员 80 余人，乘自备汽车，深入当时的绥远，察哈尔等省所属锡林郭勒、四阿巴噶、东西浩齐特等地宣化，内蒙辽阔，并无多少城廓，常常在野外搭帐篷，拾牛粪，燃野炊，条件极为艰苦，但班禅坚持计划，先后会见达罕王、德亲王、索盟长熊王、梭王、宗王等二十多位蒙古王公，二十余座佛教寺庙，几十万蒙古牧民，历时五个月，向沿途欢迎或来听经宏法的王公百姓宣传中央方针，晓以抗日大义。班禅还把属于自己私有的数万头牛、马、羊及现金，分赠给困难的寺庙和群众。蒙古群众深为大师精神感动，自觉化解许多恩怨矛盾。

班禅一行到达乌盟百灵庙，恰逢日军向内蒙渗透，绥远守军在傅作义将军指挥下，长途奔袭，趁夜色进攻日伪据点百灵庙，取得百灵庙大捷，全国振奋。班禅特于此时公开发表抗日通电，并召集蒙藏喇嘛千余人在百灵庙诵经超度抗日阵亡将士，祈祷和平，同时号召各盟各王公、贝子积极声援，严守疆土。

班禅大师不顾个人安危，亲临前线，对鼓舞蒙古民众的抗日决心，确实起到特殊的、别人所不能取代的作用，一时间蒙古各盟王公都纷纷通电表示决心，抗战到底，为国民政府化解了许多困难和矛盾。1933 年 8 月 21 日和 10 月 18 日，国民政府蒙藏委员会和国民中央政府分别致电慰问班禅大师，明令嘉奖，中央政府嘉奖令为：

护国宣化广慧大师，西陲宣化使班禅额尔德尼，矢忠党国，愿力恢宏。前膺宣化使命，寒暑遄征，勿辞劳瘁。上以阐明中央之意志，下以激发蒙族之忠忱。德音广被，畛域胥融。倾者，国难未已，疆圉多故。该使力镇危疑，维索边局。眷念勋勤，尤深嘉慰。特予崇褒，以彰殊绩。此令。

筹谋返藏

奉命赴西藏，送佛归故乡，
兼负驻藏责，代表我中央。
劳役未敢辞，素志在边疆，
游蒙瞬十载，入藏愿始偿。
——马鹤天《康藏行》

这是当年护送班禅回藏专使行署参赞马鹤天所作长达1500句的《康藏行》首段。在滞留甘肃、青海、西康长达三年的时间里，马鹤天先生始终伴着班禅大师，或走或停或返，任务更迭，使命屡变，关于班禅返藏人员组成，卫队规模，经费落实，返藏路线，沿途补给，乌拉差役、通讯联络、应对意外等诸多问题，中央与西藏地方多次交涉，均难达成统一共识，加之英人插手，他们最怕内倾中央的班禅返藏，他们企图分裂西藏的阴谋便永难实现，所以不断节外生枝，频添麻烦，时值抗战爆发，为了争取外援大局，蒋政府屈从英方压力，致使班禅返藏遥遥无期。

在这几年中，马鹤天先生逐日记载，为后世留下弥足珍贵的史料。使我们能够对班禅那段岁月有明晰了解。其实，如前所叙，班禅离藏是因达赖迫害，迫不得已漂泊内地，尽管受到各种礼遇，但内心深处是希望中央政府能够出面调解前藏也即西藏地方政府与后藏的矛盾，缓和他与达赖的关系，使他能够体面地回到西藏，他再三表示无意与达赖争夺任何权利，但应按照传统定制，维护后藏与扎什伦布寺的权益，让他行使一位活佛应有的使命与责任。这可以说是班禅自踏上逃亡之路就魂牵梦绕或者说必须面对的问题。

班禅来到内地，安定下来后，做为当事人，曾认真思考："解铃还需系铃人"，他深知他与达赖的矛盾必须认真面对，不能回避，曾亲笔致函达赖，其要点为：

一、尊敬的达赖喇嘛，尽管您本人对我并无恶意，但确有一些别有用心的人在我们中间恶意中伤、制造麻烦。

二、现在噶厦（地方政府）所为，与历代达赖喇嘛所采取的历史定制相抵牾，这给扎什伦布寺及我的辖区各寺，寺属百姓造成极大的痛苦。

三、给扎寺方面摊派四分之一的军费负担，却又未给我们增加土地，贫穷而纯朴的农奴既遭受经济负担之苦，又要承受被歧视和被侮辱的痛苦。我想当面与您说明并加以解决，但有坏人从中设置障碍，使之无法实现。

四、您还通知我，即使单独见面也得按照徒弟见师傅那样的礼仪来进行，这使我处于十分尴尬的位置。

由于当时交通不便，班禅写信日期为1924年5月13日，收到达赖复信已是1926年5月2日，达赖信中语气虽然缓和，但其根本立场丝毫未变，其要点为：

一、正如您信中所说，确有心怀鬼胎的臣僚从中破坏我们师徒的关系，这就不利于您来向我诉说苦衷，使我保持清醒头脑。

二、为使政教合一的统治长久维持，人们觉得最好还是核查和征收附加税，对于一个政府来说，要求其属下报告有关新增地税并非什么新鲜事。

三、下属官员是凭经验搞出来的报告，扎寺拉章有意见，我们可以坐下来协商，您却毫无理由的离寺出走，您完全可能是被不明事理的少数仆从的谣言左右了。

四、考虑到西藏的政教利益，特别是扎寺僧众的利益，您最好早日返回。若如此，我将向拉萨喇嘛罗桑丹增及属下发布严格的命令，要他们确保扎寺及其属院不致有任何麻烦。

从这些遗存下来的信件中，让人看到的是尽管双方都尽量用了客气平和的语气，但并未触及到解决问题的实质，尤其双方都把责任推给下属，其实都心知肚明，指责的就是对方。再是达赖表示的是即使班禅回去，他也只是让派去管理扎寺的喇嘛照章办事，而不是像历史上形成的格局，达赖的人撤

喇嘛做佛家功课

走，扎寺及后藏由班禅管理。

之后，在国民政府对班禅进行褒扬时，达赖恼羞成怒，还让驻京办公布所谓班禅的“十大罪状”；班禅下属不甘示弱，也起草了达赖的“十大罪状”。这就等于在全国公开了两大活佛的矛盾。这不应该发生的一切都为班禅返藏添置了无穷的障碍。

达赖与西藏地方政府的立场是，他们不反对班禅回藏，班禅漂泊在外，而且受到国民政府与各地长官的礼遇，广大群众的拥戴；班禅去内地各大寺庙讲经宏法，也无疑扩大了班禅在信徒中的影响；班禅再三强调西藏是中国领土，与达赖一度想独立的念头抵牾；班禅的爱国精神对西藏当局就是无言的批评，这一切对达赖和西藏地方政府来说也不光彩，尤其无法对西藏广大僧俗交代。但他们要求班禅放弃在后藏的一切政教大权，事事听从达赖的指挥，这是班禅绝对不能接受的，也违反了从明清开始逐渐形成，也为西藏僧俗接受的两大活佛各自拥有的责、权、利。这是班禅希望中央国民政府帮助他解决的最核心的问题。

可是，在班禅逃亡内地之后，达赖与西藏地方政府已全部接管了后藏与扎什伦布寺的政教大权，并横征暴敛，接管的官员蛮横无理，颐指气使，后藏僧俗官员不堪侮辱，不断逃亡，老百姓也采取传统传播民谣的方式来发泄不满，却遭到达赖的镇压和打击。在这种情况下，达赖与地方政府不可能放弃既得利益，更不可能认错。

这期间，原本也有很好的返藏机会，比如 1932 年，达赖兼并扎什伦布寺与后藏后，为实现其“大西藏梦”，不惜用英印武器进攻西康和青海，均遭惨败。在这种情况下，达赖有了与班禅和解的愿望，下令把关押数年的班禅亲属释放出来，并退回没收的房产土地。班禅闻知也派出代表与达赖和噶厦谈判，这一行动国民政府积极支持，蒋介石特赠予路费 2 万元，并嘱蒙藏委员会安排沿海路迅速往返。可惜，班禅代表虽到拉萨，也与噶厦官员多次会谈，但噶厦仍坚持接管后藏等原有立场。双方距离甚大，没有谈拢。

1933 年 12 月，十三世达赖圆寂，国民政府在南京举行隆重的追悼大会，九世班禅特地从内蒙赶回参加，并致电西藏、西康、青海、内蒙各地寺庙，为达赖诵经超度。这次活动，班禅出资 73200 块银洋，其中给西藏寺庙达 4 万元。充分体现了班禅不计前嫌，顾全大局的胸襟。

滞留甘青

由于达赖圆寂，西藏、西康、青海等藏区民众、团体、寺院纷纷联名呈文蒙藏委员会：达赖圆寂，藏民失去重心，无力图存，切盼班禅早莅藏地，维佛教而度众生。后藏及扎什伦布寺呈文愈加恳切感人："藏众比如婴孩，常以达赖、班禅两座活佛为父母。今既失达赖，而班禅仍不回藏，是犹失父母之孤子。且恐天降灾疫，人事兵祸不常，陷藏众于水火之中，莫能自拔……务恳主席迅予赞助，班禅大师于木狗年（1934）内回到藏土，俾西藏教政得以继续维持，而西藏人民亦得永久安定，民等更当矢志报效国家。"

西藏地方政府及三大寺也派出代表，欢迎班禅回藏。民国中央政府责成蒙藏委员会切实办理返藏事宜，诸项事务逐步落实。1934 年 8 月，班禅即起身西移，到达内蒙，组织寄居百灵庙的职员家属逐批西撤。1935 年 5 月，班禅一行即抵青海黄教名寺塔尔寺，一方面宏法讲经，一方面等候各路人马。

此时，护送班禅专使行署也已组成，部分职员及仪仗队已赴青海，接受各种野外训练，并设藏文藏事研究班，分设历史、地理、政治、宗教、军事、经济、社会、交涉各项，另外还设秘书、书记分别掌握沿甘、青、康、藏四地地势、气候、交通、民情、风俗等，可见准备相当充分。大队人马于 1936 年起程，沿当年文成公主进藏所走的唐蕃古道，离开西宁，越日月山、倒淌河至黄河源，到达玉树结古镇，这期间，尽管发生"西安事变"，有短暂停留，但形势平稳后继续前行至青康交界的休拉寺。

尽管如此，班禅回藏的障碍并没有完全排除，阻力主要来自西藏地方政府。当年，达赖与班禅两大活佛交恶，西藏地方政府完全站在达赖一边，其实扮演了帮凶的角色。地方政府也从征收后藏与扎什伦布寺所属寺院赋税上获取许多实际好处。现在班禅背靠中央政府返回西藏，再若获得西藏三大寺和广大藏民的拥护，达赖圆寂或缺，西藏无人可与班禅威望相比。倘若重新确认前后藏与扎寺权益，输掉的肯定是西藏地方政府。不定担任噶厦噶伦的个人还会遭到秋后算账，这种阴暗心理自然上不了桌面。于是，就在班禅返藏的路线，尤其是卫队上大做文章。早在 1933 年 6 月，班禅代表安钦呼图克图与王乐阶抵拉萨与噶厦官员会商班禅回藏一事时，噶厦提出欢迎班禅返藏，

虔诚的教徒

朝拜大师

但必须走海道，即通过英印地界，因为走海道需英方签字，这就限制了人数，主动权操于英人之手，噶厦正好借英人自重，来抗衡班禅依靠的中央政府，这显然是中央政府和班禅都不能接受的。

考虑到班禅来内地已十余载，为藏事奔波，为抗日祈祷，诚心爱国拥护中央。返回西藏，必须给以足够的体面与尊严，也体现中央恩威。故蒙藏委员会依据班禅意见，制定出《班禅大师回藏办法草案》，其中既有对藏区长远建设的规划，比如修建青、康、卫、藏之间的公路，架设电台，分置邮局，兴办教育，选派青年来内地学习等，此次返藏即请教育、交通两部派专家技师同行。还对目下返藏作具体安排，由中央简派大员，选挑组织 500 卫队作为仪仗兵，并核定全体返藏人员置购，伙食、薪饷及沿途对寺庙与穷苦牧民布施共 80 万元，另加预备费 20 万元。此草案经国民政府 210 次会议研究，原则同意，并交财政、交通、铁道、实业、教育五部会同蒙藏委员会统筹安排落实。

但此方案却遭到西藏噶厦的电函反对："凡藉名护送班禅官兵，无论多寡，不特不得越进藏境，且需一概撤回。班禅如需护卫，亦可依照佛意，俟到藏境，自有藏方准备迎送。"

对此，国民政府耐心劝导，派遣卫队为尊重藏佛，且排除马步芳派兵护送念头，因马家军强悍，屡次击败犯境藏军。特地从军纪严肃的宪兵中挑选，并允诺卫队从 500 名减少至 300 名，送到西藏后即可撤回。但获知情况的英国人不愿看到衷心拥护中央，坚持祖国统一的班禅回到西藏，坐镇扎寺，凭藉如日中天的威望，将成为英人侵藏的一大障碍。班禅若真回藏，英国人就难在西藏有任何作为。所以，他们一方面利用噶厦中亲英势力借卫队说事，抵制班禅返藏；一方面援引没有中国政府签字的所谓“西姆拉”条约，公然到中国外交部抗议。

1935 年 11 月 9 日，英驻华大使贾德干会见外交部次长徐漠，表示“本国政府对于西藏治安素极关心，亦觉贵国政府此举有发生困难之可能。”这期间，中央与西藏地方政府电函交驰，说明沟通，但噶厦政府始终担心班禅借中央所派官兵之势力，趁达赖空缺而代之。这是他们最担心的事情。此时，正值抗战前夕，各种迹象表明，日本将对中国大举进攻，中日必有一战，中国政府正力求国际美英财团及武备支持，不愿因此事与英闹翻，影响大局。班禅返藏就在无休止的交涉中拖延下来，滞留甘青藏边。

恰在这时“七·七事变”爆发，中国人民神圣的抗战拉开序幕，中央政府需举全国之力应付更大事变，遂电告班禅返藏专使行署：暂缓入藏。

历代班禅驻锡的日喀则市风貌

玉树圆寂

班禅大师自休拉寺归玉树后，因种种感触，心中不快，竟罹病。初仅乳下疼痛，继而腿出浮肿，照宗教例，忌生人往视，仅诵经而不医治，以故病势如何，外人莫知。日前赵专使以责任所关，强求一视，始知为肺癌，治疗非易。急电刘委员长文辉（24军军长西康建省委员会委员长），戴院长季陶（中央考试院院长）延询名医，不意竟于本日上午二时五十分圆寂。

——节摘自马鹤天1937年12月1日日记

九世班禅自1923年底与达赖交恶，仓皇出逃，辗转晋京，转瞬已近15年，离开魂牵梦绕的家乡故土，离开他终身奉献的佛地教民，滞留甘青藏边迟迟不能返藏，心中郁闷可知。班禅曾三离三返玉树，其行辕人员众多，沿途接待对于地广人稀的沿线寺院百姓都是沉重负担，加之百人百性，难免生出矛盾。比如这次返回玉树，结古寺的僧人因不满行辕堪布（僧官）作派，不为其安排房间，大有拒绝之意，班禅大师知道后，嘴上不说，心里却非常难过。

再是，虽然国民政府因抗日战争爆发，致电班禅返藏行辕：抗战时期，班禅应暂缓入藏。此电为1937年8月19日，但从现存档案看，班禅及行辕并不甘心，多年返藏的努力付之东流，1937年9月1日，由班禅堪布会议厅，护送专使行署及西藏地方政府代表和拉萨三大寺代表联合协商，确定中央所派护送官员及仪仗队随班禅大师到西藏后，休息5个月即行撤退等协议。这次西藏嘎厦倒是回答十分迅速，9月25日即回电称，限中央护送官兵到藏后一二月内即由海道全体撤回，关键一条是要班禅动身前必须签字承认今后完全服从前藏政府的命令。同时，西藏嘎厦还向藏区沿途39族等下命令，若班禅不签字，返藏途中不得向班禅一行提供乌拉与柴薪。

至此，班禅大师完全明白，西藏嘎厦坚持的是原有立场，历代班禅在后藏从明清以来历史上形成的权益没有索回公道的可能，嘎厦一班人根本没有欢迎他回去的诚意，即使勉力回藏，问题得不到解决还会激化矛盾。返回西藏的希望完全破灭后，班禅返藏行辕只好离开川藏边境的休拉寺再次返回玉树。此次再回玉树，班禅心情非常不好，曾极为悲伤地说："西藏人不让我回到自己的家乡了。"

另从马鹤天日记中看，班禅一日牙痛，召专使行署的医官诊治，医生认为此牙应立即拔去，否则感染。但堪布（班禅系统僧官）却认为不是吉日，应选吉日吉时再拔。另外，班禅大师病并非一日，早就发现，但堪布电告西藏三大寺、青海塔尔寺、甘肃拉卜楞寺喇嘛集体诵经十天或一月，并汇走诵经费用 15 万元，但始终没电请名医，就连随行医官也未召诊，且拒绝生人探视，谓恐带恶魔增加病势云云。

五至九世班禅灵塔大殿

没有人怀疑佛学属哲学范畴，对于缓解人类焦灼的心灵，舒展萎缩疲惫的精神，寄托对未来的理想有莫大功效，但视疾病如魔鬼，讳医忌诊，实在于身体不宜。

据马鹤天日记中统计，班禅大师云游内地期间，曾在北京紫禁城太和殿，东海之滨杭州灵隐寺，内蒙几大庙宇，青海塔尔寺，甘南拉卜楞寺做过九场法会，登坛宏法，为僧众摩顶，时间长则一月，短则十天，参加人数最多为 17 万，最少也近 4 万，前后共约 70 万人亲聆大师教诲，或多或少减轻心灵痛苦，功莫大焉！

《中国西藏》1994 年 2 期刊登藏学家柳陞祺一篇《忆九世班禅》，作者 1925 年在杭州读中学时，得知九世班禅将来西湖讲经说法，出于好奇意外见到九世班禅。

当时，作为中学生的柳陞祺对西藏并无多少了解，只是从报纸上知道，英国两次出兵西藏，班禅是远在后藏的佛教宗师，这次冒着生命危险来到内

九世班禅在玉树宏法

地，是大家一致公认的爱国行为，唤起了全国的同情和敬意。现在又来到家乡，绝不能错过这次难得的机会。

那天人非常多，他们几个中学生约伴抄小路赶到西湖边一条叫延龄路的大马路。两边人行道已经挤满了人，路面新铺着一层黄沙，有警察巡逻，维持秩序。

果然不久，有一队队背枪的骑兵马队沿着马路两边清道，再隔一阵又来了更多的骑兵队伍簇拥着大群骑马的官员，正中有一辆全部车身用杏黄绸包扎的马车款款而来。这时候除听到杂沓的马蹄声，人群的低语声，马路变得一片肃静。这本来是杭州一个热闹地段。当班禅大师马车经过时，那种安静和严肃的气氛，却纯粹出自群众自发，这是杭州从来没有过的事情。

没有见到大师模样，他们不甘心，偶然听到班禅大师会在"来音小筑"休息，几经辗转，他们赶到那里，果然见到一些佛界居士排着队，他们也就排在后面。不久，班禅大师带着几个随从下楼来了。看来他已是中年模样，身材不高，微胖，穿一身黄缎的长袍马褂，有一张方型略带圆的脸，他微微笑着看着大家。尽管只是一会儿，却给几个中学生留下毕生难忘的印象。

只能归结为缘分，这几位中学生当中的一位，日后在大学学习英国文学，成为国民政府驻拉萨办事处的英文秘书，在藏区五年，悉心研究藏学藏事，成为著名的藏学专家，他就是柳陞祺。

从柳陞祺的回忆文章中不难看出，班禅大师深受全国人民敬仰，以及班禅亲民爱民的风范。不幸的是这位为抗日辗转祈祷，为西藏同胞呼吁奔走，衷心祈祷祖国统一强盛，始终强调西藏为中国不可分割的领土，拥护五族共和，共谋幸福，为返回故土魂牵梦绕的一代佛教大师、爱国活佛自己却带着无尽的遗憾，于1937年12月1日凌晨二时在玉树圆寂，享年54岁。

九世班禅是历辈达赖与班禅中在祖国内地时间最长的一位，前后长达15年之久。先后到长城内外，大江南北讲经宏法，是与内地关系最密切的大活佛。他经历清末民初的动乱，自己被迫流亡内地，亲身体会到祖国大家庭对西藏的重要，每到一地都用雄辩的事实说明西藏是中国领土不可分割的一部分，提醒国人多关注蒙藏地区的稳定与建设。班禅大师爱国不是停留在口头，而是勤恳替中央政府分担困难，比如解决西藏内部纷争与抗击英国侵略，用宗教影响，安抚蒙满各族民心，齐心抵御外侮，起到不可替代的积极作用。大师出身寒微，充满民本思想，终生关注贫苦群众生存，热心为普通百姓排忧解难，滞留青康期间，眼见边民疾苦，苦于苛征，即上书中央，希望确定正税，查办贪腐。其拳拳爱民之心，唯日月可鉴。作为佛学大师，九世班禅居心仁厚，持行精严，于佛教佛理，能够阐发精微。有许多独到见解，留有多种著述，已成经典，堪称一代佛学大师。

祈祷幸福

自生病后，大师凭独特感悟，知来日不多，精心构思，斟酌字句，留下一份弥足珍贵的遗嘱。照录如下：

余生平所以宏图，为拥护中央，宣扬佛化，促成五族团结，共保国运昌隆。近十五年来遍游内地，深蒙中央优遇，得见中央确对佛教尊崇、对藏族平等，余心甚慰，余念益坚。此次奉派宣

九世班禅画像

化西陲，拟回藏土，不意所志未成，中道圆寂。今有数事切函如下：后藏政务前已委定罗桑坚赞为札萨喇嘛，所有宣化使职亦著由彼暂代，在未到职前，印信暂交丁杰佛，并由堪布会议厅及回藏设计委员六人共同负责事宜，请示中央，听候处理。至宣化使署枪支，除卫士及员役自卫者外，其余献于中央，共济国难，待余转生，再请发还。又关于历代班禅所享权利，应早图恢复。最后望吾藏官民僧俗，本中央五族建国精神，努力中藏和好，札萨喇嘛及各堪布，尤其善继余志，以促实现，此嘱！

甘孜事件

班禅大师圆寂后，国民政府明令褒扬，追赠封号，并派中央考试院院长戴传贤专程前往主持祭奠。按藏传佛教传统，大师法体要运回扎什伦布寺修塔存放，但事先要用食盐、香料涂体逐渐吸收体内水分，才能做成金身，仅此项工序便需半年之久。大师虽然圆寂，但当年随班禅来到内地的僧俗，加之护送行辕人员，仅仪仗队便有 300 人之多，何去何从，难免惶惑。以至发生一起以一对藏族青年男女婚恋为导火索而引发的“甘孜事件”。综合各种史料及当事人的回忆，大致经历如是：

班禅行辕在停驻甘孜期间，驻扎在当地土司孔撒宅院前院，其卫队分队长伊喜多吉时年 21 岁，体形英俊。其时掌管土司家族大权的女土司德钦旺姆年仅 20 岁，尚未婚配，住在土司后院，因工作关系，两人多有接触，日久生情，互生爱慕，这原本是件正常不过的男女婚姻，但却因各自不同的背景，酿出了兵戎交戈，惊动了省府中央。孔撒家族为甘孜最大贵族，其叔父孔撒香根为甘孜最大活佛，也就是说甘孜一带的政教大权掌握在德钦旺姆与其叔父手中。

刘文辉主政西康，为控制甘孜，曾多次为德钦旺姆介绍夫婿均被其拒绝。而伊喜多吉作为班禅行辕的成员，自然与行辕利益相关。班禅圆寂后，行辕曾向前来主祭的考试院长戴传贤提出，要求把甘孜、德格、瞻化、邓柯、白玉、石渠六县划归行辕以解决生计。

但这六县属西康省行政建制，事关重大，也势必与刘文辉产生矛盾，所以，戴传贤没有答应。这期间，刘文辉曾呈报中央，要求把班禅行辕移往省城康定，以解决供需矛盾，又因班禅遗体处理等原因拖延下来。双方终于发生争斗乃至火拼。事情爆发在德钦旺姆与伊喜多吉即将举行婚礼的头一天晚上，驻甘孜815团官兵突然包围了孔撒官宅，把女土司德钦旺姆抓走，软禁达一年之久。

其间，刘文辉要求两人解除婚约，主要是害怕两股势力结合起来，危害西康地方安全。但拘禁德钦旺姆委实有欠妥当，也给对方反击造成借口。班禅行辕的武装人员与甘孜当地僧众组织3000余人，包围了甘孜县政府和815团团部。由于甘孜驻军仅有三个连，又分驻三个点，很快被包围击溃。班禅行辕一度占领甘孜、瞻化、炉霍，任命县长，并提出“康人治康”，以求得更大响应。

这是作为西康省军政首脑的刘文辉决不允许的事情，他调集兵力，仅几个回合，就击垮对手，班禅行辕和德钦旺姆等带着班禅法体退出甘孜，前往青海，甘孜事件也遂告结束。

时值抗战，内部发生火并实属不该，但又无奈。好在此事也促使当局尽快解决班禅棺梓回藏，在各方促进下，1940年底青海方面送棺梓至藏边，西藏各方代表迎接棺梓后于1941年2月4日，在数万僧俗的膜拜中回到了扎什伦布寺。

九世班禅一生遵循佛法，持行精严，漂泊内地十五年之久，历经坎坷却衷心维护国家统一，民族团结，德高望重，在蒙藏群众及国人心中享有盛誉。诚如班禅行辕秘书长、藏学专家刘家驹（藏族）在日后编辑出版的《九世班禅全集》中所评价：“大师之法身，继历代佛堂而一灯常明；大师之勋绩，光中藏史册将千载不朽！”

西藏和平解放协议在北京鉴定

十世班禅回到西藏受到各界群众盛大欢迎

梦圆曙光

班禅大师返回西藏的梦想，直到15年后方才由新一辈班禅，即十世班禅实现。1951年，周恩来总理亲自安排，由西北军区范明将军承担护送十世班禅进藏任务。由中央拨款，采购到充足的骡马、驮牛和骆驼，雇用有在青康驮运经验的民工，还为班禅组织了主要由藏族同胞组成的400人的卫队，一路浩浩荡荡沿青藏大道顺利进入西藏。1952年4月28日到达拉萨，这距九世班禅1923年逃离西藏，差不多相隔整整30年。西藏广大僧俗官民对达赖、班禅两位活佛是从心底爱戴和敬仰的，并无高低之分。

十世班禅到达拉萨的这天，受到当地僧俗官民盛大而热烈的欢迎，家家房顶都换上新的五颜六色经幡，燃起松枝做的煨桑，飘起含着松枝香味的轻烟。整个拉萨城一片喜庆。当十世班禅行辕驰抵拉萨的时候，当时进驻拉萨的中国人民解放军十八军军长张国华，政委谭冠三及西藏地方政府官员都加

年轻的班禅与达赖行叩头礼

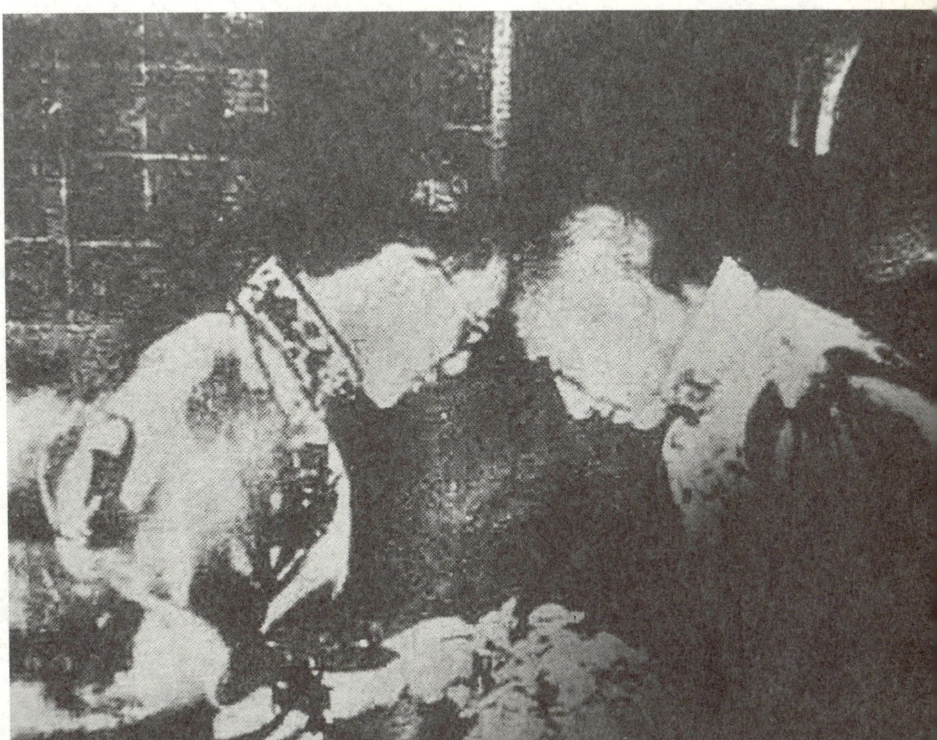

入欢迎的行列。

当天下午，十五岁的十世班禅前往布达拉宫，在日光殿与十八岁的十四世达赖会见，双方互敬哈达并行碰头礼，春天灿烂的阳光照在两位年青活佛英俊的脸庞上，给人们带来了希望。

在场的军政领导，活佛与僧俗各界莫不欢欣鼓舞。班禅在拉萨期间，双方就上一代达赖、班禅间遗留问题进行了友好的协商，按照历史传统即1897年之前的规定，恢复班禅原有的权益与地位，西藏地方政府派往扎什伦布寺的人员一律撤回。

1952年6月9日，十世班禅离开拉萨前往后藏，23日在日喀则数万僧俗群众的欢迎下入驻扎什伦布寺。

历史由此揭开了崭新的一页。

今日修葺一新的扎什伦布寺

一幅唐卡

在拉萨，印象最深的便是这座圣城的宗教气氛和藏族群众的宗教生活。每天清晨，八廓街一带的居民楼上，都会在屋顶的香塔里煨烧香草香树枝，无数的青烟升起，弥漫四面八方，伴着潮水般的转经人群，一下就把人带进一种浓郁的宗教气氛之中，仿佛让人能触摸到这座高原圣城的底蕴。

文学创作从某种意义来说，也是一种宗教，需要进入一个世界，营构出一片天地，关键是进入一种能够让自己联想，让自己创造的氛围。当我伏案写作这本《从长安到拉萨》时，除了书架摆满任乃强、柳陞祺、马鹤天、庄学本、孙明经、何宗英、牙含章、索甲仁波仁等位藏学家的著作，自己多次在藏区行走的笔记与照片，还特地悬挂上了一幅唐卡。

这是幅真正的唐卡，且来自青藏高原唐卡之乡——同仁。2006 年我约伴踏访唐蕃古道，详情见卷二《雪域故宫·班禅旧居》，需要补充的是由于同行伙伴王维宾是位书法家，整整一个上午，为黄南军区官兵书写了几十幅作品，作为回报，军区也赠我们同行每位一幅唐卡，且是上等精品。因为军区所在地就在唐卡之乡同仁。我得到的这幅，画的是观音菩萨，神情慈祥，画工精细，锦缎装裱，十分精美。喜爱之余，倍加珍惜，每年只是春节悬挂，且要配上哈达，焚起藏香，十五即收。但这次，为让自己能准确把握藏地脉搏，描摹藏族同胞风情，从动笔第一天起，就把这幅珍藏的唐卡悬挂起来，伴着自己，从长安一直走到拉萨。

旅·途·小·憩

如镜湖泊·转瞬四季

一

我是在汽车转弯的瞬间看见青海湖的，惊喜中带着震撼，并让人立时回想起初次见到大海的感觉。那是1986年初去广州，在珠海海滨公园，刚转过一丛翠竹，大海猛一下出现在眼前，波光粼粼，无涯无际，让人惊讶得半天回不过神来。

但那毕竟是大海，对这庞然大物多少有思想准备。此刻面对这闻名于世的草原湖泊，事前无论发挥怎样的奇思妙想，真正面对青海湖时，那些想法都会无影无踪。

青海湖也像大海一般，蔚蓝色的湖水一直伸向天边，与同样蔚蓝的天空融为一体，真正的"秋水共长天一色"。青海湖是宁静的，绝无大海波涛的呼啸与喧哗。她平滑如镜安详地躺在辽阔无比的大草原中，但不单调，尤其沿着环湖公路行驶时，由于方位、角度与日光的变化，青海湖的景色也随之变化，此青彼蓝，朝晖夕明，变化无穷，气象万千。当逆着日光时，恰有阵风掠过湖面，激起一层层波浪，其实是成千上万的浪花构成，在阳光逆射之下，五光十色，晶莹剔透，一波由远处卷来，刚在绣满青草的湖岸击碎，另一波又乘风赶来，前赴后继，无休无止，看得人眼直心跳，忘乎所以。

青海湖最美当属与青藏公路交会的地段，远方是连绵不尽的雪山，终年不化的积雪在阳光下格外洁白，形成一道庄严圣洁的背景；雪山下为大片起伏有致的草原，散落着云彩般的羊群，牧民的红色藏衫与骏马则格外醒目；接着是环湖种植的油菜，七月正是草原油菜花怒放的季节，金黄耀眼，恰像为青海湖

青海湖畔

天水一色

镶嵌上金色的花边；最后才是清的泛绿的湖水和飞翔在水面上洁白的天鹅……

极目之间，恰是一幅辽阔无比的油画，博大雄浑，层次分明，庄重典雅，看第一眼心就醉了，连司机都主动停车，大家先是屏心敛息地静静观赏，完了全都扑进湖边的草地，尽情拍照，此情此景注定会成为人生最难忘的场景铭记于心底。

二

青海湖是大自然的杰作，容纳着冰山的雪水，滋润着草原和牛羊，还为鸟类提供了一块美丽丰饶的栖息地，中国最大的鸟岛便坐落于青海湖，我们去时尚不是最旺季节，许多鸟已生蛋，育出小鸟飞走了。但也让人大开眼界。那么多难以数清的鸟在湖滩聚集，只有人类才有那么密集。

青海湖中还产鱼，由于水冷，据说十年才长一斤。在鸟岛宾馆餐桌见到一尾鱼足有 5 斤，推算它已生长了半个世纪。

岂料，一顿饭尚未吃完，一团乌云罩上头顶，转瞬瓢泼大雨，让人望着密积的雨帘发愁，如此天气，还能去鸟岛吗？

司机却满不在乎，准时开车上路。油黑的沥青公路像伸进一幅浓墨重彩的大写意国画。大团的乌云低低压着草原，天地间仿佛只剩下丈把宽许，没有村舍、人烟和任何建筑，甚至没见牧人与羊群。空旷寂寥，一览无余，犹如山民行走于孤寂的山道，面对的只是天地，无拘无束，无阻无挡，尽情挥洒。雨鞭紧一阵慢一阵，敲打得车顶嘣嘣直响，让人的心也缩成一团，只怕途中熄火，搁浅在这茫茫大草原上。司机却沉稳，把车开得飞快，溅起丈把高的水花，没有行人车辆，也就同样没有顾忌地向前猛冲。

鸟岛百鸟栖息

三

驶上一道山岭，奇迹出现了，一道太阳的金辉在乌云之间闪耀，风雨骤然减小，我们像迎着太阳驶去，心情为之一爽。几乎是瞬间，太阳便跳出黑云，发出朗耀的光芒，照耀着水淋淋的草原，照出一个晶莹透亮的童话世界。风雨则完全止息，大家喜笑颜开，尽情欣赏车窗外油画般的草原。

最绝的是参观鸟岛，前后个把小时，却让人再次认识了草原。让人在同一时间领略到强烈的阳光和凛烈的寒风。这段路需步行，开始太阳当顶，热力四射，让人觉得仅穿衬衣就行，事实上许多由外地赶来的游客便只穿着短袖衬衣。岂料，行不多时，一团乌云遮没太阳且迅速铺开，接着起风，呼啸着掠过草原，穿透你的所有服装，让人觉得五脏六腑都能凉透。那些短袖游客就更遭罪，无不缩头缩脑，浑身哆嗦，嘴脸紫青。幸亏，太阳又渐露脸，风也小了，才让人感到温暖。真正是寒暖无常，瞬间四季。

风云变幻

藏羚羊卫士

沿青藏线进藏，途经昆仑山口，都会看见一座为玛尼堆、风马旗簇拥着的索南达杰纪念碑。索南达杰是为保护藏羚羊与盗猎分子顽强搏斗而英勇牺牲的一位烈士，他的事迹传遍青藏高原。

藏羚羊世代生活在青藏高原，为抵御严寒，它们的毛柔软细密，有“软黄金”之称。用这种毛皮编织的坎肩、围巾在欧美市场备受青睐，十分昂贵。任何物品，只要进入市场，贪欲便催生罪恶。上个世纪，不法分子内外勾结，疯狂盗猎藏羚羊，使藏羚羊的种群急剧下降，直接威胁到这种珍稀动物的生存。

严峻的形势引起国家高度重视，各项法规出台，打击力度加大，当地民警和志愿者克服高海拔无人区的种种困难，放弃节假，坚持巡逻，使犯罪分子的图谋多次破产，索南达杰便是他们杰出的代表，他是在与犯罪分子直接搏斗中献出宝贵生命的，犯罪分子也全部落入法网。正是由于索南达杰们用生命捍卫了青藏高原的尊严，藏羚羊的生存环境才得到极大的保护和改善，种群不断恢复和增加。如今，若乘火车去西藏，沿途轻易就能发现它们美丽的身影，这便是我隔窗抓拍到的藏羚羊。

旅·途·小·憩

河水倒淌有故事

一

青藏线有许多让人永生难忘的地方，黑色巨蟒般的 109 国道，一旦越过日月山，跨越农业与牧业的天然分界线，便再也看不见绿浪翻滚的青稞，钻天的胡杨，土屋密集的村落，那些明显的宗教信仰标识也不复存在。若是高高的塔楼再顶起一弯新月，则为清真寺，村落也注定是回族土族或撒拉族。若有白塔或高高的玛尼堆，则多为藏族。自然也有藏、回、汉杂居的村落。

但这些都是日月山下的景观。一旦翻过日月山的垭口，映入眼帘的便是庄严逶迤的雪山，辽阔无垠的草原，如水洗过一般的蓝天和大团大团的白云，牧民的帐篷出现了，最先是飘浮在天边的一缕炊烟，接着由黑点扩散为整整一座黑色帐篷。因为牧民搭帐篷用的毛毡无一例外是用黑色牦牛毛编织的，保暖、透气、又不渗水。早先，除了黑色帐篷、兵站和养护公路的道班，茫茫高原几乎再看不到像样的建筑。但近年在著名的青海湖畔，在那条同样有名的倒淌河边，却矗立起一个颇有现代意味的小镇：倒淌河。

二

倒淌河的来历有几种说法，一种与科学相关，从地理学说，中国地形由于西北高而东南低，故绝大多数江河都由西向东流淌，自古就有“一江春水向东流”的说法。但倒淌河却恰恰相反，是由东向西流的，于是这条反潮流的河流便被称为倒淌河。倒淌河的产生原因也很简单，祁连山冰雪融化后以主脊为分水岭，北面的雪雨滋润了千里河西，养育了武威、张掖、酒泉、敦煌等绿洲城市。祁连山南麓的哈尔盖曲河、哈柳河、布哈河几条河则汇聚为青海湖，湖泊的水只进不出，形成内流河，水分蒸发后，湖水逐渐变咸，这也是一个湖泊由青年转为壮年的标志。倒淌河则是由祁连山支脉日月山的冰雪融汇而成。日月山在青海湖东侧，海拔 3500 多米，青海湖仅海拔 3200 多米，水往低处流，倒淌河便只能由东向西注入青海湖了。

这本来是十分清楚明白的事情，但由于“倒淌”引人注目，招人议论，便附会上许多传说，一是说唐朝大将薛仁贵带兵与吐蕃大战，在日月山误中埋伏，全军覆没，士兵尸体堆积如山，挡住河水去路，引起河水倒淌；二是说文成公主进藏翻越日月山，回首长安，心潮起伏，扔掉日月宝镜，化为日月二山，毅然前行，但仍泪流不止，引起河水倒淌云云。

倒淌河一带风光十分瑰丽优美，远处是银白色的雪峰，雪线像木匠弹出的墨线一般整齐，终年四季都会有大团的白云牵连起来笼罩在雪峰，正是唐诗“青海长云暗雪山”所描写的风光。倒淌河水不大，丈把宽许的一溪流水，明

暴风雨过后的倒淌河

晃晃的，玉带一般蜿蜒于草原，亿万年间，竟然也冲淀出宽达几千米的河床，与大草原连成一片，由于有倒淌河的滋润，这一带的草原最为肥美，牧草茂密，看不见裸露的山体，牧民们最喜欢在青海湖边放牧，不时有骑着马的牧民赶着一群群羊飘向远处，把云团般的影子倒映进蔚蓝的青海湖中。

三

上个世纪 90 年代，我携妻女来青海湖，青海省作协主席朱奇备车拉着我们绕青海湖跑了几天，饱览了青海湖、鸟岛风光，倒淌河一带除了一处季节性的帐篷宾馆和养蜂人家之外，尚无一处固定建筑。甲申年盛夏，再走青藏线时，倒淌河已建成一处小镇，公路两边的砖混水泥建筑足足有一公里，镇政府，各种机关、银行、商店、邮局、宾馆、服装店、手机专卖、藏式茶楼、川味火锅，一家挨着一家，往返青藏线的汽车多在此停留休息就餐，旅游大客车一到，餐馆雇用的川妹子便尖着嗓门招揽生意，穿着各式藏袍的藏民也不少，他们骑着马从方圆几十里来购生活用品，也少不了饮茶喝酒，几家酒店茶楼前都拴着乘马，像内地停放自行车一样。

小镇建立后，就有了固定的居民，除了外地人来办餐馆、开旅店之外，显然也有藏族群众放弃了过去的游牧生活，定居下来，开商店，办藏餐馆、藏式茶楼与旅馆。还有专门养马匹供游客租用，穿着民族服装的藏族小伙，

倒淌河孩子

游牧途中

一手拉四五匹马的缰绳招揽生意，妇女则多兜售藏珠、项链一类的纪念品，旅游车一来，便围了上去。也许受到这种商品气氛的影响，几个藏族孩子爬在雕有倒淌河标识的景石上，做出各种姿态，引人拍照。岂料，我刚拍了一张，几个小家伙一齐拥上来要钱，让人哭笑不得。

小镇最引人注目的是一座文成公主雕像，这位1360年前的唐朝女子，明目皓齿，仪态端庄，双手相合，呈作揖状，一双明亮眸子，蕴涵着丰富的情思，一方面她注定怀念长安故土、父母亲人，会在心中祝福家人平安，万事顺心；一方面又凝视她即将托付人生的雪域高原，也许因陌生而忐忑，也许因神奇而向往。整座雕像造型优美，比例合适，把大唐公主的尊贵、儒雅，即将奔赴吐蕃王朝母仪天下的风采表现得淋漓尽致，让人百看不厌，思绪万端。一声长长的汽车喇叭催行，再次回望公主，心境又突地一变。

当年也许文成公主不曾想到这万古荒原会出现一座繁华小镇，当年途经的倒淌河水会流出一段汉藏和睦的千古佳话啊。

倒淌河镇雕塑的文成公主像

夜宿黄河第一镇

一

能够在万里黄河第一城的玛多住宿一夜，领略高原深处袖珍县城的风采，彻夜听藏獒那雄浑低沉的吠声，完全出于意外。我们原来的目的是要沿当年文成公主入藏路线即唐蕃古道去玉树藏族自治州首府结古镇参加赛马会，拍摄向往已久的赛马和草原密如繁星的帐篷城，以及那浓郁如马奶的藏族风情、藏族歌舞、藏式手抓羊肉……

种种诱惑，催人清晨早早起床，离开西宁，饱餐一顿牛肉拉面，便驱车上路，七月酷暑原本炎热，但在青藏高原，海拔超过三千米，一路上坡，清风拂面，十分惬意。出西宁城，沿青藏公路，即北京至拉萨的109国道一路向西，唐蕃古道（即今日214国道）与青藏公路，至倒淌河属共用段，均需经湟源县，越日月山至倒淌河小镇，青藏公路继续朝西，唐蕃古道却折向西南果洛、玉树方向。

因已多次来过日月山、青海湖，惟沿文成公主进藏的果洛、玉树方向尚属首次，行前查看地图，知这条线路为214国道，是西宁通往云南景洪间的国道。唐蕃古道可用其一段，在倒淌河与青藏公路分离折向西南经黄河源，绕扎陵湖、鄂陵湖，到玉树结古镇，越唐古拉山口，又与青藏公路交会，经那曲、当雄到达拉萨。

这条路线虽不如青藏公路全系沥青油路坦荡近捷好行驶，但能够经黄河之源扎陵湖、鄂陵湖及三江源头地区，且是文成公主当年入藏的唐蕃古道，留下公主庙等遗迹，且有果洛、玉树两个藏族自治州，民族风情浓郁，江河源头景色壮观，近年已成旅游热线，沿途都见着摄影发烧友自驾车辆不时停下拍摄。

二

近年，分布在藏区的各个寺庙举行宗教活动时，常与当地政府的旅游文化结合，其时除寺庙举办晒佛、辩经、酥油花灯展多项活动外，方圆数百公里的藏民都要骑马携家，在邻近的草原上搭起帐篷城，举办赛马、叼羊、演藏戏、跳锅庄，像过盛大节日一样欢乐几天。原本这项活动没有超出本地藏胞范围，人们也不大知道。可每当十几万藏胞云集草原，吸引了许多外地游客和摄影爱好者，使这些活动名气大噪，于是当地政府便年年都举办活动来推动商贸和旅游了。

离开倒淌河约需 40 公里便到共和县城所在地恰卜恰镇，再往前行，需经三道塔拉，这是蒙古语，台地的意思，从元初开始这一带一直为蒙古族居住。三道平台均系开阔的草原川道，这一带便是当年薛仁贵大军与吐蕃交兵的古战场。想当年，战旗飘扬、战鼓激越、厮杀呐喊、飞镖流箭，何等惨烈。千把年岁月过去，大草原上惟见牛羊骏马在安详地吃草，有苍鹰在天空盘旋，一只羊羔发出长哞，草原平静得像什么事也没有发生。

途中还有一大片高原湖泊——《新唐书》称为烈漠海。蓝色的湖水，静静地躺在山峦起伏的草原之间，倒映着蓝天与白云，高原深处的疾风刮过，吹皱一湖蓝玻璃般的湖水，也吹动湖边大片的高原芦苇，有黑颈鹤展翅起飞，在湖边觅食，有斑头雁在草丛孵化幼雏，山坡上啃草的牛羊不时发出呼唤，像是对家园由衷的赞叹。可惜，因要赶路，我们只是朝美丽的烈漠海投去赞美和留恋的目光。拍过照片后直奔黄河源头第一城玛多。路虽不宽，但却刚刚铺上了柏油，宛如一条黑色巨蟒横在大草原上，我们的汽车奔驰起来如风般轻快。高原天气多变，一块乌云罩顶便是瓢泼大雨，好在时间不长，乌云便被西斜的太阳撕裂，露出大片晴空，远处的雪峰，大片的草地，奔跑的云团全都在强烈的阳光照射之下，显出本色，白的更白，绿的更绿，野花也更斑斓，一切纯洁至极、清澈至极。打开车窗，一股满含草原清香的湿漉漉的潮气扑鼻而来，让人陶醉，让人忘情，更让人感到中国西部幸亏还留存着这么些家底。

袖珍县城玛多

玛多号称“千湖之县”

三

车沿着黑色油路轻松翻上一处山垭，我们一看路标，大吃一惊，这儿正是玛多门户鄂拉山垭，海拔 4495 米。超过了海拔 3700 米的西藏首府拉萨，但我们却没有感觉到高山反应，也许是盛夏，正是牧草最繁密丰腴时节，释放的氧气充分，当然也还有山色美景让人陶醉的缘故。

当我们沿着高耸的山垭徐徐下山的时候，玛多大草原美不胜收的壮丽景色尽收眼底，此时太阳已快贴近地平线，像一团燃烧的火球，整个西天都布满紫红色的彩霞，给山岭起伏的草原覆上一层黄澄澄的金辉，一群群晚归的牛羊，白色的羊群、黑色的牦牛、红黄杂色的马群也全都笼罩在这层金辉之中。山腰、山谷、溪水边的一座座帐篷飘起了炊烟，没有风，炊烟直直升起，在大草原上飘升起无数的烟柱，牛啼羊哞，马群也不时发出长长的嘶鸣，此起彼伏，构成一幅玛多大草原有声有色的壮阔画卷。我们的车伴着沙沙车轮声，不知不觉间闯进这幅晚归图中，与蹒跚过公路的羊群并行起来。迎面一座高大的红色牌楼高耸，上面写着“天下黄河第一城”，灯火闪烁的玛多县县城已在眼前。

四

玛多可能是中国最小的县城之一，十字形的街道车开起来 10 分钟就转完，可能不足一平方公里，但还繁华，毕竟是方圆数百公里牧民政治、经济、文化的中心，政府机关、邮局、银行、学校一应俱全，商店、酒铺、餐馆，还有服装店、手机专卖店和卡拉 OK 厅，十字路口大约是县城中心，聚集着不少男男女女，7 月正是旅游旺季，来自全国各地的自驾车友，忙着找旅馆。我们连去几家都已客满，最后找到一家私营旅店，小两口来自青海乐都柳湾农村，那里因出土大量 4000 年前古代先民彩陶而名声大噪。正好我们曾经去过，一说起来，小俩口挺热情，把仅有的两间房租给我们，每间每晚 120 元，房间很小，仅安放两张小床，我们没有犹豫，立刻入住。不到十分钟，又来了两批旅客，到晚上来找房的十批都不止，我们还真该庆幸，我们的房间在二层，并不高，但在上楼梯时，已感到腿软心跳，这是明显的高原反应。

玛多实际已伸入青藏高原腹地几百公里，海拔 4600 米，应是全国海拔最高的县城了，比西安整整高出4000米，比长安八景之一的“太白积雪六月天”还要高800米呢。白天牧区草地氧气充足，晚间注定会有反应。我们多次在青藏高原行走已积累了经验，进房间先休息，静静地躺上一个小时，让身体尤其是心、脑血管慢慢适应环境。然后起来，不要到街上吃饭，免得生冷不熟和浪费体力，就用开水泡方便面，水温不够也没关系，因为面是熟的。要多加水，多泡一会，吃完肠胃热乎了，再吃黄河蜜瓜加几块巧克力，这样身体的水分营养便补充够了。在房间稍事活动，便躺在床上看电视，准备睡觉，经过一个夜晚的睡眠，第二天适应再活动。

草原夜晚是宁静的。宁静得让你怀疑这不是县城，怀疑不是睡在设施齐备的宾馆，而是躺在一处没有牛羊啃草的高山之巅，四周静得几乎无一点声息，只有掠过草原的风声，玛尼堆上风马旗的招展声似乎隐约可闻。

有一瞬间，寂静得让人已隐隐不安，但突然，“汪汪……”的一阵狗吠打破宁静，这狗吠不是一般吠声而是非同小可，雄浑低沉，像是从整个身体里迸发出来，有种气吞山河的气势。到藏区的人都知道这是藏獒，一种比普通狗足足大一倍的牧羊犬在吼，而且，一犬吼起，百犬响应，再无止息，都是那么雄浑有力，不可一世，仿佛要告诉世人它们才是草原主人。那晚，不知什么时候才迷迷糊糊睡着，伴着黄河首城的风声和此起彼伏的犬吠……

牧区传统打奶茶

作者在玛多黄河源鄂陵湖

探访黄河源

一

黄河流域、黄土高原孕育了古老的中华民族，因而黄河在黄皮肤的华夏民族每个人的心头，自有一份任何河流无法取代的分量。“黄河之水天上来，奔流到海不复回”。黄河的咆哮雄浑，黄河的九曲十八弯，关于黄河的种种传闻都会形成一种诱惑，成为一种让你止不住脚步的动力，我们一行便是在梦想多年、筹划准备后，从西宁直奔玛多，住宿一夜，探访黄河源的。

打开地图就能清楚看到黄河从青海省巴颜喀拉山发源，在扎陵湖、鄂陵湖汇成湖泊，积蓄了最初的力量向东南方向一路奔腾而下，迎接它的第一座县城便是玛多。藏语意为黄河沿。从文成公主进藏至今一直沿用这个地名，是古道重要的驿站和渡口。据介绍早年采取冬季踏冰过河，踩列石，即河中排列一步可跨越的巨石，或用羊皮筏过河。如今一座钢筋水泥大桥已横卧黄河，214 国道从此经过，沟连着青海、西藏、川康与云南，几乎穿越了藏区东南腹地，车水马龙，相当繁忙，这桥也就被称为“天下黄河第一桥”。玛多这个草原深处的县城由此也获得“黄河首县”的美誉，每年都有不少游客、画家、摄影发烧友来此探访。

二

至少几年前，我就产生了探访黄河源的念头，先是2004年去了黄河首曲玛曲，领略了黄河第一弯的丰采，却蹉跎至2011年7月，才约上古建筑专家卢惠杰、作家吴全民，一行三人来到青海黄河源所在县玛多。

玛多县属国家“三江源”自然保护区的核心地区，全县25000平方公里，几乎相当于内地10个县的面积，空旷辽阔，全县仅一万人，县城不到一千人，十分钟能走完，典型的袖珍县城。从西宁出发经日月山，倒淌河，沿西宁至云南景洪的214国道到玛多，近500公里，只经过一个共和县，却须经过三个塔拉（蒙古语台地之意），每一个塔拉都坦荡如砥，无边无际，足以安置一个北京城或上海市。由于海拔在3500米以上，属纯牧区。不少地方已经沙化，牧草稀疏。途中需翻越海拔4500米的鄂拉山口，我们没有感到高原反应，也许是时间短暂。

当晚，夜宿海拔4300米的玛多县城，比拉萨还要高出700米，一行三人都头疼胸闷，翻来覆去无法入睡。其实，我们出发前就做了充分准备，到西

黄河源风光

宁又购了让心脑血管能够适应高原环境的红景天药品，注意休息，多喝水就没事。

次日清晨，6 点起床，约好的藏族司机者才已准时开着越野车出现在宾馆门口，者才 30 岁，青海民族学院本科生，爱人在县上当公务员，他开车每年七、八、九三个月能挣五六万。比如送我们三人去黄河源牛头碑，90 公里，要 900 元，我们谈到了 700 元。车一出玛多县城，就是草原，不时可以看到藏羚羊、藏野驴、黑颈鹤、野鸭子等珍稀禽兽。玛多大草原也十分辽阔平坦，黄河像一条小溪，在草原上蜿蜒，开到 30 公里外就见了鄂陵湖，如大海般蔚蓝广阔，有 600 多平方公里，水深达 30 米，蓄水 43 亿立方。在鄂陵湖上面还有扎陵湖，略小一点，也蓄水 30 多亿立方。我们实在庆幸，在人类耗水还不厉害的时候，黄河母亲在这儿积蓄了一点"私房家底"。

但现在情况不容乐观，玛多号称"千湖之县"，有 4000 多个湖泊，者才说他小的时候，最担心的事情就是夜晚帐篷和房间会突然进水，把鞋子都漂起来，像小船一样。那时候，到处都是湖泊，水草丰茂，白天鹅、黑颈鹤成群飞来，藏羚羊、藏野驴、旱獭、草狐出门就能碰上，玛多曾是全国首富县呢。

者才说的情况不假，但却不大了解背景。来玛多前，我曾多方寻找资料，得知"文革"期间，"农业学大寨"的极左思潮也曾干扰位于三江源核心区的玛多，号召"以粮为纲"实现玛多粮食自给。开荒种地，在平均海拔 4400 多米的高原，无霜期仅 2 个多月，种下去的任何谷物都颗粒无收，完全违背了自然规律。另外，黄河源头的草场大部分属高寒草原和高寒草甸，生长十分缓慢，草场平均每亩产鲜草不到 120 斤，要 12.6 亩草原才能养活一只羊，比澳大利亚草场将近低 20 倍。改革开放初期，政府也好，牧民也好，都急于脱贫，拼命增加牲畜存栏量，最高峰时，一万人口的玛多，牲畜量竟达五六十万头，不仅人均全国第一，也成为世界第一，因为纯牧业国蒙古人均牛羊 27 头就属世界首位。玛多也就一度成为全国首富县，在上世纪八十年代，人均收入就达到过 3000 多元，不仅超过沿海发达地区，对贫穷的人均几百元的多数西部县来说，简直就是天文数字。

但玛多的好日子几乎是戛然而止，由于过度放牧，草场遭到破坏，高寒地带，生态脆弱，一旦遭到剥蚀、沙化与鼠害，加之雪线上升，来水减少，便很难恢复。玛多草场过度放牧达 2/3，全县 4000 多个湖泊将近一半干涸。

1997年，黄河在源头第一桥处断流；1998年10月至1999年6月，黄河在鄂陵湖与扎陵湖之间长达7个月断流，在长达8公里的河道上，白花花一片尽是沙石。黄河流淌了亿万斯年，竟然源头断流，犹如婴儿在襁褓之中就遭遇断奶。这是谁都不敢相信、不愿看到、又确实发生的事情，教训十分沉痛。

作者在黄河源牛头碑

当地牧民的大量牲畜因食草困难，被迫四处游牧，在这个无奈迁牧的过程中又大量死亡，最后全县已不足20万头牲畜。号称“千湖之县”竟然让唯一的水电站无水发电，出过县长的手机让柴油发电机来充电的笑话，这样的黑色幽默让人欲哭无泪。

好在玛多及三江源遭遇的窘迫已引起各方面乃至国务院的高度重视，玛多全县都被划进三江源核心保护区，禁垦禁牧，保护条例在严峻的事实面前日益深入人心，也取得了一定效果。

那天早上，我们沿着简易的公路一直到鄂陵湖与扎陵湖之间高耸的牛头碑下，碑上有前总书记胡耀邦与十世班禅分别用汉、藏文写的“黄河源”。事实上，这儿也是从隋代以来认定的黄河源区。张骞出使西域时曾误以为塔里木河是黄河源，曾向汉武帝汇报“河出昆仑”，这个错误已被古人纠正。隋代在此设河源郡，唐大将侯君集、李道宗寻访河源至此。那时，鄂陵湖称柏海，松赞干布率吐蕃大队迎亲人马在这儿扎营盘、牵牛羊，迎接文成公主，并举办盛大婚礼，至今还有迎亲碑、多卡寺等遗址。我们看到的情况是鄂陵湖与扎陵湖都水色蔚蓝，满满当当，洪涛涌起，壮阔如海。四周山峦草色青青，牛羊散落其间并不繁密。藏族司机者才也感叹，现在牛羊少多了，再也不敢多养了。

让人心中稍稍有些宽慰，但愿我们的母亲河能受到更多的关爱。

三

那天，我们回到玛多县城后，又专门去探访了号称“黄河第一桥”的玛多黄河桥。这座桥在玛多城外三公里处，黄河正从这里流过，近两年，黄河源区冬季连续降雪，水量有所恢复，也无水库拦截，黄河还保持着自然形态与风貌，从坦荡如砥的大草原上蜿蜒流淌，带来充沛的水量，形成大片湿地与沼泽，有大群的天鹅灰鹤游弋生息，也形成广袤无垠的丰美草原，几乎集中了草原上近百种科目的牧草，构成了如画风景。

当我们来到黄河边上，最初一瞬，简直不相信这就是黄河，既没有壶口瀑布那种奔腾咆哮雷霆万钧的气势，也没有风陵渡那宽阔无垠烟雨苍茫的襟怀，甚而连宁夏平原黄河灌区那种泥沙俱下的浑浊都没有。

眼前的黄河是那样的平静，波澜不兴，潺潺缓缓，从远处流来，向草原深处流去；宽度绝不超过 100 米，一眼就可以看清楚河对岸的岩石，狗尾巴草正在晨风中摇摆，丝毫没有大河巨流的水势与风采，这让同来的伙伴有些失望。我想起曾在画报上见过俄罗斯母亲河伏尔加河，入海口河宽达几十公

黄河第一挢

里，但源头不过是一条小溪，一步就能跨过。细想，世界上再伟大的江河源头也如同人类的婴儿时期，探源寻踪的意义也正在这里。

第一桥边波澜不惊

玛多黄河第一桥便建在这里，214 国道过桥通往青海的玉树和云南的景洪。一阵晨风吹过，河水起了涟漪，倒映着天上的云彩，极目远眺，河水云天一色，没有孤鹜与落霞齐飞，却有只草原苍鹰高高在天空飞翔，把我的思绪也带到1300 年前的一幕：当年，文成公主一行到达黄河沿，原预计可踏冰而过，不想春暖坚冰已融，河面虽不宽阔，但过人马却十分困难。如何让尊贵的大唐公主顺利通过，迎亲的吐蕃臣民彻夜未眠，终于想出个好办法。

次日，太阳刚从雪山升起，黄河源渡口出现一道彩桥，鼓乐齐鸣之中，文成公主被簇拥着走上铺满红毡的桥面，行走之间，公主感到脚下十分柔软，仔细一看，天哪，这分明是一座人桥，吐蕃同胞全站在冰冷的河水之中，肩负木板；再看桥栏，也是由吐蕃孩子挽着手臂组成，公主好佛，心怀慈悲，一时间激动万分，这一瞬间，她的心已与吐蕃臣民融合，把自己交付给了质朴、善良的吐蕃百姓，交付给了广阔雄浑的雪域高原。

也许，文成公主没有想到的是她远嫁吐蕃的壮举，不仅开辟了一条沟通雪域高原与内地中原的唐蕃古道，也在汉藏之间架起一道传承千载的和平友谊之桥。

四

那天，我们拍摄完大桥和黄河，又恰好遇见一位骑马的藏族妇女拉着一匹马来河边饮水，创造了绝好的拍摄机会。但似乎还不尽兴，索性开车过河，沿着黄河边的公路奔驰起来，两岸的草原平坦广阔，有一些起伏的山峦，但都不高大雄奇，实际是巨大的缓坡，全被茂密的牧草覆盖，天地之间全是浓浓淡淡的绿色，草原深处，有帐篷出现，有炊烟飘升，有牛羊移动，几户藏民各自用铁丝网圈起偌大的草场，安静地放牧自己的牛羊，享受着黄河带给他们的恩泽。

汽车终于驶上我们期待的一处高地，放眼望去，黄河从云烟苍茫的雪域高原流出，那儿沉积的亿万斯年的冰雪化为淙淙流水，越过千湖之县玛多，沿途九曲回肠，汇纳百川，滋红催绿，甩下一个个碧波荡漾的湖泊；襟怀起一片片丰腴壮美的草原；孕育着一座座城镇和村落，养育了汉、藏、回、土、蒙古、撒拉、裕固等众多民族的儿女；若往下看时，黄河则出兰州、润河套、奔壶口、过龙门、穿越晋陕峡谷，滋润豫鲁平原。末了，直接催生了一个黄皮肤的伟大民族诞生……

安静的黄河首曲

面对河源人的笑容

一

这是一张灿烂的笑脸，这种欢笑是发自心底的，无拘无束，无忧无虑，像一朵绽放的菊花，充满魅力，以至使我深受感染；这灿烂的笑容来自一位捡牛粪的藏族青年妇女，地点是在黄河第一桥所在地玛多县，一座海拔 4300 多米山峰的河谷里。

那天，我们探访完黄河第一桥后，离开草原深处的玛多县城继续沿唐蕃古道朝玉树进发。正是期待中的那种晴朗天气，天晴得像一张蓝纸，天空只有几抹白云在缓缓浮游，清晨的太阳灿烂朗耀，给整个草原镀上一层黄澄澄的金辉。我们的汽车轻快地上了公路，草原上牧民的帐篷上飘着煮奶茶的炊烟，牛羊已经出圈，边游走边啃草，一群牦牛正上山坡，瞪着被长长睫毛掩映的铜铃般的眼睛朝我们凝视，那瞬间，我突然发现牦牛的形体颜色竟与山体颜色如出一辙，想起一本书中曾说，“人类从来不是大地儿子以外的什么东西”。

其实，大地不仅创造了人类，也创造了动物，这儿不仅“天人合一”，简直是“天牛合一”了。几匹马在溪水边饮水，我对骏马素有好感，认为马是所有动物中形体最和谐，神情最高贵，马是健美、威武与速度的象征，是草原的灵魂。所以在行走中一直注意对马的拍摄，这天清晨一切都是平日期待中的绝好画面，光线又如此充足轻柔，我拿出全部“长枪短炮”，打开车窗，在徐徐开动之中不断地抓拍，一群白云般滚动的绵羊，几只望着我们发呆的牦牛，一个打酥油茶的藏族妇女，两个骑着牦牛的孩子，一个骑着马赶牛羊

河源妇女灿烂的笑容

上山的藏族汉子，都一一被摄入镜头，接着就是这个在自己捡的一大堆牛粪前的妇女，她是刚捡满一篓牛粪、往牛粪堆集中的当儿，显然发现了我正对着她的镜头，于是，由衷地绽放出灿烂的笑容。

二

生活在河源地区的几乎全是藏族同胞，也只有世代相袭，从血缘基因上就能适应这种高海拔地区的生存。由于海拔高，亘古没有农业，属纯牧区，牧民基本保持着“逐水草而居”的传统生活。一出生便在羊皮牛皮中滚爬，同羊羔牛犊一同长大，马背便是他们的摇篮，不断随父母羊群由一座大山翻越到另外一座大山。七八岁就开始甩动绳鞭放牧牛羊，我们在牧区曾不止一次看见 10 岁左右的孩子甩动绳鞭，在百米开外，用石子准确击中乱跑的牛羊。女孩子也不例外，四五岁便要帮母亲带弟妹，打酥油茶、烧奶茶、捻毛线，牧民祖辈没有人读书上学，她们的全部知识都来自生活，学走路时，妈妈唱着“走路歌”，打酥油茶有“打茶歌”，“打奶歌”“放牧歌”……在石板上划道道数牛羊，用木碗量青稞。

也许，她唯一记得清的节日是15岁那年随父母骑马去几百里外的塔尔寺或拉卜楞寺敬香还愿，牧区早婚，也许第二年，她将要做新娘，在被剽悍质朴老实的讲不出话的新郎用系着红绸的骏马迎走的那一刻，她的一生都分明了。她有了自己的帐篷、牧场和牛羊，她早已从母亲那里学会一个牧区女子必须学会的一切，她计算着自己的牧场能养多少牛羊，能挤多少奶，能换多少砖茶，她甚而要清楚漫长的冬季需要多少牛粪饼，要抓紧去捡。

捡牛粪是牧区一项常年累月持续不断的传统活计，多由妇女来承担。草原上牛粪是一项产量极大用处也极大的副产品。羊虽然多，粪便成颗粒，人称羊粪蛋，无法拣拾，只起改良草原土壤的作用。牛粪大而成堆，易于捡拾，主要作用是做燃料，用于取暖做饭。想想，在茫茫草原，除了牧草，并无树木可供牧民用作燃料。牧草再茂盛，除牛羊放牧还需储作冬用，根本不可能用做燃料。牛粪则不然，牧草经牛羊吃过，养分已经吸收，用做燃料全系废物利用。且草原高寒，不论冬夏，均需生火。牧民帐篷不大，全家居住，柴米油盐，已显拥挤，断然不敢用煤来做燃料，有烟无烟，皆容易煤气中毒。

河源藏民主动友好地向我们招手

牛粪则不然，虽系粪便，却只有草味，并无臭气。牧民自幼与之相处已经习惯。牛粪火燃烧起来，火苗儿舔着煮着奶茶的铜锅，既送温暖，又飘茶香，喝一碗温暖肠胃，一天放牧疲劳顿消，牛粪功莫大焉。

三

因此，牛粪对牧民来讲，如同羊肉奶茶一样，是一天不可离开的用品。牧民转场，绝不会忘掉晒干的牛粪饼，寻找到新的牧场，就得赶紧拾牛粪，而藏族牧区妇女每天清晨，煮完奶茶，男人们吃饱喝足出坡放牧后，女人们便是捡牛粪，她们背着一种大口径的竹编背篓，手提铁铲，牛粪无论新旧干湿，铲起往后一扔，背篓口大便于接纳，捡满后则背回倒在帐篷附近，摊开晒干，待干透再储存起来备用。所以，在牧区行走，最常见牧民，尤其是妇女干的活儿便是捡牛粪。我所拍摄的正是这样一位捡牛粪的妇女，这位世代生活在黄河源头的妇女，她正是从那种从小就在草原长大，伴着黄河源头日夜奔腾不息的河

鄂陵湖壮阔如海

让人感到亲切温暖的草地炊烟

水，她可能完全不知道正是家门口的这条河流不但养育了一个黄皮肤的伟大民族，还养育了沿岸无数的村庄和城市，养育了日新月异的现代文明，她像父辈祖辈们一样过着宁静、单纯却充实的日子。她穿着黑色短袖衫，绿色裙子，挂着两串松石项链，十分健壮，她看见我在为她拍照时，站在牛粪堆前，没有丝毫的羞怯和拘束，而是露出一脸灿烂的笑容，让我深受感染。

尽管，我一时弄不清这位藏族妇女是因为自己收获了大堆牛粪，可以使自己的丈夫和孩子有温暖的火塘，有滚烫的奶茶，有一锅喷着香气的揪面片，全家也就有其乐融融的日子。如此简单，如此实在，于是汗水和疲惫便化为灿烂的笑容；还是一时间并无过多想法，仅仅出于人与人之间本能的一种友好。

不管是因为什么，面对河源人这无拘无束，发自内心深处的灿烂笑容都让人难忘，都让人感动，都让人的心灵受到一种抚慰和洗礼，黄河源头的草原也因此益发美丽诱人。

玉树临风·草原盛会

一

据《唐书·吐蕃传》记载，贞观十五年（641），文成公主一行到黄河源玛多时，吐蕃王子松赞干布亲率大队迎亲队伍在柏海迎接，柏海即黄河源头姐妹湖泊扎陵湖与鄂陵湖。松赞干布在湖边水草丰茂开阔平坦处扎营盘，宰牛羊，并举行了盛大婚礼。文成公主时年16岁，正是唐代妇女出嫁年龄，虽一路远行，鞍马劳顿，但也渐次适应高原气候，到达黄河源时，已历数月，正逢大地回春时节，见到松赞干布虽居高原，服饰语言迥异，但时年25岁，年青英俊、粗犷有礼，心中一颗石头落地，十分欣喜。

鄂陵湖古称柏海

松赞干布对中原唐文化原本十分仰慕，现在见到唐王朝送亲队伍规模宏大，服饰整洁鲜丽，陪嫁物品丰厚，公主美丽大方，自然十分高兴，他态度谦恭地谒见送亲专使江夏王李宗道，并行子婿之礼。婚礼也尽量征求唐使意见，搞得盛大隆重，使1300年前这场唐蕃交好在黄河源

松赞干布迎娶文成公主之处立有迎亲碑

迎亲碑边的多卡寺

头举办的婚礼永载青史。

吐蕃是一个善于学习的民族，史书都有评价“吐蕃之性，剽悍果决，敏情持锐，善学不回。”迎亲大臣禄东赞更属吐蕃智囊人物，入使长安，见多识广，还多次观赏唐宫歌舞，便让手下注意学习程式、曲牌，对这次迎亲活动更是精心策划，离开唐境，越日月山，进入雪域高原后，沿途飞马报信，站站相迎，在黄河沿又安排“人桥”使文成公主和送亲大臣都深受感动。

如今吐蕃王子松赞干布亲率部众来柏海迎接，更应周全隆重，也是向唐室展示实力，这也正中年轻气盛的松赞干布心思，于是在柏海边选择旷野，调集吐蕃勇士和漂亮姑娘，先是赛马、叼羊、射箭，这些马背上长大的勇士果然剽勇，骑马快如追风逐月，箭箭射中空中飞鸿；之后又按唐宫歌舞模式，演出排练歌舞，吐蕃原本就是能歌善舞的民族，心有灵犀，对唐宫歌舞程式一看就会，还连夜编排出欢迎辞：

不要怕宽大的草原，
那里有一百匹好马欢迎您。
不要怕高大的雪山，
那里有一百匹驯良的牦牛欢迎您。
不要怕涉深深的大河，
那里有一百只马头船欢迎您。
过了雪山，过了大河，
逻些全城的百姓都等着欢迎您。

青年男女高唱着歌儿又跳起草原舞蹈，虽简单粗犷，却也确实展示出草

参加草原聚会的姑娘

原俊男美女的风采，博得唐使、公主和送亲随从的喝采，双方皆大欢喜。这种赛马、射箭、歌舞之风也沿袭留传下来，推演为今日草原盛会。

玉树赛马大会常以规模盛大，骑手骁勇久负盛名。玉树藏族妇女也把这种集会看成是展示服饰容貌的良机，故家家不惜重金，早早几月准备，每当草原集会，每位藏族姑娘都会被家人打扮得美若天仙，服饰华贵精美，装饰更是争相比美斗艳。一年一度的玉树美女服饰大展示，给康巴艺术节增添无限亮色，也让外来人大开眼界。我们在参加了玉树草原一年一度以大型歌舞表演、赛马和物资交流为主的康巴艺术节后，才算有了真切直接的感受，留下刻骨铭心的印象。

二

玉树康巴艺术节，是玉树藏民的传统节日。其实但凡藏区都会有类似的节日，只是名称不同。玉树由于有当年文成公主进藏在此停留的种种故事，又有藏传佛教规模宏大的结古寺，许多活动过去常围绕寺庙举行的各种法会展开，比如辩经、放生、晒佛、法舞、酥油花展、斋饭、驱邪镇魔、演藏戏

藏族女孩

藏族妇女服饰相当华贵

草原盛会

……等。藏民几乎都信仰藏传佛教，所以寺庙的活动，也就是广大信徒的活动。尤其每年七月结古寺都要举办规模盛大的说法辩经、野游和文体活动。这时正是牛羊肥壮的季节，整个草原水草丰美，绿草茵茵，白云悬吊，蓝天如洗，正是草原的黄金季节。

这时，不仅从事牧业的藏民心情舒畅，乐意赶着牛羊聚会，那些居住在河谷地带从事农业或半农半牧的藏、回、汉等民族群众也已收割完庄稼，腾出了手脚。于是，家家户户便忙着宰肥羊、炸油果、磨炒面、备砖茶，然后带上帐篷、炊具，骑上骏马，赶上牦牛，带上全家老幼，离开自己的庄户，到水草丰美的草原，搭起一座座帐篷，去拜会亲朋好友，去寺庙烧香还愿，去参加各类传统活动，过上十天半月轻松而有情趣的生活，让辛苦终年孤寂放牧的生活得到调节和放松。

节日期间，牧民们要举办赛马、拔河、叼羊、摔跤等传统活动。活动是在村落之间展开的，所搭帐篷也约定俗成按地域划分，比赛前，都在各自的帐篷煮大锅手抓羊肉，熬大罐酥油茶，很多人家还备有青稞酒，亲朋好友免不了互相邀请，主妇们也趁机暗中较量，一显身手。正式活动还未开始，烹调手艺的比赛已经展开，会做多种饮食的巧妇会受到称赞和尊重，拿不出特色，显不出手艺的妇女则无光彩。于是会暗中学习，力求下次做出绝活，也显露脸面。待到全家老少吃饱喝足，便全都换上节日盛装，男子比较简单，但皮帽、皮靴、新藏袍、新腰带是少不了的，再是骏马，也需洗刷得毛色光亮，一尘不染，还要挂上铃铛，披上红绸，好马还需好鞍，有的骏马配上的镶银马鞍价值上万元呢。

藏族妇女非常重视服装和佩饰，平时在牧场，单家独户，很少有展示的机会；草原上的康巴节，正好让妇女们的爱美之心，得到充分的展现。常常是在藏历新年一过，女人们便开始动心思了，藏袍选什么料子，配什么颜色，剪裁什么样式，再是项链、戒指与头饰全都不能马虎，一个藏族妇女的全套服装佩饰竟有重达几十斤，贵达几十万乃至上百万元，因为上面镶嵌的可全是金银珠宝。一般人家尽管不可能这么华丽贵重，但也是尽其所有，煞费心机，做出的服装姹紫嫣红、五彩缤纷。在一个月前就反复试穿，不断修改完善，尽可能做到至善至美才登台亮场。这几乎是所有参加康巴节的各族妇女的共同心愿。所以，节日开赛那天，穿着节日盛装的人流从草原各个方面涌向大赛场的时候，真像片片彩云飘落到了草原，到处花团锦簇，美不胜收，让人目不暇接。

三

最吸引人的节目是赛马，这是许多牧民都喜爱的活动。游牧民族可以说从小就在马背上长大，许多牧民都是出色的骑手，那种骑着骏马在草原驰骋，任凭马蹄叩击大地，长风在耳边呼啸，追云逐月的感觉最能展示牧人的剽悍和风采，也最能在一片草原赢得人们的尊敬。所以报名参赛的骑手很多，在草原上常常出现几百名骑手和骏马同时比赛的壮阔场面。鸣枪为号，骑手迫不及待策动骏马，只一瞬间，那些披着红绸，响着铃铛的高头大马，无不四蹄腾空，如箭般射出，白色、红色、黑色、栗色、黄色各种颜色的骏马都好似一团流云或一团火焰，转瞬之间便消逝在草原尽头。等到返回时，那披着洁白哈达的骑手一定是最先跑到终点的健儿，也顿时成为牧民心中的英雄。

夜晚，一堆堆篝火燃起来，与天上的星星相互辉映。月亮也升起来，整个草原都镀上一层银辉，晚风收尽暑气，大草原无比清爽，弥漫着野花的清香，这是唱花儿、跳锅庄的大好时机，参加者大多是年青的小伙和姑娘。她们约伙结伴，牵群打浪，围定一堆篝火。

开始时的矜持和害羞是肯定的，待到人越来越多，篝火也越烧越旺，映红青年人青春的脸膛时，最有勇气的歌手也就出现了，最先出现的歌手不一定有最好的嗓门，却注定是草原公认的搞笑大王。每片草原都有些诙谐幽默的人物，消息灵通，见过世面，能讲各种笑话，给草原上寂寞的日子增添许多乐趣，也就最受欢迎。在香巴拉节上这类玩家也要露一手了，他会拿上一瓶扎了红绸的酒，有时还会戴上面具，或是打扮成滑稽模样，在场上高唱祝酒歌，歌词可以是现成的，也可以即兴现编，内容要结合当年的牛羊五谷，祝贺风调雨顺、六畜兴旺，扎西德勒 (吉祥)，唱到兴头上，便要握住酒瓶舞动，最后出奇不意地把酒瓶传到下一个人手上，接到酒瓶的人不能拒绝，要继续唱歌，然后往下传递，所有的人都有被点将的可能，尤其是出色的小伙和漂亮的姑娘可能性最大。

末了，兴到高时，情至浓处，所有的人都情不自禁放声高歌，男男女女全都手拉着手，围着篝火，跳起她们喜爱的锅庄，歌声和篝火传递着草原的欢乐，传递着牧民们的憧憬，当然也注定会传递年轻人的爱情。

四

玉树草原上的康巴节所以久享盛名，当然和文成公主从玉树经过的往事相关。当年，文成公主与松赞干布在黄河源喜结良缘，继续前行，由于已在吐蕃辖区，一切轻车熟路，沿途接待周全，顺利到达玉树。这是唐蕃与茶马古道上一处重镇，不仅长江、黄河、澜沧江都在玉树境内发源，现属“三江源”国家自然保护区的核心地带。同时，玉树自治州州府所在地结古镇，亘古便是青海西宁、四川康定、西藏昌都三地之间重要的物资贸易集散地，无论茶马、谷物、绢绸、日杂，全都在此聚散，结古镇商号林立、店铺杂陈、商幡招展，人头攒动，从古至今都异常繁华。古镇虽海拔 3700 米，高度超过拉萨，却因纬度偏南，四山环合，形成冬暖夏凉的小气候，更有巴曲河流经小镇，河边绿树掩映，四周水草丰茂，镇西南还有一片开阔的隆金湖，水鸟翻飞，景色优美。

当年文成公主经过时，正是春暖花开，宜于播种的时节，文成公主新婚

本书作者与几位藏族老师

后一心想为藏区群众做些好事，她在玉树停留下来，把带来的谷种分发给当地藏民，让随行的农技人员帮着耕种，从此，玉树河谷田亩相望、五谷飘香。公主还把内地织布、酿酒的技术也传给藏族同胞，玉树藏民对公主十分感恩怀念，在距结古镇不远的贝纳沟修了一座高达三层，却又玲珑小巧的文成公主庙，山坡松柏长青，山下巴塘河水长流，成了玉树一处著名的旅游景点。

玉树还有一座嘉那嘛尼石城，刻有六字经文的玛尼石高达六七米，有两个足球场般大小，整个石城全由 25 亿块玛尼石垒成，这是全球最大的藏传佛教玛尼石城，已载入世界吉尼斯纪录，每年都吸引大量游客前来观赏呢。